本书是国家社科基金重点项目"弘扬国学背景下五四新文学价值建构研究"
（项目号：17AZW014）的阶段性成果。

新中国 **70**年

文学编年

李春雨　蒙　娜　等著

70 Years of
Literary Chronicle in
New China

北京师范大学出版集团
BEIJING NORMAL UNIVERSITY PUBLISHING GROUP
北京师范大学出版社

前　言

　　新中国已走过了 70 个年头，在这 70 年间我国发生了巨大、深刻的变化，同时也取得了辉煌的成就。新中国 70 年的文学发展与祖国的前进步伐一样，有过探索，有过繁荣，更有过辉煌。文学，作为一个民族的心灵史，是一个国家的精神记录，它渗透在国家发展的各个环节。回首这一段曲折而不平凡的历程，我们不难发现，中国的文学发展虽有不少深刻的教训，但更有许多宝贵的经验。

　　文学编年是文学史著常用的一种体裁，是以时间为经，以事件为纬的一种记录方式，就是对文学成就的梳理，简明、准确地记录下这一步一步的文学足迹。文学编年应在史料建构的基础上呈现出生动鲜活的文学历史现场，不仅要重视史实的再现，更要注重史料的甄选，另外，还需要对史料进行有机组合、合理编排。这不仅要归纳原始史料，而且要统一制定史料的叙述格式，全面梳理文学发展脉络，呈现文学发展进程，考察文学发展轨迹，解读文学谱系。文学编年根据不同的主题与时间段，内容的针对性也不尽相同，文学编年著作众多，许多有分量的文学编年著作已成为重要的文学研究工具。

编年史通常都是浩瀚、庞大的，按照时间，以每一年、每一月、每一天的顺序依次排列。例如北京师范大学文学院编纂的《中国当代文学编年史》，这是一部系统、完整地记录中国当代文学史料的大型专业丛书，收集范围广泛，记录信息丰富，按年份逐月逐日顺序编排，是文学编年著作中较有影响的鸿篇巨制。70 年来中国文学的每一个脚印都渗透着国家的政治、经济、文化、科技等各个方面发展的内涵和血脉，可以说，新中国 70 年来每一年都有大量的、丰富的文学事件可供记录，且已出现了大量浩瀚的、多卷本的、详细记录文学发展的编年史和大事记。这种编写方式当然是非常必要的，也是很重要的。这些编年史有其重要的研究价值与参考价值，使读者以时间为序，全面详细地掌握当代文学的发展历史。这是编年史与大事记的共同点，当然这些编年史与大事记也都各有各的特点。

本书以 1949 年 7 月 2 日至 19 日在北平召开的第一次中华全国文学艺术工作者代表大会为起点，一直追溯到 70 年后，记录了 1949 年 7 月至 2019 年之间的文学事件，收入了新中国 70 年以来的文学运动、文学思潮、文艺争鸣、社团流派、文学会议、作家生平、作品发表、理论批评、文学报刊、文学政策的制定与沿革，以及与文学发展相关的社会、政治、经济、军事和文化事件等背景材料。这些史料没有传统文学史的语言逻辑为之勾连，而是以一天、一月和一年为统制编排，由众多史料点汇集成面，从表面看上去只是简单罗列，各条目之间没有逻辑联系，但其特有的叙史方式就贯穿在这种特定的时间安排之中，以其特有的编年体式，展现出新中国 70 年文学的基本面貌。

本书要记录 70 年中国文学的脚步，显然只能采取浓缩的方式，突出重点，我们的目标是让读者清晰地看到 70 年中国文学有哪些强健有力的步伐，有哪些产生了重大影响的事件。为此我们采取了以下基本做法：

1. 以年为基本单位，记录下该年发生过的重大事件，时间按自然月的顺序，不是每个月、每天必有，跳跃性大，跨度大。新中国 70 年文学发展的每一年、每一天都留下了独特的脚印，本书在每一年中精选了重中之重的事件，即牵一发而动全身的，具有全局性、根本性影响的事件。新中国 70 年文学既有每一天的脚印，也有大气象，这 70 年中，哪些步伐更震撼人，更能让人铭记，更值得我们停下来看一看、想一想呢？相较于以往详尽到每一天的文学编年与大事记，本书可以说是一种高度的提纯，让我们更加直接清晰、一目了然地看出 70 年中国文学发展中最重大的事件。

2. 采用综合性的手法，把前后发生的一些相关事件综合在一个条目进行展示，通过一个条目可以看到这个事件的整个发展历程。条目包括对事件本身及后续事件、相关事件的介绍，这些相关事件不是散见在编年内，而是在该条目里集中阐释，所以本书是以点带面，有点有面，点面结合的。虽然很多事件散落在不同时期，不同阶段，但根脉是一体的，如本书在对鲁迅逝世 13 周年纪念大会的介绍中，集中展示了自 1949 年以来历次鲁迅逝世纪念大会。鲁迅逝世纪念活动原本散落在不同年份，但为了更加系统地展现该项活动的谱系面貌，我们采取了综合记述的手法。这种手法是很少见的，既突出事件本身的意义，又突出历史的线索。

3. 在单个条目上体现出事件的逻辑性与完整性，通过条目可以基本上了解事件的基本面貌和根本内涵。本书虽然跳跃性大，跨度大，但因整个中国文学发展变化的内在逻辑关系是不变的，故跳跃的幅度再大，也能从中看到 70 年文学发展的逻辑关系，看到各个事件本身的自然联系。

文学编年是一种文学历史的叙事方式，与常见的文学史叙事相比，它以文学史实发生的年、月、日的先后为叙述顺序，以扎实的史料建设为基础，为掌握文学史梗概，进一步做好文学史研究提供了重要资料。本书以客观的视角展现了新中国 70 年间的重大文学史实，凸显出本段文学史的发展特点、轨迹及趋势，彰显了新中国 70 年以来的辉煌文学成就。2019 年是中华人民共和国成立 70 周年，本书既是对新中国的献礼，也是非常有价值的参考资料和学习工具，希望能满足更多读者阅读、学习和研究的需要。

在众多的文学编年史中，本书也许是最简短的一本，但其重要性不言而喻。没有哪一种文学编年著作可以收罗一切文学现象，而大多是对文学现象的筛选与总结，文学史的写作也从来都不可能不偏不倚、面面俱到，如何挑选、如何陈述依然是一种"态度"的结果。所以文学编年著作不应是原始史料的无限罗列，更重要的是以论者的思想高度吸引我们重新进入当时文学历史的情境，史料与史识的协调配合才是文学史写作的应有之义。在所有历史细节无法穷尽的情况下，加强对重要历史细节的感悟力是编写者与读者均需提升的学术修养。

目　录

1949 年

　　7月2日至19日，第一次中华全国文学艺术工作者代表大会在北平召开，这次大会标志着中国现代文学阶段的终结，同时也是中国当代文学的开端。

　　1949年7月2日至19日，第一次中华全国文学艺术工作者代表大会在北平召开。主席为郭沫若，茅盾和周扬为副主席。常务主席团成员有：丁玲、田汉、李伯钊、阿英、沙可夫、周扬、茅盾、洪深、柯仲平、郭沫若、曹靖华、阳翰笙、张致祥、冯雪峰、郑振铎、刘芝明、欧阳予倩。1949年7月3日，郭沫若作题为《为建设新中国的人民文艺而奋斗》的总报告，茅盾、周扬作分报告。7月19日闭幕式上中华全国文学艺术界联合会正式成立，大会宣读了文联全国委员会当选委员名单。第一次全国文艺工作者代表大会标志着中国现代文学阶段的终结，同时也是中国当代文学的开端。

　　1953年9月23日至10月6日，中国文学艺术工作者第二次代表大会召开，主席是郭沫若，第二次文代会对中华人民共和国成立四年来的文艺工作做出总结，确立社会主义现实主义为未来中国文艺创作和文艺批评的最高准则。1960 年 7 月 22 日至 8 月 13 日，中国文学艺术工作者第三次代表大会召开，改选领导机构，主席是郭沫若。1979 年 10 月 30 日至 11 月 16 日，中国文学艺术工作者第四次代表大会召开，改选领导机构，主席是周扬。1988 年 11 月 8 日至 12 日，中国文学艺术界联合会第五次代表大会召开，改选领导机构，执行主席为曹禺。1996 年 12 月 16 日至 20 日，中国文学艺术界联合会第六次代表大会召开，修改了会章，改选了领导机构，主席为周巍峙。文代会每五年召开一次，第十次文代会已于 2016 年 11 月 30 日召开。

7 月 23 日，中华全国文学工作者协会成立，茅盾任主席，10 月更名为中国作家协会。

1949 年 7 月 23 日，中华全国文学工作者协会（简称全国文协）在北平成立。成立大会推选茅盾为主席，丁玲、柯仲平为副主席，常务委员 21 人，选举 91 位文学界著名人士组成全国委员会，协会设职能部门 5 个，并相继创办《文艺报》《人民文学》《新观察》等报刊，建立中央文学研究所、创作委员会等机构。1949 年 10 月，其正式更名为中国作家协会，历届主席分别为茅盾（第一、二、三届）、巴金（第四、五、六届）、铁凝（第七、八、九届）。2016 年 11 月 30 日至 12 月 3 日，中国作家协会第九次全国代表大会在北京人民大会堂举行。

9 月 25 日，《文艺报》（半月刊）在北京创刊，是纵览文学艺术新潮、让世界了解新中国文艺界的主要窗口之一。

1949 年 9 月 25 日，全国文协主办的《文艺报》（半月刊）创刊，丁玲、陈企霞、萧殷为主编。茅盾在创刊号上发表《一致的要求和期望》。新中国的文艺风云均与《文艺报》有着密切关系，因此《文艺报》成为纵览文学艺术新潮、让世界了解新中国文艺界的主要窗口之一。

9 月，《中国儿童》杂志在北京创刊，毛泽东题词："好好学习"。

1949 年 9 月，《中国儿童》创刊号出版，毛泽东题词："好好学习"。

为了让新中国的广大少年儿童受到更好的教育，能够更健康地成长，《中国人民政治协商会议共同纲领》中指出："人民政府应有计划有步骤地改革旧的教育制度、教学内容和教学方法。"1950年，毛泽东为《人民教育》创刊号题词："恢复和发展人民教育是当前重要任务之一。"这一年的6月1日，我国将6月1日国际儿童节确定为新中国儿童节，体现了毛泽东等中央领导对少年儿童的关心，体现了人民政府关心儿童的未来、保护儿童的合法权益。

10月19日，鲁迅逝世13周年纪念大会在北京召开，大会作出决定，建议在北京、上海等地建立鲁迅纪念馆，整理鲁迅故居。之后几乎每年都举办鲁迅诞辰或逝世纪念活动。

1949年10月19日，中华全国文学艺术界联合会、中华全国总工会等团体发起举行了鲁迅逝世13周年纪念大会。在京的文艺工作者、工人、青年、妇女及各界人士参加了大会。郭沫若、聂荣臻等组成大会主席团。郭沫若担任主席，他在讲话中重点对比了国民党反动派压迫纪念鲁迅的活动的情况和新中国纪念鲁迅的热烈情况。吴玉章、许广平、魏建功等相继发言。吴玉章指出："鲁迅所以伟大，是由于他坚定地站到无产阶级立场上，学习和掌握了马列主义，因此不仅揭露了黑暗，而且指出了人类的光明前途。"会议最后通过决议，请人民政府在京、沪两地建立鲁迅铜像和整理鲁迅故居、建立鲁迅纪念馆。同日，北京大学、清华大学、北京师范大学、《文艺报》、《人民文学》杂志社等单位也纷纷举行纪念会。当日的《人民日报》刊登"鲁迅先生逝世十三周年纪念特刊"。

1950年10月19日，中华全国文学艺术界联合会在北京举行纪念鲁迅逝世14周年大会。1951年10月19日，中华全国文学艺术界联合会等团体在北京联合召开了纪念鲁迅逝世15周年大会。周恩来、郭沫若、沈钧儒、茅盾、李立三、陈毅、马叙伦、胡乔木、周扬、萧华、冯雪峰、丁玲、许广平、周建人以及首都各界群众和在京的国际友人参会。1952年10月18日晚，华东文联筹委会和上海市文学艺术界联合会联合举行鲁迅逝世16周年纪念会。1954年10月17日，北京图书馆和中国作家协会联合举办纪念鲁迅逝世 18 周年演讲会。1956 年 10 月 14 日上午，鲁迅灵柩移柩仪式在万国公墓礼堂举行，10 月 19 日，上海举行了纪念鲁迅逝世 20 周年大会，这是中华人民共和国成立后第一次涉及国内社会各界的超大规模的纪念活动，宋庆龄、陈毅、曹获秋、巴金、靳以、许杰、唐弢、袁雪芬等组成了大会主席团。1966 年 10 月 19 日，上海、广州、绍兴等地隆重举行纪念鲁迅逝世 30 周年的大会。10 月 31 日，中共中央举行纪念鲁迅逝世 30 周年的大会，在主席台就座的有周恩来、陶铸等领导及第三世界热爱中国的友好人士等，出席会议的人数超过 7 万，是历史上最大规模的纪念鲁迅的活动。1986 年 10 月 19 日至 23 日，中国社会科学院举办纪念鲁迅逝世 50 周年"鲁迅与中外文化"国际学术研讨会，来自国内外的鲁迅研究专家出席。这次研讨会在鲁迅研究史上具有转折意义："把鲁迅与中外文化的联系置于重要位置，打破了以中国现实政治为唯一参照系的研究模式，人们从不同的方面、不同的理论视野观照鲁迅，形成了富有研究者个性的鲁迅形象。"[①] 1996 年 10 月 20 日至 21 日，中国作家协会、中国鲁迅研究会、上海市文联、上海市作家协会、上海鲁迅纪念馆在上海联合举行了鲁迅逝世 60 周年学术讨论会，与会学者围绕"民族魂——世纪之交的鲁迅"这一中心议题，"对鲁迅丰富的精神文化遗产展开了多层次多角度的研究，较为集中地反映了新时期全国鲁迅研究的成果、实际状况和整体水平"[②]。2006 年 10 月 19 日，北京举办鲁迅逝世 70 周年暨北京鲁迅博物馆建馆 50 周年纪念大会。2016 年 3 月，中国美术馆举办鲁迅逝世 80 周年纪念展，向观众展现了鲁迅文化遗产的精神魅力，集中呈现了鲁迅的思想历程及其对 20 世纪中国美术的深刻影响。

10 月 25 日，《人民文学》（月刊）杂志在北京创刊，毛泽东为创刊号题词："希望有更多好作品出世"。

1949 年 10 月 25 日，《人民文学》（月刊）杂志创刊，主编为茅盾，

---

① 范良珍：《试论新时期鲁迅研究的基本学术走向》，载《济宁师专学报》，1988（4）。

② 西木：《新时期鲁迅研究的一次检阅——纪念鲁迅逝世 60 周年论文综述》，载《上海鲁迅研究》，1997。

副主编为艾青。毛泽东为创刊号题词："希望有更多好作品出世"。茅盾在发刊词中说："作为全国文协的机关刊物，本刊的编辑方针当然要遵循全国文协章程中所规定的我们的集团的任务。……诗歌、小说、剧本、报导、散文、杂文，长篇短章；反帝反封建反官僚资本主义的，为工农兵的；写部队、写农村、写城市生活、写工厂的，写解放战争，写生产建设，写小资产阶级知识分子的改造，……凡是表现了人民的坚强英烈，反映了新民主主义中国的成长和发展的，都欢迎来罢。"

1950 年

2月1日，戏曲改进座谈会召开，田汉就"少壮艺人的自我教育""下一代的培植""修改旧剧剧本""改革旧剧演出制度""建立现代导演制度"等问题谈了自己的看法和主张。

1950年2月1日，田汉主持召开戏曲改进座谈会。王瑶卿、尚和玉、马德成、谭小培、于连泉、白家麟、李宗义、梁小鸾、荀慧生夫人等到会。在总结发言中，田汉就"少壮艺人的自我教育""下一代的培植""修改旧剧剧本""改革旧剧演出制度""建立现代导演制度"等问题谈了自己的看法和主张。座谈会内容以《记戏曲改进座谈会》为题，刊发在4月1日发行的《人民戏剧》创刊号上。

4月1日，《人民戏剧》（月刊）在上海创刊，主要发表戏剧专论、创作和改编的剧本、各地戏剧动态等。

1950年4月1日，由中华全国戏剧工作者协会、人民戏剧编辑委员会编辑，中华书局出版的《人民戏剧》（月刊）在上海创刊，田汉任主编。

创刊号为戏曲改革专号,刊印了毛泽东1944年在观看完《逼上梁山》之后写给杨绍萱、齐燕铭的亲笔信,并刊发了多位戏剧界著名人士谈论戏曲改革的文章,包括田汉致周扬的《怎样做戏改工作——给周扬同志的十封信》。在信中,田汉概括性地提出了戏曲改革需要有明确的原则,即创造"民族的、科学的、民主的""新民主主义戏剧",并凭借自己丰富的戏剧积累总结了旧剧中在民族思想性上的优秀遗产。

9月10日,《北京文艺》杂志在北京创刊,由北京市文学艺术界联合会主办,老舍任主编。《北京文艺》曾刊载老舍剧本《龙须沟》《青年突击队》《十五贯》《王宝钏》,为中华人民共和国成立后老舍发表作品最多的刊物之一。

1950年9月10日,北京市文学艺术界联合会主办的《北京文艺》创刊,老舍任主编。创刊号由彭真、郭沫若、周扬、梅兰芳亲笔题词,并刊载了老舍的话剧《龙须沟》,这部话剧在北京上演后得到了观众的普遍好评。周扬在1951年3月4日的《人民日报》上发表《从〈龙须沟〉学习什么?》,指出:"《龙须沟》是一个现实主义的作品,也是一首对劳动人民的颂歌,对共产党和人民政府的颂歌。老舍先生从革命吸取了新的创作精力,学习了许多新的东西,他还在继续不断地学习着。那么,让我们所有的文艺工作者都和他一同学习,并向他学习吧。"

9月15日至25日,第一届全国出版会议在北京举行。

1950年9月15日至25日,第一届全国出版会议在北京举行。会议通过了《关于发展人民出版事业的基本方针的决议》《关于改进和发展书刊发行工作的决议》等5项重要决议,着重讨论了出版、印刷、发行事业的专业分工问题以及调整公私关系问题。这5项决议经政务院批准,于同年10月8日由出版总署正式发布。

11月16日,在京文学工作者举行抗美援朝座谈会。

1950年11月16日,在京文学工作者举行抗美援朝座谈会,会上除通过宣言外,也对广泛组织文学工作者进行抗美援朝的创作有详尽讨论和具体决定。北京市诗歌、漫画工作者,京津音乐工作者均曾先后集会，发表宣言。茅盾、丁玲、田汉等的《在京文学工作者宣言》分别在 11 月 25 日《文艺报》、12 月 1 日《人民文学》发表。

11 月 27 日至 12 月 10 日，文化部召开全国戏曲工作会议，茅盾、胡乔木、周扬、田汉出席并讲话。

1950 年 11 月 27 日至 12 月 10 日，文化部召开全国戏曲工作会议，茅盾、胡乔木、周扬、田汉出席并讲话。会上，田汉、杨绍萱、马彦祥、周巍峙分别做了题为《为爱国主义的人民新戏曲而奋斗》《最近一年的剧本创作及其问题》《关于艺人团结学习的工作》《发展爱国主义的人民戏曲》的重要报告。结合报告内容，与会代表就如何贯彻党的戏改方针与政策，团结和教育广大戏剧工作者，加强剧本的编写、修改、审查及供应等问题进行了深入讨论。与会代表一致认为，戏曲是对人民进行革命精神和爱国主义教育的强有力的工具，戏曲艺人在教育人民的事业上负有重大责任，必须发扬新的爱国主义精神，鼓舞革命斗志和劳动生产中的英雄主义，坚决反对宣传封建奴隶道德，宣传野蛮、恐怖行为，侮辱劳动人民的戏曲。

12 月底，电影《武训传》公开上映，引起极大反响。1951 年 5 月 20 日，《人民日报》发表社论《应当重视电影〈武训传〉的讨论》，掀起了一场电影批判运动。

1950 年 12 月底，孙瑜编导、昆仑影业公司摄制的《武训传》公开上映，影片受到观众热烈好评，并被《大众电影》杂志列为年度优秀电影评选 10 大候选影片之一。在其后的 4 个多月内，北京、天津、上海三地报刊连续发表肯定和赞扬《武训传》的文章 40 多篇。

1951 年 4 月，《文艺报》第一期刊登了对电影《武训传》的批评文章，有贾霁的《不足为训的武训》和《鲁迅先生谈武训》。正文前的编者按指出："《武训传》影片上演后，引起了对于武训这一历史人物，对于影片《武训传》的思想与艺术内容的论争，这一论争是值得大家来注意的。这一论争，不仅反映了很多同志还缺乏坚强的阶级观点与正确的历史观点，而且对于中国革命传统的认识还有很多胡涂观念。《文艺报》为了帮助读者更深一步了解这一问题，重载了鲁迅先生关于武训的意见，这篇文章虽然十分简短，却一样能触发我们去深刻地思考。另一篇贾霁同志对于影片《武训传》的批评，着重于影片中武训这一人物的思想意义与艺术效果的分析，其中一些论点，虽然可能还不够全面（例如对于武训这一人物按历史真实给予批判这一点，是十分不够的等等），但他所提出的一些理论上和思想上的原则问题，是值得我们来研究的。"贾霁（1917—1985），作家，笔名艾分、西门，江苏镇江人。1939年毕业于延安抗日军政大学、鲁迅艺术学院文学系第一期。曾任华北《新华日报》记者，山东文协人民剧团团长，中央电影局创作所编剧、编辑部主任，《大众电影》主编，《剧本》副主编等职。著有多幕剧剧本《地震》《神兵》《过关》《郑信开荒》，电影文学原本《宋景诗》（合作），《宋景诗起义故事》《编剧知识》等。

1951年5月20日，《人民日报》发表社论《应当重视电影〈武训传〉的讨论》，新中国电影史上第一场对电影大规模的批判由此展开。

1951 年

1月8日，中央文学研究所举行开学典礼，该所由文化部领导、中华全国文学艺术界联合会协办。成立之初由丁玲任所长，张天翼为副所长，田间为秘书长，创办的目的在于着意培养有一定文学水平的青年作家和工农作家。

1951年1月8日，中央文学研究所举行开学典礼，郭沫若、茅盾、周扬等出席。该所由文化部领导、全国文联协办，成立之初由丁玲任所长，张天翼为副所长，田间为秘书长，康潘、马烽为副秘书长。创办的目的在于着意培养有一定文学水平的青年作家和工农作家，学习时间约两年，由许多老作家、理论家担任教学工作。1953年9月，丁玲辞去所长职务。1954年2月，该所改名为"中国作家协会文学讲习所"。1957年11月14日停办。前后总共招收了四期学员。

3月，人民文学出版社在北京成立，冯雪峰任社长兼总编辑，蒋天佐任副社长，聂绀弩、周立波、张天翼、曹靖华、冯至任副总编辑。

1951年3月，人民文学出版社在北京成立，属文化部领导。冯雪峰任社长兼总编辑，蒋天佐任副社长，聂绀弩、周立波、张天翼、曹靖华、冯至任副总编辑。建立了现代文学、古典文学、外国文学等编辑部和总编辑室、经理部、办公室。5月开始出书，第一本书为《平原烈火》。

4月11日，《人民日报》刊登魏巍的报告文学《谁是最可爱的人》，该文层层深入地展示了中国人民志愿军战士的性格、品质和胸怀。

魏巍的报告文学《谁是最可爱的人》最初发表于1951年4月11日的《人民日报》上，文章在人民心中激起了强烈的共鸣，感动了一代人。作者自己曾说："我能写出《谁是最可爱的人》，最基本的原因，是我们的战士的英雄气魄、英雄事迹，是这样的伟大、这样的感人。而这一切，把我完全感动了。"魏巍通过一种特殊的写作手法，让三个人物既各自独立，又互有联系，层层深入地展示了中国人民志愿军战士的性格、品质和胸怀。在文中，作者自然地抒情、议论，让思想与情感彼此交汇，通过优美的语言，倾流而出。

4月27日，《中国青年报》在北京创刊，该报是当代中国政治、社会生活中具有重大影响的一份全国性综合日报。

1951年4月27日，《中国青年报》在北京创刊。《中国青年报》是中国共产主义青年团中央机关报，是以全国各族青年及中国共产主义青年团团员和干部为主要读者的综合性报纸。它以教育青年和代表青年相结合为总的办报方针，一方面，引导青年学习马克思主义的基本原理和中国共产党的路线、方针、政策，掌握现代科学文化知识，激励青年为建设有中国特色的社会主义奋发进取；另一方面，代表和维护青年的利益，反映青年的呼声，同侵犯青年合法权益、阻碍青年健康成长的行为作斗争。

8月4日，《福建日报》发表郭沫若的《由〈虎符〉说到悲剧精神》。

1951年8月4日，针对《福建日报》副刊中关于《虎符》中的信陵君引起的争论，《福建日报》发表了郭沫若的《由〈虎符〉说到悲剧精神》。在抗美援朝运动中，上海越剧及京剧团曾先后将"信陵君窃符救赵"编为剧作《信陵君》《信陵公子》演出。《文汇报》《戏剧报》《大中戏曲》相继对这两出戏的主题思想和人物形象提出讨论。马少波在《人民戏剧》发表《从信陵君的讨论谈起》，阐述了关于历史剧和历史观点等问题。郭沫若的文章认为，把信陵君抗秦救赵比拟今天的抗美援朝爱国运动是不妥当的，同时也批判了不适当的"借古喻今"的创作方法，要求大家深入学习和研究近代历史。

10 月 6 日，《光明日报》刊载批评孙犁小说创作倾向的文章，包括林志浩、张炳炎的《对孙犁创作的意见》，王文英的《对孙犁〈村歌〉的几点意见》等。

11 月 24 日，北京文艺界召开整风学习动员大会，胡乔木在会上作了题为《文艺工作者为什么要改造思想》的报告，周扬和丁玲也分别作了题为《整顿文艺思想，改进领导工作》和《为提高我们刊物的思想性、战斗性而斗争》的报告。

1951 年 11 月 24 日，北京文艺界召开整风学习动员大会，胡乔木的报告《文艺工作者为什么要改造思想》指出："目前文艺工作中的首要问题，从根本上说，就是确立工人阶级的思想领导和帮助广大的非工人阶级文艺工作者进行思想改造的问题。"周扬和丁玲也分别作了题为《整顿文艺思想，改进领导工作》和《为提高我们刊物的思想性、战斗性而斗争》的报告，从不同角度强调了文艺界整风的必要性，包括改进文艺领导工作和整顿办刊方针等。丁玲在报告中说："我们还有很多人用一种传统的观点、旧的观点去对待我们今天的刊物。……这种办刊物的办法，已经过时了……国家和人民需要我们的刊物能担当思想领导的任务，能带领群众参加一切生活中的思想斗争，并且能引导和组织作家们一同完成这个任务。"

12 月 21 日，老舍被授予"人民艺术家"荣誉奖状。

在 1951 年 12 月 21 日召开的北京市人民政府委员会和各界人民代表会议协商委员会的联席会议上，老舍被授予"人民艺术家"荣誉奖状。奖状上写着："老舍先生的名著《龙须沟》生动地表现了市政建设为全体人民、特别是劳动人民服务的方针和对劳动人民实际生活的深刻关系，对教育广大人民和政府干部，有光辉的贡献，特授予老舍先生以人民艺术家的荣誉奖状。"

12 月 26 日，政务院下设中国文字改革研究委员会。

1951 年 12 月 26 日，政务院文化教育委员会下设中国文字改革研究委员会。1952 年 2 月 5 日，中国文字改革研究委员会召开成立大会，马叙伦任主任委员，吴玉章为副主任委员，胡乔木、丁西林等人为委员。文字改革是中国文学革命的重要组成部分。中国的文字必须改革，这是多数研究中国文字和中国教育的人们的共同意见。早在 1949 年 10 月，中央政府就成立了文字改革协会，着手文字改革工作。成立后的中国文字改革研究委员会有三个方面的任务，即推广普通话，推广汉语拼音方案和简化汉字。该机构于 1954 年 10 月被中国文字改革委员会取代，以后的工作由后者开展。1955 年 10 月 15 日至 23 日，中国文字改革委员会和教育部在北京召开了文字改革会议。中国文字改革研究委员会成立以后，在中国文字改革方面做了大量的工作，如 1956 年公布了《汉字简化方案》。此方案和随后公布的四批汉字简化表，减轻了广大群众学习使用汉字的困难。与此同时，还整理废除了一批异体字。在推广汉语拼音方案和推广普通话方面，中国文字改革研究委员会也做了许多卓有成效的工作，在全国各地的中小学及各级师范学校推广了普通话，并在全国各省市设立推广普通话工作委员会，组织社会力量推广普通话。同时组织编写普通话教材参考书，拟定《汉语拼音方案》并在全国推广。

1952 年

5 月 23 日，全国文联召开纪念毛泽东《在延安文艺座谈会上的讲话》发表十周年文艺座谈会。

1952 年 5 月 23 日，全国文联召开纪念毛泽东《在延安文艺座谈会上的讲话》发表十周年的文艺座谈会，与会者有郭沫若、周扬、冯雪峰、梅兰芳等。人民日报社和北京市总工会、文教部举行工人文艺座谈会。北京市文联和市人民政府文艺处等联合举办庆祝大会。《人民日报》发表社论《继续为毛泽东同志所提出的文艺方向而斗争——纪念毛泽东同志的〈在延安文艺座谈会上的讲话〉发表十周年》，并在此前后发表了老舍的《毛主席给了我新的文艺生命》、赵树理的《决心到群众中去》、郭沫若的《在毛泽东旗帜下长远做一名文化尖兵》、茅盾的《认真改造思想，坚决面向工农兵》、丁玲的《为贯彻执行毛泽东文艺路线而斗争　要为人民服务得更好》、曹禺的《永远向前——一个在改造中的文艺工作者的话》等文章。

8 月 1 日，中国人民解放军电影制片厂在北京成立。

1952 年 8 月 1 日，中国人民解放军电影制片厂在北京成立，1956 年改名为中国人民解放军八一电影制片厂，它与之前成立的东北（长春）电影制片厂、北京电影制片厂和上海电影制片厂并称"四大电影制片厂"，是国营电影事业的主导力量。1956 年，电影局在北京西单舍饭寺召开电影制片厂厂长会议，提出了自选题材、自由组合、自负盈亏和导演中心的"三自一中心"方案及改革电影制片厂的体制问题。1957 年，上海电影制片厂率先进行了体制改革，将故事片部划分为三个厂：一是江南电影制片厂，由应云卫任厂长；二是海燕电影制片厂，沈浮任厂长；三是天马电影制片厂，陈鲤庭任厂长。另外新建了上海美术电影制片厂、上海电影译制厂等。

8 月 25 日，《文艺报》第 9 号开辟专栏，展开"关于创造新英雄人物问题的讨论"（至 16 号止）。

1952 年 8 月 25 日，《文艺报》第 9 号开辟专栏展开"关于创造新英雄人物问题的讨论"。"编辑部的话"指出："关于创造新英雄人物的问题，前一时期在一部分文艺刊物上曾经进行过讨论。同时这也是许多文艺批评中所普遍涉及的主要的问题。某些文艺刊物还向文艺工作者提出了'创造新英雄人物是我们的创作方向'的号召。对于这样的创作上的重要问题进行讨论，显然很有意义，很有必要。"该期发表了曾炜的《关于英雄人物的描写》、梁涌的《作家应该忠实于生活》、李树楠的《帮助作家正确地描写矛盾与斗争》、董晓天的《不应忽视生活中的矛盾与斗争》。同期译载了苏联《真理报》专论《克服戏剧创作的落后现象》和苏联作协负责人苏尔科夫的论文《有负于人民》。这两篇译文都是批评"无冲突"论的。"编辑部的话"认为"这对于我们所进行的讨论，也有可以作为借鉴的价值"，指出："许多最近在我们剧院的舞台上出现的剧本的缺点，使人们确信，这一杜撰的无冲突的戏剧'理论'对于创作的影响是如何恶劣。这些剧本中有许多是描写有兴趣而重要的现代主题的。然而这些戏真正感动了观众了吗？它们难道已经成为观众生活中的鲜明事件、它们难道帮助了观众更深刻地认识周围的现实了吗？"

8 月 30 日，《文艺报》举行《中国新文学史稿（上册）》座谈会，与会者有吴组缃、李何林、孙伏园、林庚等。

1952 年 8 月 30 日，《文艺报》举行《中国新文学史稿（上册）》座谈会。参加者有吴组缃、李何林、孙伏园、林庚等。吴组缃指出这部书存在着三个严重的缺点：第一，主从混淆，判别失当。三十年来文艺统一战线的斗争发展，是马克思列宁主义文艺思想居主导地位。在该书每编各章总的叙说里，作者对此点是有认识的，可是一到具体论列作家作品的时候，这一要点就被抛开了。第二，书中评述作家作品，总是忽略了思想内容方面。上面说判别失当，其故在此。作者在评述中似乎把文学的政治性和艺术性对等地分开来看，而对艺术表现方面更为看重一些。第三，全书主要内容只是一些作家作品片断的罗列与评述，一章章一节节地割裂开来，看不出主导思想，看不出各种思想相互斗争的关系，看不出文学的主流与发展的方向。概括起来，作者编著该书时没有能够掌握与贯彻正确的政治、思想原则，观点模糊、错误，态度模棱两可，方法的运用还属于形式逻辑的范围。因此只是客观主义地罗列了许多材料。李广田针对该著作提出了四点批评意见：一、斩断了新文学的历史根源，在这本书中看不出古典文学的现实主义传统；二、对颓废的资产阶级文学没有批评，这具体地表现在作者对新月派的态度上；三、罗列材料，不作具体分析，作者对新文学的态度和以往的人研究旧文学一样；四、对每一文艺思潮，很少探求它所以兴起的根源，没有联系当时的时代背景和社会基础来进行分析。其他与会者也发表了各自的意见。《文艺报》刊登了该次座谈会的记录，并加有"编者按"语："研究中国新文学的历史是文艺工作者与文艺教育工作者当前的一项重要工作。但是，这方面的工作，我们做得是十分不够的。这里发表的《中国新文学史稿（上册）座谈会记录》，对王瑶所著的《中国新文学史稿（上册）》所表现的立场、观点上的错误进行了批评，对研究新文学史的方法也提出了一些有益的意见。我们认为，这些意见和批评虽然还是初步的，但这种认真、严肃的讨论，将有助于我们对中国新文学史的研究，我们希望通过这样一些切实的讨论，更好地展开这方面的工作。"

吴组缃（1908—1994），小说家、古典文学研究家。原名吴祖襄，字仲华。安徽泾县人。中华人民共和国成立后为清华大学、北京大学教授，致力于古典文学的教学与研究。曾任中国作家协会书记处书记、北京市作协副主席、全国《红楼梦》研究会会长等职。著有短篇小说集《西柳集》《一千八百担》，小说散文集《饭余集》《吴组缃小说散文集》，文艺评论集《苑外集》等。

8月，苏南文学艺术界联合会发出通知，号召全区文艺工作者搜集和整理民间音乐。

1952年8月，苏南文学艺术界联合会发出通知，号召全区文艺工作者搜集和整理民间音乐。到1953年春天，共收到民间歌谣和戏曲两千余首。参加采风领导组织工作的钱静人著有《江苏南部歌谣简论》（江苏人民出版社1953年版），对这次大规模的采风活动有所记录并挑选出800多首编成《苏南民间歌曲集》。

10月6日至11月14日，文化部举办的第一届全国戏曲观摩演出大会在北京举行。

1952年10月6日至11月14日，文化部举办的第一届全国戏曲观摩演出大会在北京举行。参加演出的有京剧、评剧、越剧、沪剧、川剧、豫剧、秦腔、粤剧、楚剧、桂剧、湘剧、汉剧、滇剧、山西梆子、河北梆子、江西采茶戏、湖南花鼓戏等20多个剧种。评奖委员会主任为沈雁冰，副主任为周扬、丁西林、田汉、欧阳予倩、梅兰芳、沙可夫。周恩来到会作了重要讲话。周扬作了题为《改革和发展民族戏曲艺术》的总结报告。大会颁发了各种奖项。

11月26日，北京市文联和北京人民出版社联合召开通俗文艺读物编写座谈会，宋匡我、连阔如、方白、张恨水、陈慎言、孙玉奎等40余人出席。

1952年11月26日，北京市文学艺术界联合会和北京人民出版社联合召开通俗文艺读物编写座谈会，宋匡我、连阔如、方白、张恨水、陈慎言、孙玉奎等出席。会议由老舍主持，他说："全国各地开展速成识字运动以后，广大学员迫切需要通俗文艺读物来巩固学习成绩，希望通俗文艺作家们担负起这一伟大任务。"

本年底，中国作家协会召开了"胡风文艺思想讨论会"。

1952 年年底，中国作家协会召开了"胡风文艺思想讨论会"，林默涵、何其芳等发言。胡风于 1954 年 7 月又向党中央提出关于文艺问题的"意见"，集中地阐明自己的观点和主张。1955 年 2 月 5 日，中国作家协会主席团举行第十三次扩大会议，决定开展对胡风文艺思想的批判。

1988 年，中国作家协会主办了"胡风同志文学活动"学术座谈会，许多发言者认为胡风是一位卓有贡献的马克思主义文艺理论家，他在文艺理论建设方面的贡献是独特的，如对作家与社会及作品关系的精辟见解，对人的主观精神的重视和对文坛公式化、概念化倾向进行理论批判，都是重要的理论财富。与会者也认为应把胡风的理论作为一个整体放到当时的历史背景中进行科学、实事求是的研究，无须讳言其局限和不妥。

1953 年

2月，北京大学文学研究所成立，后划归中国科学院哲学社会科学学部，改称中国科学院哲学社会科学学部文学研究所。

1953年2月，按中央人民政府政务院文化教育委员会的决定，北京大学文学研究所成立，1955年，研究所划归中国科学院哲学社会科学学部，改称中国科学院哲学社会科学学部文学研究所，地址迁至中关村。1958年10月底，研究所搬到建国门内大街五号，和学部机关与哲学所、历史所等研究机构同院。

3月22日，中国少年儿童剧团在北京成立，任虹任团长。

1953年3月22日，中国少年儿童剧团在北京成立，任虹任团长。任虹（1911—1998）原名常学埔，贵州黄平人，自幼爱好音乐。1939年受聘于陶行知在重庆创办的育才学校，担任音乐教员。1940年夏到延安。曾参加歌剧《兄妹开荒》《白毛女》的乐队演出，并数次组织指挥数百人参加的黄河大合唱。1956年，中国少年儿童剧团改称中国儿童艺术剧院，仍由任虹任院长。

7月25日，《少年文艺》杂志在上海创刊，由少年儿童出版社主办，主要面向小学高年级、初中学生。

1953年7月25日，《少年文艺》在上海创刊，宋庆龄为刊物撰写了发刊词并题写了刊名。杂志由少年儿童出版社主办，主要面向小学高年级、初中学生，以"少年的、文学的、社会主义的"为办刊方针，坚持"亲切、多样、有趣"的原则，主要刊登小说、诗歌、散文、报告文学、童话和翻译外国儿童文学作品。

9月27日，屈原逝世2230周年、哥白尼逝世410周年、弗朗索瓦·拉伯雷逝世400周年、何塞·马蒂诞辰100周年纪念大会召开，为纪念四位世界名人，北京及一些地方报刊相继发表了纪念文章。

1953年9月27日，中国人民保卫世界和平委员会、全国文联、中国作协等五个团体联合举行纪念世界四大文化名人大会：屈原逝世2230周年、波兰天文学家哥白尼逝世410周年、法国作家弗朗索瓦·拉伯雷逝世400周年、古巴作家和民族独立运动领袖何塞·马蒂诞辰100周年。郭沫若在大会上作《争取世界和平的胜利与人民文化的繁荣》演说。28日，四位世界文化名人纪念展览会在北京开幕。为纪念四位世界名人，北京及一些地方报刊相继发表了纪念文章，介绍屈原、拉伯雷、何塞·马蒂、哥白尼等的生平及其著作和对世界文化的贡献。《文艺报》为此发表社论《为保卫人类进步文化传统而斗争》。郑振铎发表《屈原作品在中国文学史上的影响》。另外，四位世界文化名人的作品在该年内先后译为中文，在报刊上选载。

1954 年

2 月 1 日，《光明日报》学术副刊《文学遗产》创刊。

1954 年 2 月 1 日，《光明日报》的学术副刊《文学遗产》创刊。其《发刊词》重申了第二届文代会上周扬提出的"把系统地整理和研究民族文学艺术遗产的工作"作为"我们文学艺术事业上的最重要的任务之一"，并"希望通过这个刊物来加强全国古典文学研究工作者的相互之间的联系，增进研究工作者与读者群众之间的联系"。

4 月 23 日是莎士比亚诞辰纪念日，华东作家协会和上海市戏剧电影工作者协会在上海艺术剧场联合主办纪念会。

1954 年 4 月 23 日为英国戏剧家莎士比亚诞辰 390 周年纪念日。华东作家协会和上海市戏剧电影工作者协会在上海艺术剧场联合主办纪念会，巴金、熊佛西等到会。除此之外，还举办了莎士比亚著作、演出资料展览，生平及著作情况报告会，纪念晚会等；《戏剧报》《文汇报》等多家报刊从该月起连续发表一系列介绍莎士比亚的文章。孙大雨、穆木天等人在《文艺报》《文艺学习》和《文史哲》等刊物上先后发表了纪念专文。人民文学出版社则从 3 月 8 日起连续出版了由朱生豪翻译的《莎士比亚戏剧集》第 1～12 册。

6 月 1 日，杜鹏程的长篇小说《保卫延安》由人民文学出版社出版，是中国当代文学史上第一部大规模正面描写解放战争的作品。

现代作家杜鹏程创作的长篇小说《保卫延安》于 1954 年 6 月 1 日由人民文学出版社出版。《保卫延安》是中国当代文学史上第一部大规模正面描写解放战争的作品。小说以中国人民解放军一个连队参加青化砭、蟠龙镇、榆林、沙家店等战役为主线，艺术地再现了延安保卫战，塑造了人民解放军各级指战员的英雄形象，揭示了革命英雄主义精神是战争胜利的内在力量这一思想命题。

10 月 24 日，中国作协古典文学部召开关于《红楼梦》研究的讨论会，会议由郑振铎主持，茅盾、周扬、冯雪峰、邵荃麟、阿英、张天翼等参加。

1954 年 10 月 24 日，中国作协古典文学部召开关于《红楼梦》研究的讨论会，目的是通过学术上的自由讨论，确立马克思列宁主义的对待古典文学遗产的态度和方法，把古典文学研究工作引导到正确的方向上。会议由郑振铎主持，茅盾、周扬、冯雪峰、邵荃麟、阿英、张天翼等参加。俞平伯、王佩璋、吴组缃、冯至、舒芜、钟敬文、王昆仑、老舍、吴恩裕、黄药眠、范宁、郑振铎、聂绀弩、启功、杨晦、浦江清、何其芳、蓝翎、周扬等先后发言。俞平伯和王佩璋先就当时以俞平伯的名义发表的若干研究文章作了说明。会上大多数发言者都指出，李希凡、蓝翎发表的有关文章针对俞平伯关于《红楼梦》研究的错误观点所作的批判是极为重要的，非常值得重视。大家一致认为，在古典文学研究领域内，应以马克思列宁主义的立场、观点和方法来批判资产阶级唯心主义，同时指出俞平伯对《红楼梦》的研究仅仅从趣味出发，抽掉了作品的巨大社会意义，陷入琐碎的考据中。讨论会也涉及了一般古典文学研究的问题。周扬认为，作为学术研究上自由争辩的方式，这次讨论是一个"开端"。

1955 年

1 月 10 日，中国京剧院在北京成立。

1955 年 1 月 10 日，中国京剧院在北京举行成立大会。以京剧改革的实验示范为主要任务的中国京剧院由艺术大师梅兰芳任院长，马少波任副院长，阿甲任总导演，叶盛兰、张云溪、李少春分别任一、二、三团团长。

1 月至 4 月，赵树理长篇小说《三里湾》在《人民文学》连载，并于当年出版发行。

1955 年 1 月至 4 月，赵树理长篇小说《三里湾》在《人民文学》连载。《三里湾》描写了四个不同家庭在合作化运动初期的矛盾和变化，支书王金生家庭和睦，一心带领全村人走共同富裕的道路，但私有观念严重的范登高等满足于自家致富的现状，不愿与广大贫苦农民联合起来。小说围绕这一中心事件，又交织着四个家庭中青年一代的爱情风波，不仅生动地反映了农村所有制变革中的激烈思想斗争，表现了家庭关系、婚姻恋爱、道德观念等各方面的深刻变化，而且提出了应重视推广农业技术、培养农业技术骨干、发挥农村知识青年的作用等问题。这是我国第一部反映农业合作化运动的长篇小说。作者运用传统的民间说书手法并加以发展创造，把人物融入故事之中，通过连贯完整的故事情节展示人物性格，笔调幽默、传神，在小说创作民族化、大众化的探索上，做出了宝贵贡献。

4 月，《民间文学》杂志在北京创刊，主要刊登民间民俗故事、神话传说、民歌民谣以及外国民间故事和传说等。

《民间文学》于 1955 年 4 月在北京创刊，是中国当代第一个民间文学专刊。该刊先由人民文学出版社出版，后改由中国民间文艺出版社出版。初为月刊，1962 年改为双月刊，1966 年停刊，1979 年复刊。刊物先后由钟敬文、阿英、刘锡诚等担任主编，以推动人民口头创作的搜集、整理，促进民间文学理论研究，发展民间文学，繁荣社会主义新文艺为宗旨。主要刊登各民族的民间文学作品，包括民间传说、故事、神话、寓言、歌谣、说唱等，在复刊后还开辟有"新故事""街谈巷议""风俗博览""民间掌故""民间工艺"等栏目，也刊登研究论文，介绍关于民间文学的搜集、整理、研究、翻译等方面的经验，开展有关民间文学问题的讨论，如关于"民间文学范围界限""如何评价民间文学作品"等。《民间文学》是我国当代民间文学权威专刊，对促进我国民间文学的发展做出了贡献。

5 月 30 日，《文艺报》第 9、10 号刊发社论《认真学习中国共产党全国代表会议的决议 为增强文学艺术事业的党性而斗争》。

11 月 15 日，《人民日报》发表社论《作家、艺术家们，到农村中去》，文章呼吁："作家、艺术家们，深入到火热的斗争中去，深入到处在社会改革的高潮中的农村去，努力用多方面的精深的观察和有血有肉的灿烂的表现，来丰富我国的文学艺术创作！"

11 月 25 日，北京举行《草叶集》出版 100 周年、《唐·吉诃德》出版350 周年纪念大会，周扬做了题为《纪念〈草叶集〉和〈唐·吉诃德〉》的报告。

1956 年

2月15日，《文艺报》刊载苏联《共产党人》杂志专论《关于文学艺术中的典型问题》。

1956年2月15日，《文艺报》第3期刊载了苏联《共产党人》杂志专论《关于文学艺术中的典型问题》。文章延续了第二次苏联作家代表大会以来的对社会主义现实主义中一些问题的质疑，并再次强调社会主义现实主义新的内涵："苏联作家和艺术工作者的任务在于：掌握人类在艺术领域所积累的全部财富，勇敢地以创作上的新发现来增添这一财富。社会主义现实主义在这方面并没有规定任何界限。社会主义现实主义是以艺术创作的风格和形式多样化，以典型化方法的多样性为前提的。"[1]

3月15日至30日，中国作家协会和青年团中央在北京联合召开全国青年文学创作者会议。

1956年3月15日至30日，中国作家协会和青年团中央在北京联合召开全国青年文学创作者

---

[1] 转引自谢波：《媒介与文艺形态——〈文艺报〉研究（1949—1966）》，27页，上海，复旦大学出版社，2013。

会议。《文艺学习》以"文学界新生力量的大检阅"为题，进行了专题报道。会上，刘白羽致开幕词。《人民日报》发表社论《前进！文学战线上的新军》，《光明日报》发表社论《祝全国青年文学创作者会议开幕》，《中国青年报》发表社论《迅速扩大文学队伍》，《文艺报》发表社论《让文学的青春力量更快更多地成长起来》，《人民文学》发表何直的《欢迎文学战线上新的生力军——迎接全国青年文学创作者会议》一文。《文艺学习》发表社论《庆祝全国青年文学创作者会议开幕》，并刊登了郭沫若的《向青年作家致敬》、曹禺的《不断努力，写更好的作品》、李季的《热爱生活，大胆创造》、陈荒煤的《青年作家要踊跃地参加电影剧本创作》、高士其的《加强少年儿童科学读物的创作力量》等文章。

3 月 30 日，《剧本》月刊主办的 1954、1955 年独幕剧征稿评奖揭晓，《刘莲英》《新局长到来之前》获一等奖，《黄花岭》《海上渔歌》《姐妹俩》《扔界石》获二等奖，《照相那天》《夏天来了》《我们都是哨兵》《两个心眼》《战士在故乡》《钥匙》《在哨岗上》《葡萄烂了》《火车开来的时候》《草原民兵》《一个晚上》《边寨之夜》《作一个好队员》《东西两峒口》获三等奖。

4 月 28 日，毛泽东提出"百花齐放、百家争鸣"方针，随后在哲学、经济学、史学、文学、美学等领域的研讨与争论广泛展开，我国科学文化事业迎来了中华人民共和国成立后的第一次繁荣。

1956 年 4 月 28 日，陈伯达在中共中央政治局扩大会议上的发言中提出，在文化科学问题上，可以分别提出两个口号去贯彻，即"百花齐放"和"百家争鸣"。艺术上"百花齐放"，科学上"百家争鸣"。[①] 同日，毛泽东在中共中央政治局扩大会议上作总结讲话，正式提出了"百花齐放、百家争鸣"的方针，"'百花齐放、百家争鸣'，我看这应该成为我们的方针。艺术问题上百花齐放，学术问题上百家争鸣……'百家争鸣'，这是两千年以前的事实，春秋战国时代，百家争鸣。讲学术，这种学术也可以讲，那种学术也可以讲，不要拿一种学术压倒一切。你如果是真

---

① 夏杏珍：《"百花齐放，百家争鸣"方针的形成过程的历史回顾》，载《文艺报》，1996-05-03。

理，信的人势必就会增多"。①

1957 年 2 月 27 日，毛泽东在最高国务会议第十一次（扩大）会议上发表《如何处理人民内部的矛盾》的讲话，总结"双百"方针贯彻以来的情况和问题，全面阐述"双百"方针。

1957 年 3 月 6 日至 13 日，中国共产党全国宣传工作会议在北京召开，800 多名党内外思想文化工作者参加会议。12 日，毛泽东在会上发表讲话，强调"双百"方针是一个基本性的同时也是长期性的方针，不是一个暂时性的方针。

5 月 30 日，《文艺报》开辟"怎样使用讽刺的武器"专栏，讨论何迟的相声《买猴儿》。

1956 年 5 月 30 日，《文艺报》开辟"怎样使用讽刺的武器"专栏，讨论何迟的相声《买猴儿》，共发表 13 篇讨论文章。一些人认为《买猴儿》不真实，夸张得没有根据；而另一些人则认为作品中应用的夸张、讽刺等艺术手法符合相声本身的艺术法则，情节虽夸张，但是有现实根据且富有教育意义，有力地批评了现实生活中的官僚主义作风和马大哈式的人物。讽刺艺术是一种善意的批评，是"治病救人"。如老舍在《谈讽刺》一文中说道："拥护我们的社会制度不等于隐瞒某些人某些事的恶与不合理，文艺追求并阐明真理，不该敷衍、粉饰。……因为讽刺必须尖锐，他们不能不从事夸大，这是应有的艺术手段。"

6 月 1 日至 15 日，文化部在北京召开第一次全国戏曲剧目工作会议，提出"破除清规戒律，扩大和丰富传统戏曲上演剧目"。

1956 年 6 月 1 日至 15 日，文化部在北京召开第一次全国戏曲剧目工作会议，提出"破除清规戒律，扩大和丰富传统戏曲上演剧目"。12 日，周扬在会上讲话指出："对戏曲事业必须按照它本身的特点去领导和工作，要积极树立自由创造艺术的空气，坚决反对对待戏曲艺术的主观主义和官僚主义作风。"《人民日报》以"把戏曲艺术推向新的繁荣——

---

① 中共中央文献研究室、中央档案馆《党的文献》编辑部：《共和国走过的路——建国以来重要文献专题选集(1953—1956 年)》，248～249 页，北京，中央文献出版社，1991。

大力发掘整理传统剧目，扩大和丰富上演剧目"为题报道了会议精神，《光明日报》发表社论《破除清规戒律，使戏曲上演剧目丰富起来》。27日，文化部负责人就丰富戏曲上演剧目问题称："丰富戏剧上演剧目，改变剧目贫乏的情况，已经成为当前戏曲艺术事业中的首要问题"，认为"只要积极依靠艺人，破除清规戒律，正确地对每个剧目具体分析，认真地加以整理和改编，是完全可以把丰富多彩的各剧种的原有剧目发掘出来的"。强调"应该给衡量剧目以正确的标准，只要对广大人民和国家建设有益无害的就可以上演"，"对戏曲剧目，不能片面地和机械地要求直接的'教育作用'和'配合作用'"。

6月17日，北京文艺界举办高尔基逝世20周年纪念会，纪念会由冯雪峰主持并致辞。

1956年6月17日，北京文艺界及其他各界人士集会纪念高尔基逝世20周年。纪念会由冯雪峰主持并致辞。会上朗诵了《海燕》和《同志》，并放映了《母亲》。同日，人民文学出版社为纪念高尔基逝世20周年，出版《高尔基选集》，收入《童年》《在人间》《我的大学》《母亲》等作品。全国报刊也纷纷发表纪念文章，如戈宝权的《纪念伟大的高尔基——为高尔基逝世二十周年而作》，巴金的《燃烧的心——我从高尔基的短篇中所得到的》，苏联留里柯夫的《伟大的火炬——为 A. M. 高尔基逝世二十周年而作》，杜黎均的《勇敢地干预生活——纪念高尔基逝世二十周年》，曹靖华的《高尔基在教导着我们——纪念高尔基逝世二十周年》，苏联尼库林的《回忆关于高尔基的一些事情》，苏联普列奥布拉任斯基的《伟大的作家和人道主义者》等。

7月1日，《萌芽》（半月刊）在上海创刊，该刊是我国较早创办的青年文学刊物。

1956年7月1日，《萌芽》（半月刊）在上海创刊，哈华任主编。创刊号上，巴金、靳以和唐弢分别发表《祝青年文学创作的发展和繁荣》《祝"萌芽"的诞生》和《新的"萌芽"》。1960年7月改为月刊，但只出了两期便因纸张供应紧张而被迫停刊。《萌芽》从创刊到停刊，共计出版

98 期。1964 年，《萌芽》复刊，1966 年再度被迫停刊，共计出版 31 期。1981 年，《萌芽》杂志复刊，哈华任主编。

哈华(1918—1992)，原名钟志坚。1938 年延安抗日军政大学毕业。曾任《萌芽》杂志主编，中国作协上海分会副主席。著有长篇小说《浅野三郎》《夜莺部队》《孤儿苦女》，散文特写集《生命的历程》《她志在凌云》《友情》，长篇儿童文学《"鬼班长"和她的伙伴》《新安旅行团》《三个杂技小演员的遭遇》等。

9 月，《人民文学》发表王蒙的短篇小说《组织部新来的青年人》，在文坛内外产生很大影响。

1956 年 9 月，《人民文学》发表了王蒙的短篇小说《组织部新来的青年人》。这篇小说经《人民文学》编辑部修改后发表，成为当时文学界的一个重要事件。小说通过初次进入区委会组织部工作的年轻人林震的眼光，描绘了林震感受到的组织部中"缺点散布在成绩里，就像灰尘散布在美好的空气中"的工作状态，塑造了刘世吾这样一个有充足的斗争经验，但也对一切感到厌倦、认为"就那么回事"的复杂的领导干部形象。小说引起了文学评论界的论争。批评者认为："很明显，《组织部新来的青年人》的作者在他运用讽刺和批评的艺术手法的时候，已经离开了这种真实……从艺术和政治的效果来看，它已经超出了批评的范围，而形成了夸大和歪曲。"认为林震用来对抗官僚主义的，仅仅是难以言明的爱情和娜斯嘉式的孤身战斗的精神。进入新时期以后，随着社会观念和文学思潮的转变，评论者对《组织部新来的青年人》的认识也在慢慢发生变化，更多地将目光集中到林震以及他所代表的青春精神上。正如王蒙在1980 年出版的《冬雨》后记中所说："小说中我对于两个年轻人走向生活、走向社会、走向机关工作以后的心灵的变化，他们的幻想、追求、真诚、失望、苦恼和自责的描写，远远超过了对于官僚主义的揭露和解剖。"

12 月 23 日至 28 日，亚洲作家会议在印度新德里开幕，我国派出了以茅盾为团长的中国作家代表团。

1956 年 12 月 23 日至 28 日，亚洲作家会议在印度新德里开幕，我国派出了以茅盾为团长的中国作家代表团。为庆祝大会的召开，《人民日报》发表社论《愿亚洲文苑百花盛开》，《光明日报》发表社论《祝贺亚洲作家会议》。23 日下午，亚洲作家会议在中国作家代表团团长茅盾的主持下举行了全体会议，茅盾作《今天的中国文学》的报告。25 日、26 日召开的四个委员会会议中，各国作家就"作家和自由""亚洲的传统""作家和职业"和"文化交流"四大问题交换意见。针对"作家和自由"这个问题，老舍在发言中说："除了毒害人民思想的作品以外，一切作品都是有价值的，都应该出版，这样做，我们才能够真正做到百花齐放。"会议于 29 日结束并发表声明："大家希望在今后不久可以举行世界作家代表会议，以便增进全世界各国作家之间的友谊，互相谅解和文化交流。"

1957 年

　　1 月 25 日,《诗刊》(月刊)在北京创刊,发表诗歌作品和诗歌评论。

　　《诗刊》(月刊)于 1957 年 1 月 25 日创刊,由中国作家协会主办。1965 年停刊,1976 年 1 月复刊。该刊是全国性诗歌刊物,主要发表各类诗歌创作,并选登全国各报刊发表的诗歌佳作。该刊还辟出专栏评价各家新作,交流创作经验,并就一些重大理论问题展开讨论和争鸣,是体现当代诗歌创作水平的有影响的刊物。

　　3 月,《文学研究》(季刊)在北京创刊,后更名为《文学评论》。

　　《文学研究》创刊后,刊发的文章有两组比较引人注目,一组是关于社会主义现实主义的,一组是关于文学史分期的。除排在创刊号卷首的《论现实主义问题》,第 2 期又发表了蔡仪的《再论现实主义问题》,同时刊发董修智的文章《现实主义不断的发展着和完善着》。再就是"中国文学史分期问题"。创刊号刊登陆侃如、冯沅君的《关于中国文学史分期问题的商榷》数月后,第 3 期刊登叶玉华的《试论中国文学史分期问题》，1958 年第 1 期又刊出郑振铎的《中国文学史的分期问题》。该刊于 1959 年改名为《文学评论》，1966 年 6 月起停刊，1978 年 1 月复刊。

4 月 27 日，中共中央发出《关于整风运动的指示》。

《关于整风运动的指示》指出："几年以来，在我们党内，脱离群众和脱离实际的官僚主义、宗派主义和主观主义，有了新的滋长。因此，中央认为有必要按照'从团结的愿望出发，经过批评和自我批评，在新的基础上达到新的团结'的方针在全党重新进行一次普遍的、深入的反官僚主义、反宗派主义、反主观主义的整风运动，提高全党的马克思主义的思想水平，改进作风，以适应社会主义改造和社会主义建设的需要。"在全党开展整风运动，发动群众向党提出批评建议，是发扬社会主义民主的正常步骤。6 月上旬，局势在急剧变化。中共中央决定组织反击右派的斗争，后来，反右派斗争被扩大化。

5 月 13 日，周扬在中国作家协会召开的编辑工作整风会议上发表讲话。

1957 年 5 月 13 日，周扬在中国作家协会召开的编辑工作整风会议上发表讲话。他说："刊物是一家，还是百家？我认为刊物既是一家，又是百家。刊物在'百家争鸣'中是一家，同时在刊物上又要贯彻'百家争鸣'的精神，这样可以使刊物活跃。……社会主义现实主义文学能不能领导，首先要靠它的质量，要靠它的内容和是否具有时代的特色……人们的精神要求不同了，他要求写革命的时候写得更深一点，同时除了革命以外还要求旁的东西，他要求你写得比较好，给他一种美的魅力。"

7 月，《收获》杂志在上海创刊，以刊载中、长篇小说为主。

《收获》创刊于 1957 年 7 月 24 日，主编为巴金、靳以。《收获》是受中国作家协会委托而创办的，当时在上海编辑，北京出版发行，编委除巴金、靳以外，尚有冰心、刘白羽、艾青、周而复、曹禺等人。《收获》创办在毛泽东提出"百花齐放、百家争鸣"的方针之后，因此发刊词指出："《收获》的诞生，具体实现了'百花齐放'的政策。"发刊词提出在选择作品时既重视作品的思想倾向，又提倡"百花齐放"，主张作品内容形式的多样化，这是符合当时历史实际的。《收获》以发表长篇、中篇创作为主。创刊号推出了老舍的《茶馆》、康濯的《水滴石穿》、柯灵的《不夜城》、严文井的《唐小西在"下一次开船港"》等，受到读者的欢迎与重视。1960年停刊，1964年复刊，1966年停刊，1979年再次复刊。

9月，曲波的长篇小说《林海雪原》由人民文学出版社出版，《林海雪原》是"革命通俗小说"的典型代表，被誉为"新的政治思想和传统的表现形式互相结合"的光辉典范。

1957年9月，曲波的长篇小说《林海雪原》由人民文学出版社出版，是作者根据自己亲身经历的战斗生活写成的。在我国当代以军事斗争为题材的小说中，《林海雪原》以浓郁的革命浪漫主义传奇色彩而别具一格，一直被视作"革命通俗小说"的典型代表，并被誉为"新的政治思想和传统的表现形式互相结合"的光辉典范。

曲波是山东蓬莱人，出身于农民家庭。童年时就喜爱文学，阅读过很多中国古典文学作品。1939年参加了八路军，先在剧团工作，后又当过文化教员、连指导员等。1943年至1945年，曾任胶东军区报社记者、牡丹江军区二团副政委等职。1946年冬，根据斗争形势需要，他亲自率领一支小部队到东北牡丹江一带，同国民党残匪进行战斗并取得胜利，这段生活经历成为他创作《林海雪原》的重要素材。1955年，曲波开始业余创作，次年完成长篇小说《林海雪原》，以后又创作了《桥隆飙》《山呼海啸》《大江东去》等作品。

11月，梁斌的长篇小说《红旗谱》出版。《红旗谱》真实地反映了从第一次国内革命战争前后到"九一八"事变时期北方社会错综复杂的阶级关系，展现了20世纪二三十年代中国共产党领导中国人民进行革命斗争的伟大历程。

1957年11月，梁斌的长篇小说《红旗谱》出版。《红旗谱》是一部反映我国民主革命时期农民生活和斗争的壮丽史诗。小说在十分宏阔的背景下，通过对冀中平原锁井镇朱、严两家三代农民同冯家两代地主尖锐矛盾冲突的描写，反映了农民与地主阶级誓不两立的世代深仇，再现了我国农民从自发反抗到自觉革命的历史道路，热情歌颂了党领导农民革命的历史功绩和中国农民为挣脱锁链而前仆后继的斗争精神。《红旗谱》已再版印刷 30 余次，国内外销售量有 500 多万册，还被改编成了话剧、电影、评剧、京剧、电视剧等。除《红旗谱》外，梁斌还创作了《三个布尔什维克的爸爸》《父亲》《千里堤》《抗日人家》《五谷丰登》《爸爸做错了》《血洒卢沟桥》《播火记》《烽烟图》等作品。

12 月 18 日，郭小川的长篇叙事诗《一个和八个》定稿。

1957 年 12 月 18 日，郭小川的长篇叙事诗《一个和八个》定稿，但此诗在当时并未发表。1959 年 6 月，中国作协党组对郭小川写这首诗进行了内部批判。"文化大革命"结束后，这首诗在《长江丛刊》上公开发表。

1958 年

　　1 月，杨沫的长篇小说《青春之歌》出版，这部小说是杨沫以亲身经历为素材创作的。

　　长篇小说《青春之歌》是杨沫的代表作，该书于 1958 年 1 月出版，出版后引起很大争论，为此，作家又做了很大改动，修改本于 1960 年 3 月由人民文学出版社出版。

　　3 月，《延河》发表茹志鹃的短篇小说《百合花》，由此中国文学界开展了一场关于文学创作风格与题材方面的讨论。

　　短篇小说《百合花》发表于《延河》杂志，是茹志鹃的成名作，也是她革命战争题材的作品中最优秀的代表之一。《百合花》发表后，虽然得到了茅盾、冰心等老作家的热情肯定和赞扬，但同时也引来了不少批评，甚至在 20 世纪 50 年代末 60 年代初，围绕《百合花》，中国文学界还开展了一场关于文学创作风格与题材方面的讨论。文学大家茅盾认为，《百合花》在结构安排、人物刻画、细节描写等方面的探索，都具有突破性意义，是"最近读过的几十个短篇中间最使我满意，也最使我感动的一篇"。但也有不少评论者认为,《百合花》没有像当时大部分小说那样,选取重大题材,描写重大斗争,刻画英雄人物,是远离时代的。《百合花》以 1946 年的人民解放战争为背景,深情地描写了前沿包扎所里围绕"借被子"事件而展开的一段动人故事,着力刻画了小通讯员、新媳妇这两个普通人形象,赞美了革命队伍中人与人之间的美好情感,同时也表达了"战争对人的改变"这一深刻的主题。

3 月 3 日至 5 日,文化部、中国戏剧家协会、中国音乐家协会和北京市文联联合召开首都戏剧、音乐创作座谈会。

1958 年 3 月,文化部、中国戏剧家协会、中国音乐家协会和北京市文联联合召开首都戏剧、音乐创作座谈会。毛泽东表达了对民歌的重视,提倡大家收集和创作民歌:"中国诗的出路,第一是民歌,第二是古典。在这个基础上,两者结合产生出新诗来,形式是民族的,内容应当是现实主义和浪漫主义的对立统一。太现实了,就不能写诗了。"在毛泽东关于中国新诗出路问题的谈话精神传达之后,各省、市、自治区及地、县都发出通知,强调搜集新民歌、创作新民歌。同年 4 月 14 日,《人民日报》发表社论《大规模地搜集全国民歌》,认为这样的诗歌"是促进生产力的诗歌,是鼓舞人民、团结人民的诗歌",最后号召"需要用钻探机深入地挖掘诗歌的大地,使民谣、山歌、民间叙事诗等等象原油一样喷射出来"。

4 月 8 日至 11 日,中国作协召开文学评论工作会议,会议交流了日后的评论规划,讨论了中华人民共和国成立以来文学评论工作的方针、任务和方法,以及如何扩大评论队伍、培养新生力量等问题。

1958 年 4 月 8 日至 11 日,中国作协召开文学评论工作会议。《人民日报》《文艺报》《人民文学》《文学研究》《解放军文艺》《戏剧报》《剧本》《中国电影》以及天津《新港》编辑部的负责人出席了会议。会议由邵荃麟主持,林默涵、郭小川、陈荒煤等在会上发言。会议讨论了中华人民共和国成立以来文学评论工作的方针、任务和方法,交流了日后的评论规划,以及如何扩大评论队伍、培养新生力量等问题。会议结束时又召开了扩大会议,周扬作了讲话。会议的结论是:"当前评论工作的根本任务应该是促进社会主义文艺迅速和健康的发展；对各种反社会主义的文艺思想倾向继续进行批判。"

6月28日，中国文学艺术界联合会、中国戏剧家协会等团体在北京举行关汉卿创作700周年纪念会，《人民日报》《光明日报》《戏剧报》《剧本》等报刊先后发表郭沫若、夏衍、田汉、郑振铎等撰写的相关研究和评论文章。

6月，周立波的长篇小说《山乡巨变》出版，描写了中国农民走上集体化道路时的精神风貌和新农村的社会面貌。

1958年6月，周立波的长篇小说《山乡巨变》出版。周立波生于1908年，湖南益阳人，主要作品有长篇小说《暴风骤雨》《山乡巨变》，短篇小说《山那面人家》等。长篇小说《山乡巨变》是周立波的代表作，全书分正篇和续篇两部分。作品描写了从1955年初冬到1956年上半年，湘南一个僻静的山村清溪乡在农业合作化运动中的故事，反映了农村从生产关系到人们精神思想的巨变，进而揭示了农业合作化这场社会变革的深刻性和艰巨性。茅盾评论说："从《暴风骤雨》到《山乡巨变》，周立波的创作沿着两条线交错发展，一条是民族形式，一条是个人风格；确切地说，他在追求民族形式的时候逐步地建立起他的个人风格。"

8月3日，《剧本》刊载田汉的话剧《十三陵水库畅想曲》，此后围绕着对共产主义的畅想和革命浪漫主义"两结合"手法的运用问题展开了争鸣。

1958年8月3日，《剧本》8月号刊载田汉的话剧《十三陵水库畅想曲》。同年，北京电影制片厂出品同名电影，此后围绕着对共产主义的畅想和革命浪漫主义"两结合"手法的运用问题展开了争鸣。朱艺祖认为，这个剧"是对社会主义社会的一种片面理解。……二十年后的人们会更加是马克思主义者，他们永远不会满足既得的成就，要向更新更美的前途奋进"。马少波则认为："《十三陵水库畅想曲》相当努力地为我们展示了共产主义美好的前景：脑力劳动和体力劳动的差别、工农的差别、城乡的差别的消失，人民无私劳动的成果、科学技术的发达、人民生活的不断提高、人人都成为有文化的劳动者，这一切，通过二十年前参加修建十三陵水库的劳动者们所构成的具体情节，是得到了体现的。"

10 月 7 日至 14 日，第一届亚非作家会议在苏联塔什干召开，中国作家代表团由茅盾、周扬等人组成。

1958 年 10 月 7 日至 14 日，第一届亚非作家会议在塔什干召开，中国方面派代表团参加。大会通过了关于成立亚非作家常设委员会的决议，发表了《亚非作家会议告世界作家书》。1961 年 3 月，亚非作家会议常设委员会紧急会议在日本东京召开。

10 月，《鲁迅全集》(10 卷本)由人民文学出版社出版，收集了鲁迅的创作、评论及文学史著作等。

《鲁迅全集》(10 卷本)于 1956 年 10 月至 1958 年 10 月由人民文学出版社分卷出版，是第一部有注释的《鲁迅全集》。它同 1938 年版《鲁迅全集》的主要不同在于"专收鲁迅的创作、评论和文学史著作"以及部分书信，翻译和编校作品另行出版，每卷文集的排列次序也略作调整。各卷卷末均附注释，但由于当时的历史等原因，某些注释尚欠准确，书信也仅收 300 余封。

《鲁迅全集》主要有四种版本：第一种，1938 年由"鲁迅先生纪念委员会"编印，共 20 卷，除日记、书信和少数作品外，全部创作、翻译和编校的作品都收集在内。第二种，1956 年由人民文学出版社出版，共 10 卷，专收创作、评论、文学史论著和部分书信(翻译和编校的作品另编)。第三种，1981 年由人民文学出版社出版，共 16 卷，收集译文以外的全部著作，是目前内容较完备、注释较精确的版本。第四种，2005 年由人民文学出版社出版，共 18 卷，主要在 1981 年版的基础上，增加了书信、日记各一卷。

1959 年

1 月 25 日，《诗刊》刊登《郭沫若同志就当前诗歌中的主要问题答本社问》，文章主要回答了"新民歌是否当前诗歌运动的主流""新民歌有无局限性""中国新诗在什么基础上发展"以及"怎样估计五四以来的新诗"四个问题。

1959 年 1 月 25 日，《诗刊》第 1 期刊登《郭沫若同志就当前诗歌中的主要问题答本社问》。文章主要回答了"新民歌是否当前诗歌运动的主流""新民歌有无局限性""中国新诗在什么基础上发展"以及"怎样估计五四以来的新诗"四个问题。郭沫若在文中指出："今天新民歌的精神是主流。新民歌都是从生产和劳动实践出发的，它表现了劳动人民的革命乐观主义和共产主义风格，这种精神和气概，应该说是新民歌的核心。……我们绝不能藐视新民歌的形式，而要特别重视新民歌，从精神上学习它。精神是不断发展、不断革命的，形式也是不断发展、不断革命的。……我觉得新民歌的好处就在它的有局限，作者能在局限中表现得恰到好处，妙就妙在这里。这就是

'又有纪律，又有自由'。"对于诗歌的基础，他认为内容总是占领导地位的，有一定的内容就会产生一定的形式。

2月，《戏剧研究》杂志在北京创刊，该刊由《戏剧论丛》《戏曲研究》合并而成。

《戏剧研究》是当代戏剧理论期刊，由中国艺术研究院主办，《戏剧研究》编委会编辑，中国戏剧出版社出版，由《戏剧论丛》与《戏曲研究》合并而成。该刊开始为双月刊，1960 年改为季刊，主要刊发戏剧理论方面的研究文章，研究戏剧戏曲理论和实践中的问题、戏剧史问题以及有关表导演艺术问题。1960 年 4 月停刊，共 7 期。

4月 1 日，《延河》连载柳青的长篇小说《创业史》第一部《稻地风波》。《创业史》被誉为"经典性的史诗之作"，具有思想的"深刻性"和矛盾冲突的"尖锐性"。

1959 年 4 月 1 日，《延河》4 月号开始连载柳青的长篇小说《创业史》第一部《稻地风波》，至 11 月号载完。前 4 期题名《稻地风波》，后 4 期更名《创业史》(第一部)"。柳青的《创业史》原计划写四部，从互助组、农业社写到人民公社，由于作者在"文化大革命"期间受到政治冲击，结果只完成了前两部。冯牧《初读〈创业史〉》认为："这部作品，是一部深刻而完整地反映了我国广大农民的历史命运和生活道路的作品，是一部真实地记录了我国广大农村在土地改革和消灭封建所有制以后所发生的一场无比深刻、无比尖锐的社会主义革命运动的作品。"

5月 4 日，北京举行纪念五四运动 40 周年大会，郭沫若致开幕词《发扬反帝反封建的"五四"精神》。

5月 21 日，北京人民艺术剧院在北京公演郭沫若的历史剧《蔡文姬》，该剧由著名导演焦菊隐执导。

1959 年，郭沫若创作了历史题材的话剧《蔡文姬》。创作这部剧的目的，是"为曹操翻案"。曹操是东汉末年的政治家、军事家，在传统戏曲和话本里，他是一个阴险、狠毒的反面角色。在《蔡文姬》中，曹操则是正面人物，他不仅使中原人民摆脱了战乱之苦，还注重文化建设，派人去匈奴召回了有名的才女蔡文姬。《蔡文姬》一剧在"文化大革命"中被禁止演出，直到1978年才由北京人民艺术剧院再次公演，这时候郭沫若已经80多岁，无法亲自前往剧院看戏了。但《蔡文姬》再度公演的消息传出，仍然引起了轰动。

1960 年

　　1 月 21 日，《人民日报》刊载林默涵的长篇理论文章《更高地举起毛泽东文艺思想的旗帜》。

　　1960 年 1 月 21 日，林默涵在《人民日报》上发表《更高地举起毛泽东文艺思想的旗帜》。文章总结了作者重新学习毛泽东《在延安文艺座谈会上的讲话》的体会，认为毛泽东文艺思想就是中国的马克思主义文艺理论，并认为"毛泽东同志的《在延安文艺座谈会上的讲话》是一部完整的马克思主义文艺思想的科学文献，它给无产阶级社会主义文学艺术的发展指出了最明确的道路，创造性地解决了马克思主义文艺思想的一系列根本问题"①。文学艺术最根本的问题都已经由毛泽东"极其准确地、全面地、系统地、辩证地"解决了，主要表现为"五大关系"和"三大发展"。五大关系指的是：毛泽东已经确立的文艺和革命的关系、文艺和群众的关系、艺术和生活的关系、作家与群众的关系、文艺和民族文化传统的关系。三大发展指的是"重视文学艺术展现上的两条道

---

① 林默涵：《更高地举起毛泽东文艺思想的旗帜》，载《人民日报》，1960-01-21。

路的斗争"、"百花齐放、百家争鸣"方针和"革命的现实主义和革命的浪漫主义相结合的创作原则"。

3月2日，《文学评论》和《文艺报》编辑部联合召开纪念"左联"成立30周年座谈会，并发表系列文章。

1930年3月2日，中国左翼作家联盟在上海宣告成立。1960年3月2日，《文学评论》和《文艺报》编辑部联合召开纪念"左联"成立30周年座谈会。

1980年3月2日是"左联"成立50周年，北京、上海文艺界隆重集会，分别举行纪念活动。各地报刊相继发表文章，追忆左翼文化运动的伟大历史功绩。3月1日下午，上海市文联、中国作协上海分会、市文化局联合召开了"中国左翼作家联盟成立五十周年纪念会"，文艺界二百余人出席，夏征农、陈沂同志在会上讲话。与会同志表示要发扬"左联"光荣传统，为实现四化贡献力量。3月28日，文化部、中国文联、中国社会科学院又在首都政协礼堂召开更大规模的纪念"左联"成立50周年大会。出席会议的有王任重、许德珩、王昆仑、黄镇、夏衍及文艺界代表一千多人。胡乔木和周扬同志分别作了题为《携起手来，放声歌唱，鼓舞人民建设社会主义新生活》和《继承和发扬左翼文化运动的革命传统》的讲话。在会上发言的还有阳翰笙、许涤新等人。茅盾同志作了书面发言。会议强调高举"左联"战旗，坚持社会主义方向。

1989年，上海"中国左翼作家联盟成立大会会址纪念馆"成立，为纪念"左联"成立60周年，该馆和上海鲁迅纪念馆合作，采访、编辑了《"左联"纪念集（1930—1990）》，收录了当时健在的陈荒煤、林焕平、沙汀、许幸之、草明、夏征农等"左联"成员新写的回忆材料。

3月，《人民文学》发表李准的小说《李双双小传》。

《李双双小传》是李准的短篇小说代表作，写的是1958年公社化的故事，通过塑造李双双这个社会主义农村先进妇女形象，反映了时代社会变革的新面貌。李双双勤劳、正直、能干，有着"敢说敢笑的爽快劲儿"和"火辣辣的性子"，但由于旧时代的影响，她仍然被束缚在小家庭里，做一个"做饭的"和"屋里人"。受到新时代的感召，她逐渐走向社会，投身于集体劳动和社会生活当中。李双双性格的发展和生活道路的变化，实际上是当时广大农村妇女的一个缩影。小说被改编为电影，获 1963 年第二届电影百花奖最佳编剧奖。

4 月，中国青年艺术剧院在北京首演历史剧《文成公主》，该剧是田汉的代表作，于 1960 年 5 月发表于《剧本》月刊。

《文成公主》是田汉的历史剧代表作，1960 年 5 月发表于《剧本》，1961 年由中国戏剧出版社发行单行本，1983 年收入《田汉文集》第 7 卷。描写的是贞观年间文成公主远嫁吐蕃的故事，反映了汉藏兄弟民族悠久的历史渊源，歌颂了民族团结的传统。

《文成公主》剧本的诞生是几经周折的。早在 1959 年，这个本子的初稿就已经完成，但未能公演。后田汉又做了较大的改动，于 1960 年定稿，于当年 4 月在中国青年艺术剧院首演，并发表于 5 月号的《剧本》。1961 年 12 月该剧由上海戏剧学院第 1 期民族班——藏语表演班用藏语演出。1962 年 4 月赴北京演出，受到了戏剧界专家们的肯定。

1961 年

1 月，《北京文艺》发表吴晗的新编历史剧《海瑞罢官》。1965 年 11 月 10 日，上海《文汇报》刊出由江青、张春桥等共同策划，姚文元执笔的批判文章《评新编历史剧〈海瑞罢官〉》。对《海瑞罢官》的批判，成为发动"文化大革命"的导火线。

《海瑞罢官》为新编历史京剧剧本，吴晗作，发表于 1961 年 1 月出版的《北京文艺》上。剧本描写了明朝出任应天府巡抚的海瑞，同纵容亲子为非作歹、依仗权势独霸乡里的退职宰相徐阶斗争的故事，热情歌颂了海瑞为民请命、刚直不阿的精神，鞭挞了贪官污吏欺压良民、无恶不作的秽行劣迹。剧作通过海瑞形象的塑造，肯定了"清官"在历史上的作用，使今天的观众从古人的事迹中受到启发和教育，为在社会主义事业中发扬正气、克服邪气得到精神上的鼓舞。这种创造性的工作，为繁荣社会主义文艺做出了贡献。但五年之后，由姚文元炮制《评新编历史剧〈海瑞罢官〉》首先发难，接着展开全国性批判。1965 年11 月 10 日，这篇用姚文元署名的《评新编历史剧〈海瑞罢官〉》在《文汇报》发表出来。该文首先无理指责《海瑞罢官》把海瑞塑造得十分完美，十分高大，说"戏中所描写的历史矛盾和海瑞处理这些矛盾时的阶级立场，是违反历史真实的。戏里的海瑞是吴晗同志为了宣扬自己的观点编造出来的"。姚文元的文章发表后，在社会上引起了强烈震动。社会各界对于姚文元牵强附会的政治批判及恶劣作风感到愤慨，但也有人附和姚文元的观点，支持对《海瑞罢官》的批判。于是在学术界和政治高层出现了一场关于批判《海瑞罢官》的性质之争，即学术批判与政治批判之争。

2 月 14 日，《文学评论》开辟"关于文学上的共鸣问题和山水诗问题的讨论"专栏，主要讨论不同阶级的人在欣赏文艺作品时是否有共鸣现象及共鸣与阶级性的关系、山水诗是否有阶级性及阶级性如何表现等问题。

3 月 1 日，《红旗》刊发社论《在学术研究中坚持百花齐放百家争鸣的方针》，指出："当客观的科学真理还没有为我们所掌握的时候，就必须容许人们从各种不同的方面，经过各个不同途径进行探索，进行各种不同的试验，提出各种不同的假说，并且进行自由争论。"

3 月 19 日至次年 9 月 2 日，邓拓以"马南邨"为笔名在《北京晚报》上开辟《燕山夜话》专栏，邓拓为该专栏共撰文 153 篇。
邓拓在《北京晚报》副刊部主任顾行等人的邀约下，于 1961 年 3 月开辟专栏文章，邓拓表示："栏目就叫《燕山夜话》，燕山，是北京的一条主要山脉；夜话，是夜晚谈心的意思。马南邨是笔名，马兰村原是我们办的《晋察冀日报》所在的一个小村子，我对它一直很怀念。"《燕山夜话》所刊登的文章，有时事政策、有文史地理、有书法文物，也有文艺创作，几乎无所不包。老舍称《燕山夜话》是"大手笔写小文章，别开生面，不拘一格"。《燕山夜话》这种杂文式的栏目影响到了一批报纸，如《大众日报》《云南日报》等，都纷纷效仿。

4 月 5 日，《人民日报》发表舒楠的综述《关于历史剧问题的讨论》。

从 1960 年 10 月开始，《剧本》《戏剧战线》《戏剧报》《上海戏剧》《文汇报》等报刊开展了关于历史剧创作的讨论。吴晗、茅盾、李希凡、齐燕铭、马少波等人就历史剧的特点和范围、历史剧如何古为今用、艺术真实与历史真实的关系、如何评价历史人物等重大问题发表多篇文章展开讨论。1961 年 4 月 5 日，舒楠在《人民日报》上发表《关于历史剧问题的讨论》，针对 1960 年 10 月以来关于历史剧讨论问题作了综述。

5 月 15 日，中国文联等团体联合举办纪念世界文化名人——印度诗人泰戈尔诞生 100 周年纪念会，茅盾主持大会并致开幕词。

5 月 26 日，《文艺报》开辟"批判地继承中国文艺理论遗产"专栏。

1961 年，《文艺报》第 5 期开辟"批判地继承中国文艺理论遗产"专栏讨论，编者按这样写道："如何批判地利用这份美学遗产和思想资料，加以融会贯通，推陈出新，使得我国马克思主义的文艺理论批评工作，在密切结合今天的生活实际、创作实际的同时，逐步地同我国旧时代优良的美学传统相衔接，更加表现出民族的创造性，这是很值得注意的一项重大任务。我们希望在文艺界的共同倡导下，逐渐蔚成风气，重视这份理论遗产的整理、研究和学习，从中吸取一切对我们有用的东西。"宗白华、俞平伯、孟超、朱光潜、王瑶、游国恩、陈翔鹤、唐弢、王朝闻、郭绍虞等人先后发表文章。这次讨论基本上达成了要在马克思主义文艺思想指导下批判继承古代文论的共识，纠正了古典文学研究中的一些错误倾向。

9 月，吴晗、邓拓、廖沫沙三人在《前线》（半月刊）上以"吴南星"为笔名开设"三家村札记"专栏。

1961 年 9 月，《前线》开设"三家村札记"专栏，邓拓、吴晗、廖沫沙三人一道以吴南星为笔名（"吴"，吴晗；"南"，马南邨，邓拓笔名；"星"，繁星，廖沫沙笔名）在这一专栏上发表杂文。"三家村札记"专栏对题材风格并无太多限制，三位作者的杂文，风格各异，议论纵横，既有对一些科学知识和历史知识的介绍，也有对社会主义新风尚的歌颂，还有对现实中某些不良风气和现象的批判。1966 年 5 月，三联书店将这些杂文结集，出版了《三家村札记》。在"文化大革命"中，《三家村札记》受到批判。1979 年人民文学出版社重新出版了该书。

11 月 10 日，《中国青年报》连载罗广斌、杨益言的长篇小说《红岩》，后被改编为《江姐》《烈火中永生》等。

由罗广斌、杨益言合作创作的长篇小说《红岩》，被称为"黎明时刻的一首悲壮史诗"，这部小说描写了 1948—1949 年，在重庆敌我双方的生死搏斗，揭露了敌人在穷途末路时凶残暴戾的面目，塑造了许云峰、江姐、成岗、华子良等优秀的共产党员形象。两位作者在谈到这部作品时这样说道："大家知道，《红岩》这本小说的真正作者，是那些在'中美合作所'里为革命献身的许多先烈，是那些知名的和不知名的无产阶级战士。我们只是做了一些概括、叙述的工作。……1949 年底重庆解放，我们先后从敌人的集中营里脱险出来。因为曾亲眼见到许多革命者在胜利前夕英勇牺牲，比较了解情况，党组织便派刘德彬等同志和我们到烈士追悼会去工作，参加编辑《如此中美特种技术合作所》一书……从那时起，我们继续搜集、参考了一千万多字的资料，又访问了许多革命前辈，向他们学习了不少革命斗争的知识……这样经过了几年，使我们进一步学习和认识了先烈们的革命精神，也在思想感情上和群众逐渐结合起来。"①

---

① 罗广斌、杨益言：《创作的过程，学习的过程——略谈〈红岩〉的写作》，载《中国青年报》，1963-05-13。

1962 年

4 月 30 日，中共中央批转《关于当前文学艺术工作若干问题的意见（草案）》（简称"文艺八条"）。

1961 年 6 月，中宣部在北京召开全国文艺工作座谈会，讨论《关于当前文学艺术工作若干问题的意见》一文的草案，8 月下旬，又将此文发各地征求意见，最后在 1962 年 4 月由中宣部定稿。具体内容是：一、进一步贯彻"百花齐放、百家争鸣"的方针；二、努力提高创作质量；三、批判地继承民族文化遗产和吸收外国文化；四、正确开展文艺批评；五、保证创作时间，注意劳逸结合；六、培养优秀人才，奖励优秀创作；七、加强团结，继续改造；八、改进领导方法与领导作风。

5 月 22 至 23 日，第一届大众电影百花奖在政协礼堂举行授奖大会和电影工作者联欢会，这是中国电影史上第一次群众性影片评奖活动。

大众电影百花奖是由《大众电影》杂志社主办的一年一度的群众性评奖，和中国电影金鸡奖合称为"中国电影双奖"。百花奖只代表观众对电影的看法和评价,因此又被称为"观众奖"。百花奖由《大众电影》发放选票,由读者投票评奖,各奖项均由得票最多者当选。百花奖评奖始于 1962 年,但在 1963 年第二届评奖之后中断了 17 年,直到 1980 年才恢复并举行了第三届评奖。此后每年举办一次。百花奖设有最佳故事片、最佳男女演员、最佳男女配角等奖项。1962 年,中国举办第一届百花奖评选。4 月 27 日公布了荣获首届电影百花奖的影片名单,故事片《红色娘子军》,纪录片《两种命运的决战》《亚洲风暴》《征服世界高峰》,科教片《没有"外祖父"的癞蛤蟆》,动画片《小蝌蚪找妈妈》,戏曲故事片《杨门女将》等榜上有名。5 月 22 日举行的 1960—1961 年首届影片评选"百花奖"授奖大会和电影工作者联欢会上,颁发了其他个人奖。1963 年 4 月 27 日,第二届国产影片"百花奖"评奖结果在北京揭晓:《李双双》获最佳故事片奖,《槐树庄》导演王苹获最佳电影导演奖,《李双双》中李双双扮演者张瑞芳获最佳电影女演员奖,《哥俩好》中大虎、二虎扮演者张良获最佳电影男演员奖,《李双双》编剧获最佳电影编剧奖,《李双双》中孙喜旺扮演者仲星火获最佳电影配角奖,《刘三姐》摄影师郭镇铤、尹志获最佳电影摄影奖,《刘三姐》作曲者雷振邦获最佳电影音乐奖,《刘三姐》美术工作者童景文、张起旺获最佳电影美术工作奖,《中印边界问题真相》获最佳纪录片奖,《人民公敌蒋介石》获最佳短纪录片奖,《中印边界问题真相》摄影师泽仁、田枫、计美登珠、扎西旺堆获最佳纪录片摄影奖,《知识老人》获最佳科教片奖,《大闹天宫》获最佳美术片奖,《孙悟空三打白骨精》获最佳戏曲片奖。

5 月 29 日,中国人民解放军南京部队政治部前线话剧团在上海演出话剧《霓虹灯下的哨兵》,引起热烈讨论。

《霓虹灯下的哨兵》主要描写的是 1949 年 5 月上海解放后一支解放军连队进驻上海市区最繁华的南京路之后,坚守革命传统的模范事迹。这出话剧不仅深刻地展示了在大上海这个十里洋场中各种思想、各种矛盾的复杂斗争,而且塑造了路华、鲁大成、洪满堂等共产党员形象,展示了中国无产阶级革命无坚不摧的精神。该戏一经上演,就获得了广大观众热烈的欢迎。1963 年 2 月,中国戏剧协会戏剧创作委员会和《剧本》

月刊编辑部在北京召开《霓虹灯下的哨兵》座谈会，会议由田汉主持。

6月25日，邵荃麟在《文艺报》的一次讨论重点选题的会议上，明确提出"写中间人物"的主张。

邵荃麟在《文艺报》的一次讨论重点选题的会议上，明确提出"写中间人物"的主张。他说，当前作家们不敢接触人民内部矛盾，创造英雄人物问题，大家感到有束缚。有人认为不能分正面人物和反面人物，这当然是错误的。但在批判这种观点时，却忽略了中间人物；其实矛盾往往集中在中间人物身上。他要求《文艺报》把"写中间人物"列入重点选题计划。

"写中间人物"的提出，也是表现人民内部矛盾的需要。1956年在我国实现社会主义改造以后，人民内部矛盾成为现实生活中大量存在的普遍现象，人民内部矛盾，又多数从中间状态人物的身上反映出来。所以，研究、描写这一部分人物，是十分重要的。可是作家由于受到批判所谓"干预生活"的影响，有的不敢去接触生活中的这些矛盾，甚至用回避矛盾的方法粉饰现实。邵荃麟同志看出了这个问题的严重性。他认为作家有责任通过艺术形象的塑造表扬先进、批评落后，对农民进行社会主义、集体主义的教育。这就是邵荃麟同志提出"写中间人物"的目的。[①]

8月2日至16日，中国作家协会在辽宁大连举行农村题材短篇小说创作座谈会（即"大连会议"），会议就如何反映人民内部矛盾及短篇小说创作中的各方面问题进行了探讨。

1962年8月2日至16日，中国作家协会召开"大连会议"，会议就农村生活题材的创作问题、小说应该如何反映人民内部矛盾问题、纠正农村题材创作的单一化人物形象问题等展开讨论。值得一提的是，会议上提出的"中间人物"的创作以及"现实主义的深化"的主张，对50年代以来农村题材和农民形象的单一化状况进行了调整。另外会议提出"一个标兵""三个样板"的说法，一个标兵指的是赵树理，三个样板指的是

---

① 彭放：《浪漫的思潮——20年文学观念之嬗变》，20页，哈尔滨，黑龙江人民出版社，2006。

张庆田的《老坚决外传》、西戎的《赖大嫂》和韩文洲的《四年不改》。

8月，《巴金文集》由人民文学出版社出版完毕，共 14 卷。

巴金在中华人民共和国成立前创作的作品，大都收集在 1958 年至 1962 年陆续出版的《巴金文集》（人民文学出版社）中，共 14 卷，由巴金自编完成。第 1～9 卷、第 12～14 卷主要收录小说创作，第 10～11 卷主要收录散文作品。这套文集收录了巴金从 1927 年年初至 1946 年年底发表的大部分作品，为巴金前期的创作历程和思想发展研究提供了比较完善的资料。

1963 年

4 月 19 日，周恩来在中宣部召开的文艺工作会议和中国文联第三届全国委员会第二次扩大会议上作题为《要做一个革命的文艺工作者》的讲话。

《要做一个革命的文艺工作者》是周恩来1963 年 4 月 19 日在北京中南海召开的文艺工作会议和中国文联第三届全国委员会第二次扩大会议上的讲话。讲话中周恩来提出了"阶级性就是人民性"的论断："阶级性与人民性能不能划等号？我认为讲阶级性、人民性必须与当时的时代联系起来。人民，这是指绝大多数人。在奴隶社会，奴隶是绝大多数；封建社会，广大农民是绝大多数。同情奴隶解放，同情农奴，刻画出'卑贱者'的形象，这就是人民性，也就是当时的阶级性。在今天，我们讲的是无产阶级的阶级性，但无产阶级又必须与农民结成联盟，工农联盟要长期存在下去，最后使农民得到最彻底的解放，所以今天无产阶级的阶级性也可以说是今天的人民性。"[1]

---

[1]　文化部文学艺术研究院编：《周恩来论文艺》，166 页，北京，人民文学出版社，1979。

5 月 6 日至 7 日，《文汇报》发表署名梁碧辉的文章《"有鬼无害"论》。

"有鬼无害"是"文化大革命"初期重要的公案之一，主要的批判对象是孟超、廖沫沙及他们分别创作的《李慧娘》和《有鬼无害论》。《李慧娘》是孟超根据明代周朝俊创作的传奇《红梅记》改编的昆剧作品，1961 年由北方昆曲剧院演出。剧本讲述了南宋奸臣贾似道害死李慧娘，李慧娘化为厉鬼报仇的故事。该剧公演之后获得了广泛好评。应孟超之邀，时任北京市委统战部部长的廖沫沙，以笔名"繁星"发表了《有鬼无害论》一文，意在说明《李慧娘》剧中虽然写了"鬼"，但是个"好鬼"，有鬼而无害。

5 月 6 日至 7 日，上海《文汇报》发表了署名为"梁碧辉"的文章《"有鬼无害"论》，长达一万三千字，运用索隐的手法批评《李慧娘》的剧作者，此后文艺界一度进入批判"鬼戏"的高潮。

8 月，姚雪垠的长篇历史小说《李自成》（第一卷）由中国青年出版社出版，1976 年出版的第二卷获首届茅盾文学奖。

姚雪垠自 20 世纪 40 年代即开始收集明史资料，计划写作长篇历史小说《李自成》。1957 年，姚雪垠被划成"右派"下放劳动，他白天劳作，晚上借着小油灯的微弱光芒坚持写作，就这样完成了《李自成》第一卷的草稿。五年后，姚雪垠摘掉了"右派"的帽子，被分配到武汉市文联工作。时任市文化局党委书记兼市文联主席的程云对《李自成》这部小说非常重视，并向市委作报告，得到了市委的支持。1963 年 8 月，《李自成》第一卷由中国青年出版社正式出版，出版后好评如潮。

"文化大革命"开始后，虽然有人写文章批判《李自成》第一卷，但《李自成》各卷仍陆续出版问世。其中，第二卷于 1982 年获得首届茅盾文学奖，与之同届获奖的还有古华的《芙蓉镇》、周克芹的《许茂和他的女儿们》、莫应丰的《将军吟》、李国文的《冬天里的春天》、魏巍的《东方》。

12 月 14 日，《文学评论》开设"纪念曹雪芹逝世 200 周年"专辑，发表的文章有何其芳的《曹雪芹的贡献》、蒋和森的《〈红楼梦〉爱情描写的时代意义及其局限》等。

　　1963年，为纪念曹雪芹逝世200周年，我国举办了一系列学术和文化活动，并由文化部、全国文联、中国作协和故宫博物院联合筹办了"曹雪芹逝世200周年纪念展览会"。1963年12月14日，《文学评论》第6期开设"纪念曹雪芹逝世200周年"专辑，发表何其芳的《曹雪芹的贡献》、蒋和森的《〈红楼梦〉爱情描写的时代意义及其局限》，以及刘世德、邓绍基的《〈红楼梦〉的主题》。《曹雪芹的贡献》一文对"以宝黛爱情为全书线索"的提法做出修改，强调《红楼梦》远远不止写爱情悲剧，不止提出了家庭的问题，更为重要的在于批判了整个封建社会的上层建筑，使人感到封建社会没落和崩溃的必然性。《〈红楼梦〉爱情描写的时代意义及其局限》认为《红楼梦》的爱情描写，写出了非常丰富、深邃的时代社会内容。《〈红楼梦〉的主题》进一步强调，描写以贾家为主的四大家族的衰败和没落，从而对封建社会作了深刻有力的批判，使我们看到封建贵族、地主阶级必然走向没落和崩溃的历史命运，正是《红楼梦》的重要主题。同年还有多篇纪念文章刊发，如茅盾的《关于曹雪芹——纪念曹雪芹逝世二百周年》，阿英的《漫谈〈红楼梦〉的插图和画册——纪念曹雪芹逝世二百周年》，李希凡的《悲剧与挽歌——纪念曹雪芹逝世二百周年》等。

1964 年

　　1月30日，《文汇报》发表社论《大力提倡讲革命故事》，一场在群众及作家中同时掀起的"讲革命故事"运动逐渐走向高潮。

　　1964 年 1 月 30 日，《文汇报》发表社论《大力提倡讲革命故事》，提出开展"讲革命故事"活动，对于农村工作来说至少有五个方面的作用：第一是占领思想阵地的作用；第二是发挥文艺轻骑兵的作用，有力配合党在农村的各项政治任务和生产斗争，宣传了政策，发动了群众，促进了集体生产的发展；第三是丰富农民业余文化生活的作用；第四是推动其他方面农村文化工作开展的作用；第五是对讲事员自身的作用，宣传社会主义思想，对农民进行阶级教育，也是对自己的一种锻炼和提高。同年 2 月 11 日，《文汇报》发表社论《读〈卖烟叶〉有感——再论大力提倡讲革命故事》，认为赵树理的小说《卖烟叶》既是为当前农村广泛开展讲故事活动雪中送炭，也是为发展社会主义文学事业锦上添花。此后，《文汇报》于同年连续发表多篇系列社论，如《两种效果论——三论大力提倡讲革命故事》《故事员风格赞——四论大力提倡讲革命故事》《故事员队伍要扩大也要巩固提高——
五论大力提倡讲革命故事》《需要更多更好的革命故事——六论大力提倡
讲革命故事》《文艺工作者要积极参加革命的群众文化运动——七论大力
提倡讲革命故事》。

同时，其他报纸和刊物也对这一运动进行了诸多报道和评论。例如
1964 年 5 月 21 日，《解放日报》刊发报道《创作更多更好的革命故事，
上海作家协会邀请有关人员座谈革命故事创作问题》；1965 年 8 月 22
日，南京举行革命故事创作交流会，《新华日报》为此发表评论员文章
《开展群众性的讲革命故事活动》，并发表报道《运用革命故事形式，为
政治和生产服务》；1965 年 12 月 2 日，《解放日报》发表高云的《创作园
地中生命正旺的新花——谈革命故事的创作特色》；1966 年 4 月 25 日，
《人民日报》发表丁学雷的评论文章《革命故事是宣传毛泽东思想的有力
武器——上海郊区农村革命活动述评》。一场在群众及作家中同时掀起
的"讲革命故事"运动逐渐走向高潮。

6 月 24 日，《人民日报》刊登报道《京剧工作者积极改造思想革新艺
术，努力塑造新时代的工农兵英雄形象，从深入生活着手编演现代戏有
了可喜的收获》。

报道称："全国京剧工作者面对京剧艺术必须革新，必须努力表现
现代生活，更好地为社会主义革命和社会主义建设服务的时代要求，近
年来采取积极行动，深入生活，深入工农兵群众，在思想改造和艺术革
新方面有了可喜的收获。"从 1952 年到 1963 年，戏曲改革工作始终未能
真正做到"推陈出新，百花齐放"，既无法打破传统，又无法建立新的戏
曲形式。1963 年，文化部召开首都戏曲工作座谈会，讨论如何使中国
历史悠久且有广泛群众基础的戏曲，更好地适应社会主义新时代人民群
众的实际需要，后来有人主张戏剧艺术中应该掀起社会主义革命，于是
戏剧改革就演变为戏剧革命，进一步提倡"推封建主义、资本主义之陈，
出社会主义之新"[①]。1963 年戏曲界关于推陈出新问题的热烈讨论，是
继 1958 年排演现代戏之后又一次掀起的排演现代戏的热潮。在这以前，

---

① 《解放军日报》社论：《出社会主义之新——再论大力提倡革命的现代剧》，见《1963 年
华东区话剧观摩演出文集》，101 页，上海，上海文化出版社，1965。

还有一些京剧团通过上山、下乡、下工矿、下连队，送戏上门，为工农兵演出，同工农兵群众建立了比较密切的联系。这篇报道进一步点明，要实现戏剧改革的目标，实现"推陈出新，百花齐放"，必须要深入生活，深入工农兵群众。这一路径在 1964 年京剧现代戏观摩演出大会上得到了充分反映。1964 年，京剧现代戏观摩演出大会由文化部主办，于 6 月 5 日至 7 月 31 日在北京举行。会演共演出全国各地 29 个剧团的 37 个剧目，涌现出《红灯记》《芦荡火种》《智取威虎山》《奇袭白虎团》《黛诺》等一批优秀的京剧现代戏剧目。

7 月，康生在全国京剧现代戏观摩演出大会上，批判《北国江南》《早春二月》，毛泽东批转中宣部《关于公开放映和批判影片〈北国江南〉、〈早春二月〉的请示报告》。

《文艺报》等报刊还相继设立了"关于电影《北国江南》的讨论"和"关于电影《早春二月》的讨论"专栏。

《北国江南》《早春二月》都是 1963 年摄制完成的影片。《北国江南》由阳翰笙编剧，沈浮导演。主要描写了人民群众在忠厚朴实的吴大成、银花等共产党员的带领下，自力更生，改造自然，把千里塞外变成北国江南的故事。《早春二月》是谢铁骊根据柔石的中篇小说《二月》编导的。该片的主要情节是：知识青年萧涧秋，经过多年漂泊和苦闷徘徊，厌倦了城市生活，来到芙蓉镇教书。在这里，他与富家女陶岚相爱，又对革命军烈士遗孀文嫂深表同情。他与文嫂的往来，招来了流言蜚语，最后文嫂自杀，萧涧秋离开小镇。

9 月，毛泽东给中央音乐学院一个学生写的信上作了批示："古为今用，洋为中用"，要求对中国传统文化的继承和对外国文化的学习借鉴必须结合起来。

1964 年 9 月 27 日，毛泽东针对中央音乐学院学生陈莲的来信，对时任中共中央宣传部部长陆定一予以重要批示，在《对中央音乐学院的意见》的批示中提出了"古为今用，洋为中用"的文艺方针，标志着这一思想的形成，成为正确对待中国历史文化遗产和正确对待外国文化资源的一项基本原则。

这一思想是在不断丰富和发展中形成的。1940 年 1 月，毛泽东在《新民主主义论》中就曾提出外国文化和古代文化的问题，认为中国应该学习外国的进步文化，也必须尊重自己的历史。1942 年 5 月，毛泽东《在延安文艺座谈会上的讲话》中从文化"源"和"流"的角度阐明"古为今用，洋为中用"的思想，丰富和发展了其"批判继承"的文化观，并与文化上的教条主义和保守主义划清了界限。1956 年，在《同音乐工作者的谈话》中，毛泽东进一步明确了古代文化和外国文化服务的对象是当下的中国和现今的中国人。1964 年 9 月，"古为今用，洋为中用"的方针正式提出，对中国文化事业的发展建设起到了重要作用，至今仍然是中国特色社会主义文化的重要指导方针。

1965 年

2月23日，周扬召集各协会和主要报刊负责人会议，布置贯彻"二十三条"。提出写批判文章不要"打空炮""乱猜""乱扣帽子"，要防止"片面性和绝对化"，不能搞"教条主义"；强调对夏衍、田汉等"要有历史观点"，"要一分为二"，"政治与学术要分开"。

1964年，文化部和文艺界开始整风。此后，电影《早春二月》《舞台姐妹》《逆风千里》，京剧《谢瑶环》，昆曲《李慧娘》等陆续受到了批判。1965年2月23日，周扬召集各协会和主要报刊负责人会议，提出写批判文章不要"打空炮""乱猜""乱扣帽子"，要防止"片面性和绝对化"，不能搞"教条主义"；并强调对夏衍、田汉等"要有历史观点"，"要一分为二"，"政治与学术要分开"。1965年4月整风结束。中共中央于4月7日发出《关于调整文化部领导问题的批复》，免去了齐燕铭、夏衍等人文化部副部长的职务。

11月29日至12月17日，全国青年业余文学创作积极分子大会在京召开，周扬在会上作了题为《高举毛泽东思想红旗，做又会劳动又会创作的文艺战士》的报告。

报告首先介绍了文艺战线上斗争的新形势，概述中华人民共和国成立以来文艺界围绕文艺路线的五次大辩论、大批判。周扬进一步提出要"大写社会主义，大写英雄人物"，"努力培养社会主义文艺事业的接班人"，并再次强调毛泽东提出的无产阶级革命事业接班人的"五个条件"（必须是真正的马克思列宁主义者；必须是全心全意为中国和世界的绝大多数人服务的革命者；必须是能够团结绝大多数人一道工作的无产阶级政治家；必须是党的民主集中制的模范执行者；必须谦虚谨慎，戒骄戒躁，富于自我批评精神，勇于改正自己工作中的缺点和错误），以及部队文艺工作者须努力做到的"三过硬"（思想过硬、生活过硬、基本功过硬）。

1966 年

2月1日，《人民日报》发表云松的评论文章《田汉的〈谢瑶环〉是一棵大毒草》。

1966年1月，《剧本》杂志登载了署名云松的长文《田汉的〈谢瑶环〉是一棵大毒草》。2月，《人民日报》《光明日报》相继转载。《戏剧报》也以编辑部的名义刊发题为《田汉的戏剧主张为谁服务?》的文章。此后，全国上下掀起一股批判田汉的浪潮。

3月12日，《光明日报》刊登穆欣批判夏衍的文章《评〈赛金花〉剧本的反动思想——剖析30年代的一个所谓"名剧"》。

文章首先指出，对《赛金花》剧本历来就存在两种截然相反的评价，近些年有人大力鼓吹20世纪30年代戏剧和电影成就，把《赛金花》捧为"国防戏剧"的代表作，而挑起了新的争论。文章认为《赛金花》是对义和团运动的攻击和污蔑，也是对中国人民反对帝国主义这一革命传统的污蔑。剧作者夏衍也被点名批判，《人民日报》在1966年4月1日以整版篇幅刊登了何其芳写的长文《夏衍同志作品中的资产阶级思想》，半个月后，又发表《破除对"三十年代"电影的迷信》。

6月1日，《人民日报》发表由陈伯达执笔的社论《横扫一切牛鬼蛇神》。

11月28日，江青、陈伯达主持召开首都文艺界无产阶级文化大革命大会，第一次提出文化遗产内容上不能推陈出新，只有艺术形式可以批判继承的观点。

1967 年

5 月，《红旗》发表江青在京剧现代戏观摩演出人员座谈会上的讲话《谈京剧革命》。

5 月 9 日至 6 月 15 日，现代京剧《智取威虎山》等八个"样板戏"同时在北京舞台上演。

5 月 9 日至 6 月 15 日，纪念毛泽东《在延安文艺座谈会上的讲话》发表 25 周年期间，现代京剧《智取威虎山》等八个"样板戏"同时在北京舞台上演。5 月 31 日，《人民日报》全文登载京剧《智取威虎山》剧本，并发表社论《革命文艺的优秀样板》。《文艺革命》发表《江青同志对京剧〈红灯记〉的指示》。1969 年 9 月 30 日，《红旗》杂志发表文章，提出"学习革命样板戏，保卫革命样板戏"的口号。1969 年 10 月 19 日，《人民日报》发表哲平的文章《学习革命样板戏，保卫革命样板戏》。1970 年 9 月，北京电影制片厂率先推出了全国第一部"样板戏"电影《智取威虎山》。此后不久，"样板戏"电影《红灯记》《龙江颂》《沙家浜》《海港》《杜鹃山》《奇袭白虎团》《红色娘子军》等陆续拍成。

5月10日至6月中旬，为纪念毛泽东《在延安文艺座谈会上的讲话》发表25周年，全国各地展开了一系列活动。

1967年5月，正逢毛泽东《在延安文艺座谈会上的讲话》（以下简称《讲话》）发表25周年之际，全国各地纷纷举办了一系列纪念活动。1942年5月，毛泽东在延安举行的文艺座谈会上发表讲话，即《在延安文艺座谈会上的讲话》。《讲话》是毛泽东文艺思想的集中体现，对于20世纪40年代以来的中国文艺有着深远影响。

关于《讲话》25周年纪念活动主要有5月23日北京、上海的集会。5月25日起《人民日报》相继刊登了毛泽东关于文学艺术的五个文件作为25周年的纪念。5月13日到6月16日，革命样板戏在北京展开汇演以纪念《讲话》25周年，有芭蕾舞剧《白毛女》《红色娘子军》，现代京剧《沙家浜》《智取威虎山》等。

1968 年

　　5 月 23 日，《文汇报》发表于会泳的文章《让
文艺舞台永远成为毛泽东思想的阵地》，首次公
开提出了革命京剧的"三突出"创作原则。

　　1968 年 5 月 23 日，于会泳的文章《让文艺
舞台永远成为毛泽东思想的阵地》在《文汇报》上
刊发。这篇文章是为了纪念"样板戏"诞生一周年
而作的，并且首次公开提出革命京剧的"三突出"
创作原则。"三突出"顾名思义，即"三个方面的
突出"，指艺术家们在刻画人物形象的过程中，
应该在所有人物形象中突出正面人物形象；在正
面人物形象中又要进一步突出英雄人物形象；而
在英雄人物形象当中更要突出最重要、最核心的
形象。

　　这种创作原则实际上只允许中心人物成为剧
作中的焦点，其他人物则都成了陪衬、摆设，并
且，中心人物还必须舍弃人情物欲，并具备先知
先觉的能力。这样一种固定、僵化的创作原则遏
制了文艺工作者们的主观能动性，和艺术创作规

律背道而驰，对艺术创作造成了极大的影响。

　　之后，1969 年第 11 期的《红旗》杂志上发表了《努力塑造无产阶级英雄人物的光辉形象》一文，对原先的"三突出"创作原则进行了进一步的阐释，将这一原则润色为："在所有人物中突出正面人物；在正面人物中突出英雄人物；在英雄人物中突出主要英雄人物"，成为"无产阶级文艺必须遵循的一条原则"。

1969 年

7 月 16 日，《人民日报》刊发《评斯坦尼斯拉夫斯基"体系"》。

斯坦尼斯拉夫斯基是俄国著名的导演、戏剧教育家，他的理论思想与实践活动对 20 世纪世界戏剧有着极其深远的影响。斯坦尼斯拉夫斯基建立的演剧体系在继承欧洲戏剧体验派精髓的同时紧跟时代，将体验派表演置于现实主义理论体系之内，注重艺术性和内容性两者间的统一。斯坦尼斯拉夫斯基体系对中国戏剧也产生了深远的影响。

在 20 世纪 30 年代，中国话剧演艺人员通过美国电影学习写实演技时就已经对该体系有所接触。之后有关斯坦尼斯拉夫斯基的著作被陆续译介到中国来，并逐渐被中国的话剧界和电影界认可。20 世纪 40 年代，在斯坦尼斯拉夫斯基的影响下，中国的戏剧家如阳翰笙、陈白尘、孙师毅、史东山、陈鲤庭等人参与了"建立现实主义演剧体系"的探讨。中华人民共和国成立后，斯坦尼斯拉夫斯基体系真正在中国得到了全方位的学习与运用。

然而，在《评斯坦尼斯拉夫斯基"体系"》中，斯坦尼斯拉夫斯基的戏剧艺术理论被认为是"现代修正主义艺术理论基础"。文章对已逝世多年的俄国戏剧大师进行了猛烈批判，在当时影响较大。

1970 年

　　1 月 1 日，《红旗》第一期发表评论《文科大学一定要搞革命大批判》，提出革命大批判的主张。

1971 年

1 月 21 日，国务院科教组邀请各省、市、自治区和中央 22 个有关部门负责人座谈全国高等学校调整问题。

1971 年 1 月 21 日，国务院科教组邀请参加全国计划会议的各省、市、自治区和中央 22 个有关部门的负责人座谈全国高等学校调整问题。依据会议讨论的情况，中华人民共和国国家计划委员会、国务院科教组在 1 月 31 日向国务院提出《关于高等院校调整问题的报告》（以下简称《报告》）。《报告》中对于全国各类高等院校如农科院校、政法院校、工科院校、财经院校、医科院校、师范院校、综合大学等拟调整的建议作了汇报。

12 月，《北京文艺》等杂志陆续复刊，到 1973 年，全国多数省市文联机关刊物都已复刊。

《北京文艺》是中华人民共和国成立后较早创办的一份文艺月刊，其创办日期为 1950 年 9 月 10 日，由北京市文联主办，老舍曾担任主编。在"文化大革命"期间，《北京文艺》因为政治环境等因素停刊。到了 1971 年，在国内文艺政策松动的背景下，《北京文艺》（更名为《北京新文艺》）等一些杂志开始陆续复刊。1973 年，其刊物名称改回《北京文艺》。在复刊后的很长一段时间内，《北京文艺》并未有过主编，而是以主要负责人来代替。1980 年《北京文艺》更名为《北京文学》。

《北京文学》是一份综合性的文学刊物，其内容包括诗歌、评论、随笔散文、报告文学以及中短篇小说。许多作家著名的作品都在《北京文学》上发表，如汪曾祺的《受戒》等。

此外，到 1973 年，全国多数省市文联机关刊物都已复刊。

1972 年

7月，毛泽东作关于调整文艺政策的谈话。

9月，《解放军文艺》开辟"鲁迅杂文选读"专栏。

1972年，《解放军文艺》9月号开辟"鲁迅杂文选读"专栏，其刊登的主要作品有：《铁道兵生活短诗》（包括谢克强的《快快抬呀》、战士李小雨的《推土机手》等），王石祥的《塞上铁骑》、纪学的《海里人》、蓝曼的《深夜马蹄声》、韩瑞亭的《飞兵太行夜》、李占恒的《篝火正旺》、刘振华的《杏黄时节》、傅子奎的《夜走青石岭》等。

1973 年

2 月 20 日，陕西省新闻出版局召开"三史"、小说、连环画业余作者创作座谈会。柳青在会上发表讲话。

1973 年 2 月 20 日，陕西省新闻出版局举行了"三史"、小说、连环画业余作者创作座谈会。

2 月 27 日，柳青出席了会议并作了报告，指出自己在创作者的"三个学校"问题上理解得不够透彻，出现了失误，并对此作出了检讨。接着，柳青谈到了自己的《创业史》。他在会上表示《创业史》第一部已经和大家见面，第二部也即将完稿。关于第三部和第四部他也大致介绍了一下自己的构思。在报告的最后，柳青还提及了自己的一些创作心得，如在创作中应该努力抓住事物的本质等。

3 月 25 日，《人民日报》发表张永枚的文章《新诗也要学习革命样板戏——工农兵诗集〈风展红旗〉、〈阳光灿烂照征途〉读后》。

1973 年 3 月 25 日，《人民日报》刊发了张永枚的文章《新诗也要学习革命样板戏——工农兵诗集〈风展红旗〉、〈阳光灿烂照征途〉读后》。文章提倡学习革命样板戏成功地运用革命现实主义和革命浪漫主义相结合的创作方法、塑造工农兵的高大英雄形象、把叙事和革命抒情完美地结合起来以及千锤百炼、一丝不苟的创作态度等。[①]

张永枚，1955 年加入中国作家协会，曾当选中南军区兼第四野战军英模代表、第三次全国文代会代表、第四届全国人大代表。著有诗集《海边的诗》《新春》《椰树的歌》《螺号》《雪白的哈达》等。

---

① 张永枚：《新诗也要学习革命样板戏——工农兵诗集〈风展红旗〉、〈阳光灿烂照征途〉读后》，载《人民日报》，1973-03-25。

1974 年

　　3 月 15 日，张永枚的《西沙之战》发表于《光明日报》头版头条。

　　《西沙之战》是军旅作家张永枚以 1974 年春西沙群岛军民自卫反击战为背景而写成的报告式长诗，于 1974 年 3 月 15 日发表于《光明日报》头版头条，并译为蒙古文、藏文、盲文出版，堪称中国当代诗歌创作最为轰动的事件之一。《西沙之战》除序诗外共分四章，在篇章设置上以"海战奇观"为主体，以"美丽富饶的西沙"为背景，以"渔民与敌周旋"和"国旗飘扬在西沙群岛"为衬托，层层深入，突出"海战奇观"的中心位置。在人物设置上则以阿沙老船长和战士阿春为衬托，突出了舰长钟海的崇高形象。诗歌文字比较优美，但是对人物的塑造却显得浮夸和概念化。

　　5 月 5 日，初澜的评论文章《在矛盾冲突中塑造无产阶级英雄典型——评长篇小说〈艳阳天〉》在《人民日报》发表。

　　初澜在《在矛盾冲突中塑造无产阶级英雄典型——评长篇小说〈艳阳天〉》中说道："浩然同志

的长篇小说《艳阳天》，是在我国文艺战线上两个阶级、两条路线激烈斗争中产生的一部优秀文学作品，长时期以来，受到广大工农兵读者的热烈欢迎。这部小说，以党的八届十中全会的精神为指导，深刻地反映了我国社会主义农村尖锐激烈的阶级斗争，成功地塑造了'坚持社会主义方向的领头人'萧长春的英雄形象。"初澜还指出："萧长春这种革命的硬骨头精神，来源于对毛主席革命路线和社会主义事业的忠诚，是带领群众用不断的斗争推动历史前进的彻底革命精神，是在斗争中经受任何打击而坚决不气馁的坚强意志"。①

"文化大革命"时期关于《艳阳天》的评论文章中，除对《艳阳天》的阶级斗争以及路线斗争主题的大肆宣扬外，还对浩然塑造的萧长春这位阶级斗争的英雄人物给予了极高的赞扬，认为这位无产阶级的英雄人物一身正气、勇于斗争，是广大基层干部的好榜样。

---

① 初澜：《在矛盾冲突中塑造无产阶级英雄典型——评长篇小说〈艳阳天〉》，载《人民日报》，1974-05-05。

1975 年

　　7 月 25 日，电影《创业》重新上映，吹响了反对"四人帮"文艺路线的号角。

　　9 月，出现了"评《水浒》、批宋江"运动。

1976 年

1 月 1 日，《人民日报》《解放军报》《红旗》杂志刊发毛泽东词作《水调歌头·重上井冈山》《念奴娇·鸟儿问答》，对我国各条战线都具有重大的政治意义和现实意义。

《水调歌头·重上井冈山》为毛泽东 1965 年 5 月重回井冈山革命根据地时所写。1965 年 5 月 22 日，时隔 38 年后，毛泽东回到阔别已久的井冈山，他不仅调查了井冈山的建设，而且与当地的群众和老红军进行了亲切的交流。5 月 25 日，毛泽东写下《水调歌头·重上井冈山》这首词。该词不仅描述了其重上井冈山后所见的莺歌燕舞、潺潺流水等美好景象，还回顾了艰苦奋斗的革命历史，赞扬了共产党人敢于战胜一切困难的英雄气概。

1976 年元旦，《水调歌头·重上井冈山》以及《念奴娇·鸟儿问答》在《人民日报》《解放军报》和《红旗》杂志上发表，社论指出："毛主席这两首词的公开发表，具有重大的政治意义和现实意义，对全国人民是一个巨大的鼓舞。在跨入新的一年的时候，吟诵毛主席的诗词，放眼祖国万里河山，纵观世界革命风云，我们心潮澎湃，豪情满怀，对夺取新的胜利，更加充满信心。"①此外，中央人民广播电台在发表当日向全国人民广播了这两首作品，《北京文艺》《解放军文艺》《诗刊》等国家刊物也都刊载了这两首词。

10月6日，江青、张春桥、姚文元、王洪文被隔离审查。至此，"文化大革命"宣告结束。

---

① 《世上无难事　只要肯登攀》，载《人民日报》，1976-01-01。

1977 年

10 月，《人民文学》在北京召开短篇小说创作座谈会，张光年、刘白羽、萧育轩、叶文玲等作家和文学评论工作者参加了座谈会。

1977 年 10 月底，由《人民文学》编辑部组织的短篇小说创作座谈会在北京召开，张光年主持会议，茅盾、沙汀、马烽、周立波、王愿坚、张天明、王朝闻、刘白羽、萧育轩、叶文玲、茹志鹃、王子野等二十多位老中青作家和文学评论工作者参加了座谈会。会议主要围绕着如何提高短篇小说创作质量、如何突破公式化以及深入生活、短篇小说创作如何实现百花齐放等问题进行探讨。《人民日报》对此进行了专门报道，开设了"促进短篇小说百花齐放"专栏来专门刊登周立波、茅盾等人在会上的发言，并于 1977 年 11 月 19 日发表了评论员文章《充分发挥短篇小说的战斗作用》。文章指出："短篇小说是最能迅速反映现实斗争、鼓舞人民群众斗志、为无产阶级政治服务的文学样式之一。它具有短小精悍、简洁灵活、便于从一个侧面或者一个片断，以小见大的特点。"①此外，文章还指出，要创作更好的短篇小说，需要做好以下几点：一是运用马列主义和毛泽东思想肃清"四人帮"对文艺创作的毒害；二是坚持百花齐放、百家争鸣的方针；三是深入生活，熟悉群众，了解群众。

11 月，《人民文学》发表刘心武的短篇小说《班主任》，最早反映了"文化大革命"给人们心灵留下的创伤。

1977 年 11 月，刘心武的短篇小说《班主任》在《人民文学》上发表。小说主要讲述了北京光明中学初三年级的班主任张俊石接收小流氓宋宝琦插班到其班级读书的故事，第一次向读者展现了"文化大革命"对青少年造成的创伤。《班主任》发表之后便受到广泛关注，许多读者还曾致电和写信给杂志社，表达对该小说的喜爱之情。1978 年 8 月 15 日，《文学评论》专门举办了《班主任》座谈会，针对《班主任》的成就、社会对该小说的责难等问题，展开了热烈的争论，刘心武、冯牧、草明、严文井、林斤澜、陈荒煤、涂光群、孔罗荪、屠岸、江晓天等作家、学者以及北京市各大中学的教师参加了此次座谈会。会议一致认为，《班主任》是一部优秀的短篇小说，比较深刻地揭露了革命教育路线遭到破坏所带来的严重恶果，提出了人们普遍关心的青少年的教育问题。② 此后，卢新华的《伤痕》、鲁彦周的《天云山传奇》、陈世旭的《小镇上的将军》、从维熙的《大墙下的红玉兰》、张洁的《从森林里来的孩子》等"伤痕文学"作品相继发表。

---

① 《充分发挥短篇小说的战斗作用》，载《人民日报》，1977-11-19。
② 参见《为文学创作的健康发展扫清道路——记〈班主任〉座谈会》，载《文学评论》，1978 (5)。

1978 年

　　3 月 10 日,《诗刊》刊出谢冕的文章《诗歌在
战斗中前进——一九七六到一九七七年诗歌漫
笔》,对 1976、1977 年的诗歌进行总体性评论。

　　1978 年 3 月 10 日,谢冕的评论性文章《诗
歌在战斗中前进——一九七六到一九七七年诗歌
漫笔》在《诗刊》第 3 期上发表。该文章主要对处
于历史变革期的 1976、1977 年的诗歌进行总体
性评论,文章指出,这一时期诗歌的发展主要体
现在以下几个方面:一是诗歌创作思想的突破。
谢冕认为,诗必须要有真情实感,要注重内心的
表达,"人民对诗歌表现了最大的爱护,也表现
了最大的宽容。人民只要求诗喊出他们的心声,
而并不在艺术上苛求",而"这一年多的诗歌之所
以赢得了人民的喜爱,就在于它……扫荡了那些
陈词滥调,在诗歌思想艺术的完美统一上开了新
生面,使读者和听众的耳目为之一新"。[①] 二是
诗歌体裁的多样化。散文诗、旧体诗、长篇叙事
诗、讽刺诗等不同体裁的诗词的创作都取得了不

---

① 谢冕:《诗歌在战斗中前进——一九七六到一九七七年诗歌漫笔》,载《诗刊》,1978(3)。

同程度的突破与进展。三是诗歌创作队伍的壮大。1980 年，谢冕又发表了《重获春天的诗歌——评 1979 年的诗创作》，对 1979 年的诗歌进行总体性评论。

3 月 25 日，北京人民艺术剧院在北京演出话剧《丹心谱》，这是北京人艺恢复名称后上演的第一出大戏。

《丹心谱》为五幕剧，编剧为苏叔阳，原载于《人民戏剧》1978 年第 5 期，主要讲述了一位名叫方凌轩的老中医，在周总理的关怀与鼓励下，一直坚持不懈地研制防治冠心病的新药，即使遭到阻挠与迫害，也并未放弃新药研究的故事。该剧歌颂了方凌轩等医务工作者正直、善良、无畏的高尚情操，同时展现了周总理对人民生活无微不至的关怀，表达了对周总理的怀念。这部五幕剧是苏叔阳创作的第一部剧作，获得了中华人民共和国成立三十周年文艺汇演创作一等奖。此后，苏叔阳还创作了《左邻右舍》《家庭大事》《萨尔茨堡的雨伞》等。

1978 年 3 月 25 日，北京人民艺术剧院在京演出了《丹心谱》话剧，梅阡、林兆华导演，郑榕、于是之等人主演，这是北京人艺恢复名称后上演的第一出大戏。该话剧创作和表演的成功具有一定的标志性，它"破除了'四人帮'长期鼓吹的那一套唯心主义的创作'理论'和戒律，证明只有从生活出发，坚持现实主义原则，才是艺术创作的正路"[①]。

4 月 4 日，文化部为张海默、罗静予、王昆、齐致翔、杨秉荪等人平反。

1978 年 4 月 4 日，文化部宣布为张海默、罗静予、王昆、齐致翔、杨秉荪等一大批文艺工作者平反，并为吴作人、李苦禅和黄永玉等文艺界知名人士重新安排工作。文化部部长黄镇总结了以往文化部工作的成绩与不足，并指出当前第一位的任务，就是要坚决地搞好清查工作，一切假案错案必须平反。[②] 新华社专门进行了长篇报道。

---

① 朱寨：《从生活出发——评话剧〈丹心谱〉》，载《文学评论》，1978(3)。
② 参见《将军、外交家、艺术家黄镇传》编委会编：《将军、外交家、艺术家黄镇传》（下），北京，中央文献出版社，2007。

4月30日，《文汇报》发表艾青"复出"后第一首短诗《红旗》，对于中国诗歌界，这是一声响亮的宣告，中国终于又有了诗歌。

1978年4月30日，上海《文汇报》发表了艾青"复出"后的短诗《红旗》，这是艾青被迫离开文坛21年以后发表的第一首短诗。《红旗》一诗的发表，不仅宣告了艾青的归来，且对于中国诗歌界也具有重要的意义。短诗《红旗》发表之后便引起了广泛关注，许多读者纷纷写信给艾青表达对其创作的喜爱之情。贵州诗人哑默曾在给艾青的信中激动地写道："我们找你找了二十年，我们等你等了二十年。现在，我们终于找到了你！你终于回来了！……艾青，对于我们不再是一个人，一个名字，而是一种象征，一束绿色的火焰！——他燃烧起一个已经逝去的春天，又预示着一个必将到来的春天。"①在此之后，艾青又相继发表了《鱼化石》《电》等诗。

5月11日，《光明日报》头版刊登评论员文章《实践是检验真理的唯一标准》，后由《人民日报》《文汇报》转载。

《实践是检验真理的唯一标准》初稿由南京大学哲学系教师胡福明完成，后经《光明日报》编辑部与中央党校同志的修改，刊登在1978年5月10日的中央党校刊物《理论动态》上，后于5月11日以"本报特约评论员"的名义公开发表在《光明日报》头版。发表当日，新华社全文播发，5月12日，《人民日报》《文汇报》《解放军报》以及其他省市级刊物都相继予以全文转载。该文章严厉批评了"两个凡是"的方针，并强调实践是检验真理的唯一标准，也是马克思主义认识论的基本原理。文章明确指出："实践不仅是检验真理的标准，而且是唯一的标准"，"凡是科学的理论，都不会害怕实践的检验。相反，只有坚持实践是检验真理的标准，才能够使伪科学、伪理论现出原形，从而捍卫真正的科学与理论"。② 文章发表之后，引起了全国对于真理标准的广泛讨论。1978年6月6日，邢贲思的《关于真理的标准问题》一文在《人民日报》上发表。该文回应了一些同志对实践是检验真理的唯一标准的疑问。作者认为，

---

① 刘广涛：《二十世纪中国青春文学史研究——百年文学青春主题的文化阐释》，271页，济南，齐鲁书社，2017。

② 《实践是检验真理的唯一标准》，载《光明日报》，1978-05-11。

"有的同志提出，实践固然是真理的标准，但马克思主义也应当是真理的标准，这就是说，真理的标准不是一个，而是两个。这种说法是不正确的……两种答案中不论哪一种，都违反了辩证唯物主义的一元论，都会造成理论上的混乱"①。1978 年 10 月，《文艺报》还专门针对"实践是检验真理的唯一标准"召开过座谈会。

6 月 13 日，《人民日报》发表文化部理论组文章《认真调整党的文艺政策》。

1978 年 6 月 13 日，《人民日报》发表了文化部理论组文章《认真调整党的文艺政策》。该文章首次提出了"文艺为工农兵服务，为社会主义服务"，摒弃了原有"文艺为政治服务"的思想。文章指出，调整党的文艺政策，就是要坚决贯彻执行毛主席的革命文艺路线，就是要坚决贯彻执行文艺为工农兵服务、为社会主义服务的方向，就是要坚决贯彻执行毛主席的"百花齐放、百家争鸣"以及"古为今用、洋为中用""推陈出新"的方针，就是要全面落实党的各项文艺政策，包括对文艺工作者的政策，对文艺创作、文艺批评的政策，对群众文化的政策，对文艺遗产、传统剧种、曲种、剧目、曲目的政策，等等。② 除了该文章的发表之外，在 1979 年 10 月至 11 月第四次中国文学艺术工作者代表大会上，邓小平也强调了"文艺要为工农兵服务"的方针，指出："我们要继续坚持毛泽东同志提出的文艺为最广大的人民群众，首先为工农兵服务的方向，坚持百花齐放、推陈出新、洋为中用、古为今用的方针。"③

8 月 11 日，《文汇报》发表卢新华的短篇小说《伤痕》，由此拉开"伤痕文学"的序幕。

"伤痕文学"以批判控诉"文化大革命"给人心灵造成的巨大创伤为主要内容，因卢新华的短篇小说《伤痕》而得名。在 1978 年至 1980 年的中国文坛上，"伤痕文学"是占主导地位的一股文学潮流，它着重揭露十年

---

① 邢贲思：《关于真理的标准问题》，见《光明日报》编辑部编：《实践是检验真理的唯一标准——真理标准讨论论文集》，38 页，北京，光明日报出版社，1988。
② 参见文化部理论组：《认真调整党的文艺政策》，载《人民日报》，1978-06-13。
③ 邢贲思主编：《〈邓小平文选〉大辞典》，364 页，北京，中共中央党校出版社，1994。

浩劫对人性的摧残和扭曲，呼唤人性的回归，其价值、影响全都源于它的真实性，作家们以清醒真诚的态度去关注和思考人生，去面对惨痛的历史，因而在作品中呈现了一幅幅真实的生活图景，具有极强的感染力和号召力。对"伤痕文学"持反对态度的人认为这类作品对社会阴暗面"暴露"得太多，对人民的"伤痕"展示得太深，"情调低沉，看了之后感到压抑"，"影响实现四个现代化"等。但大多数人认为，上述观点是某些人不自觉地戴着"左"的有色眼镜看待现实主义作品得出的错误结论，随着人民心灵伤痕的康复，四化建设高潮的到来，文学的题材一定会发生转移。事实的发展也证明了这一点，"伤痕文学"不久就为"反思文学"所取代而完成了它的历史使命。所以，无论"伤痕文学"有着怎样的缺陷和不尽如人意之处，它在文学史上永远占有重要的一页。

12月23日，北岛诗歌《回答》初刊。

《回答》是诗人北岛第一首公开发表的朦胧诗，最初写于1973年3月15日，诗原名为《告诉你吧，世界》，后经1976年与1978年的两次修改，改名为《回答》。

1979 年

2月10日至22日，全国文学学科研究规划会议在昆明举行，来自全国各主要高等院校、研究机构、部分出版编辑部门的多名代表围绕文学研究工作如何适应四个现代化的需要进行讨论。

1979年2月10日至22日，由中国社会科学院文学研究所组织的全国文学学科研究规划会议在昆明召开。会议中，全国各主要高等院校、研究机构、部分出版编辑部门的130多名代表围绕着文学研究工作怎样适应四个现代化的需要问题，进行了深入的探讨。关于解放思想方面，与会者认为，"要搞好文学研究工作，关键在于解放思想，突破禁区"①。加强文艺理论研究工作，也是会议探讨的一大重点。会议强调，文艺理论研究应从实际出发，不仅要回顾历史，更要研究当前文学研究、文学创作中出现的新情况、新问题。在双百方针的问题上，与会者指出，要贯彻毛泽东所提出的双百方针，第一，要对学术研究和创作者给予法律保护；第二，避免外行领导内

① 柯舟：《文学研究工作要适应四个现代化的需要——全国文学学科研究规划会议略记》，载《文学评论》，1979(2)。

行，使外行逐渐转变为内行；第三，在对待文艺创作者和文学研究者时，应以鼓励为主；第四，强调学术平等，建立民主讨论问题的风气；第五，增办学术刊物。此外，与会者们还参与讨论和修订了《文学学科研究规划（草案）》（1978 年至 1985 年），修订后的规划（草案）指出，当前以及今后文学研究工作的重点是："在马克思列宁主义、毛泽东思想的指导下，彻底肃清林彪、'四人帮'的思想流毒，彻底清除'左'倾思潮的影响，系统深入地研究我国文学现状和文学历史发展的特殊规律，全面总结我国无产阶级文艺运动的经验和教训，逐步建立具有中国民族特点的马克思主义文艺科学，为促进社会主义文艺事业的繁荣发展而努力奋斗。"[①]

4 月，《诗刊》发表舒婷的《致橡树》，这是舒婷第一首公开发表的作品。

《致橡树》写于 1977 年，后于 1979 年 4 月发表在《诗刊》第 4 期的"爱情诗"专栏。该诗是舒婷"朦胧诗"代表作之一，也是其公开发表的处女作。在《致橡树》中，作者运用了象征、比喻、拟人等手法，通过鸟儿、泉源、险峰、日光、春雨等一系列自然物，对无尊严的付出、攀附式的爱情等女性的观念进行了批判。在诗中，作者将男性看作一株"橡树"，将现代的女性比作"近旁的一株木棉"，通过"木棉树"对"橡树"诉说，内心独白的表达方式，直接、形象地表达了其自由、平等、独立的爱情观。可以说，舒婷的《致橡树》不仅是一首令人耳目一新的爱情诗，更是一首倡导人格独立、人与人之间独立又相互联系、女性自觉与自强的哲理诗作，它既体现了舒婷自己对爱情的思考，也代表现代女性对于传统女性人格的反叛以及"人"的意识的觉醒。《致橡树》发表之后便受到了学界的关注，1980 年，《福建文学》开辟"新诗创作问题"专栏，对舒婷的"朦胧诗"进行了探讨。

5 月 2 日至 9 日，中国社会科学院纪念五四运动 60 周年学术讨论会在北京举行，这是中华人民共和国成立以来的第一次纪念五四运动的学

---

① 柯舟：《文学研究工作要适应四个现代化的需要——全国文学学科研究规划会议略记》，载《文学评论》，1979(2)。

术讨论会。

中国社会科学院于 1979 年 5 月 2 日至 9 日在北京举行纪念五四运动 60 周年学术讨论会。这是中华人民共和国成立以来第一次纪念五四运动的学术讨论会。中国社会科学院副院长周扬在开幕式上作了题为《三次伟大的思想解放运动》的报告。这次讨论会共收到论文 156 篇。其中黎澍的《关于五四运动中的几个问题》、王若水的《马克思主义和思想解放》、侯外庐的《五四时期的民主和科学思潮》、胡绳的《"五四"新文化运动中的民主与科学》、周培源的《六十年来的科学》等学术论文，均在会上作了摘要宣读或介绍。

8 月 9 日，《文汇报》发表浦知秋的文章《论"伤痕文学"》，此文开始比较集中地讨论"伤痕文学"问题。

文章认为"伤痕文学"区别于其他文学样式的重要特点是"大胆地暴露了社会主义社会中存在的阴暗面"，"真实地反映了人民群众的喜怒哀乐之情"，"提出了发人深省的社会问题"，"突破了艺术上的某些清规戒律"。作者认为"伤痕文学"不仅是一种矫正，而且是对十七年文学题材的一种创新和突破。文中指出"伤痕文学"具有"干预生活"的功能，是无产阶级文学的革命现实主义的"恢复和胜利"。此外，文章还分析了"伤痕文学"作为一种文学现象是"生活的写照和思想解放的产物"。1979 年 10 月号的《广州文艺》发表了谢望新、赖伯疆的文章《革命现实主义传统的恢复和发扬——"伤痕文学"辩》，文中肯定了"伤痕文学"的作用和价值，尤其是在"发扬革命现实主义创作传统"方面所发挥的作用。作者指出"伤痕文学"是革命文学的现实主义的产物，真实深刻地反映了社会现象和人民生活。可以说，像"伤痕文学"这样的文学作品的社会作用是深刻和广泛的。

11 月 14 日，鲁迅研究学会在北京正式成立。

鲁迅研究学会于第四次文代会期间正式成立，宋庆龄任名誉会长，茅盾任会长，并聘请胡乔木、周扬、周建人、胡愈之、成仿吾、冯乃超、李一氓、夏衍、巴金等为顾问。陈荒煤作了大会报告，提出了今后工作的意见。他认为鲁迅研究学会的成立是为了团结全国各地专业和非专业的鲁迅研究者，共同促进鲁迅研究的发展，提高对鲁迅研究的重视程度。学会成立后的重要工作包括办好刊物《鲁迅研究》，为广大鲁迅研究者提供一个"争鸣"和"齐放"的平台。同时，鲁迅研究学会计划和文学研究所鲁迅研究室合编《鲁迅研究丛书》一套，并举办多场鲁迅学术研究会，还将成立"鲁迅诞辰一百周年"纪念活动筹备委员会，为两年后的纪念活动作前期安排。

1980 年

　　1 月，《文学评论》发起文艺与政治关系问题的讨论，提出了一系列具有重大现实意义和理论意义的问题。

　　关于文艺与政治的论争是"文化大革命"之后重要文艺论争之一。1979 年 3 月，《文艺报》召开关于理论批评的会议，讨论了新中国成立后的文艺界的经验和错误，对文艺与政治的关系等问题进行了一系列的争论。1979 年 4 月，《上海文学》发表《为文艺正名——驳"文艺是阶级斗争的工具"说》，从文艺的社会功能角度批判了文艺从属于政治的观点。文章从文艺与政治、文艺与生活的关系方面批判了"工具论"，认为它是导致文艺与政治的等同，"造成文艺作品公式化概念化的主要原因"。① 1980 年 1 月 16 日，邓小平在《目前的形势和任务》中提到，"我们坚持'双百'方针和'三不主义'，不继续提文艺从属于政治这样的口号"。1980 年 7 月 26 日，《人民日报》社论《文艺为人民服务，为社会主义服务》肯定了

---

　　①　《上海文学》评论员：《为文艺正名——驳"文艺是阶级斗争的工具"说》，载《上海文学》，1979(4)。

"文艺为政治服务"的积极作用，也指出了其中的不足和缺陷。在此之后，《文学评论》《文艺研究》等刊物都就这个问题展开了专门的讨论，其中包括王若水的《文艺·政治·人民》、李华盛的《历史地评价"文艺是阶级斗争的工具"说》、敏泽的《文艺要为政治服务》、罗启业的《关于文艺与政治关系问题的探讨》、张建业的《文艺应该为政治服务》等文章。广大文艺工作者都认识到，"文艺为人民服务，为社会主义服务"应当作为文艺工作的总口号。

1980年4月7日至22日，全国当代诗歌讨论会（简称"南宁会议"）在广西南宁召开。

该会议由中国社会科学院文学研究所、中国当代文学研究会、北京大学中文系、中国作家协会广西分会、广西大学中文系和广西民族学院中文系联合主办。会议围绕对北岛、顾城、舒婷等青年诗人诗歌的评价以及中国新诗现状和发展道路问题展开激烈争论。谢冕在会上作了题为《新诗的进步》的发言。这次会议是中国新诗发展的关键转折点，是中国新诗发展史上一个重要的历史时段。

4月26日至5月10日，全国文学期刊编辑工作会议在北京举行，王任重、周扬、夏衍、贺敬之作重要发言。

此次会议由中国作家协会举办，出席会议的是全国省市级以上百余种文学期刊、丛刊以及出版社的编辑和负责人。会议就如何提高文学期刊的思想、艺术质量等问题展开了充分讨论。参会代表们表达了一定要坚持文艺的社会主义方向的目标，坚持"百花齐放、百家争鸣"的方针，使文学期刊更有战斗力，更好地为人民群众和社会主义服务。粉碎"四人帮"以来，文艺发展的整体形势是好的，文学期刊编辑工作取得了很大的成绩。短短三年，省市级以上复刊和新创刊的文学刊物达100多种，仅中短篇小说就有6000多篇。这对贯彻党的十一届三中全会的精神，促进"四化"建设都有积极的作用。同时，与会代表们也认识到，文学期刊应该与人民群众建立密切的联系，这也是刊物能够长盛不衰的根本动力。

5 月 7 日，《光明日报》发表谢冕的文章《在新的崛起面前》，至此拉开"三个崛起"和朦胧诗论争序幕。

1980 年 5 月 7 日，谢冕在《光明日报》发表《在新的崛起面前》一文，这篇文章是"朦胧诗"论的三大著名"崛起"之一，一举确立了"朦胧诗"的合法性和文学史地位。谢冕最早为"朦胧诗"辩护，主张对"朦胧诗"和新诗人"宽容和宽宏"。"朦胧诗"的命名就源于谢冕。

随着"朦胧诗"群的创作不断发展，争论仍在持续。1981 年，孙绍振在《诗刊》发表了《新的美学原则在崛起》。文章敏锐地意识到，"朦胧诗"群体现了一种"新的美学原则"，其特点为：一是"不是直接去赞美生活，而是追求生活溶解在心灵中的秘密"；二是提出了社会学与美学的不一致性，强调自我表现；三是进行了顽强的艺术革新。在这篇文章中，尽管作者没有提及启蒙主义思想，但几个核心论点都指向个体意识的觉醒和人本主义的追求，并将之上升为一种新的美学原则。1983 年，徐敬亚在《当代文艺思潮》发表了《崛起的诗群——评我国诗歌的现代倾向》一文，再次回应了人们对于"朦胧诗"的有关批评。在该文中，作者对这种"朦胧诗"的精神追求、美学理念、写作技巧进行了较为详尽的论析，认为："一些中青年诗人开始主张写'具有现代特点的自我'，他们轻视古典诗中的那些慷慨激昂的'献身宗教的美'；他们坚信'人的权利，人的意志，人的一切正常要求'；主张'诗人首先是人'——人，这个包罗万象的字，成了相当多中、青年诗人的主题宗旨。他们的'自我'，是一个个普普通通的中国现代公民。"[1]这些阐释已完全站在人本主义的立场上，对"朦胧诗"群的启蒙思潮进行了充分肯定，被视为新时期现代诗歌的宣言。从相关的论争过程来看，围绕着三篇"崛起"文章，这一阶段的争论双方都超越了"懂与不懂"的表象问题，不断深入"朦胧诗"的思想内核。大多都触及了"朦胧诗"群中有关个体意识、自由理想、反抗神本主义等启蒙性话语，也激发了"朦胧诗"创作对启蒙思想更加自觉、更加积极的表达。[2]

---

[1] 徐敬亚：《崛起的诗群——评我国诗歌的现代倾向》，载《当代文艺思潮》，1983(1)。

[2] 参见洪治纲：《中国当代文学思潮十五讲》，74～75 页，杭州，浙江大学出版社，2017。

　　5月18日，为纪念上海解放31周年，上海人民艺术剧院演出话剧《陈毅市长》。

　　话剧《陈毅市长》共10场，由沙叶新编剧，胡思庆任导演，魏启明扮演陈毅。话剧真实地再现了陈毅在上海面对百废待兴的复杂局面，引领人民建设新上海、改造"冒险家乐园"的事迹。其中塑造的陈毅市长的政治家形象，具有非凡的胆识和高超的智慧。正如很多评论家说的，在话剧舞台上至今出现的陈毅同志的艺术形象中，沙叶新笔下的陈毅形象是最丰满多姿的。沙叶新的创作思想中最突出的是紧密结合现实，并饱含深意。他抓住了上海解放时期的社会状况和各种矛盾，反映和歌颂了陈毅市长献身经济建设、大公无私的高贵品质和革命斗志，鼓励广大人民献身祖国的发展，批判以权谋私等不良风气。在戏剧的艺术表现方面，叶沙新也作出了创新，如增加人物的立体性和生动性，利用夸张、幽默的语言风格提高了话剧的观赏性等。话剧的展演获得了巨大的成功，带来了一系列的社会效应。随后，《陈毅市长》被改编成电影，影响更加广泛。

　　5月29日，《山西日报》发起关于发展社会主义文学流派的讨论。

　　20世纪50年代后期，文艺界把以赵树理为代表的长期生活在山西，并以农村为文学题材的作家如马烽、西戎等人看作一个文学流派，称为"山药蛋派"。1980年召开的山西省第四次文代会初步开展了对"山药蛋派"的讨论。1980年5月至10月，《山西日报》开辟了《关于发展社会主义文学流派的讨论》专栏，再次探讨了以赵树理为代表的"山药蛋派"。专栏首先发表了汪远平的《"山药蛋派"有鲜明特色和发展前景》和刘福林的《"山药蛋派"已经失去了发展的客观条件》两篇文章，并以此展开了近五个月的争论。讨论的重点在于"山药蛋派"的发展前景问题，同时对于这个流派的历史地位和主要特色给予了充分的肯定。于是，赵树理研究被扩展到了一个文学流派的研究。1981年和1983年中国社会科学院文学研究所召开的两次"中国现代文学思潮流派问题学术交流会"上，高捷作了发言，并主持编选《山药蛋派作品选》。黄修己、董大中等学者将赵树理研究推向了一个新高度。学术界经过探索和讨论，形成了对"山药蛋派"的一致认同，认为其称呼虽不高雅全面，但比较能反映出此流派的特别之处，形象通俗地展现了作家们的创作风格。

8月4日至15日，全国多所高等院校的教师、文艺报刊、出版单位的编辑和部分理论研究者、批评家、作家在江西庐山参加了全国高等学校文艺理论学术讨论会，这是中华人民共和国成立以来规模最大的一次文艺理论讨论会。

这次会议是全国文联和全国高等学校文艺理论研究会委托江西省文联等单位承办的。中心主题是回顾革命文艺发展的历史，阐述文艺与政治的关系，探讨文艺作品的社会功用等问题。这次讨论结合文艺界的发展历史和状况，明确了"文艺为人民服务，为社会主义服务"的宗旨和口号，总结了文艺的根本任务，为社会主义新时期文艺工作明确方向。与会者认为，中华人民共和国成立30年以来，广大文艺工作者对文艺与政治的关系的认识并不清晰，常常忽视了文艺发展的自身规律和特点，阻碍了社会主义文艺视野的发展。与会者对文学艺术生产力的解放达成的一致共识和提出的文艺工作的总目标，对社会主义文艺事业的繁荣和发展具有重要的意义。同时，对于存在的问题，会上采取自由发言、和平协商的方式。例如，针对文学作品的社会效果，有的同志认为既要有"暴露性"作品的存在，也要兼顾"歌颂性"作品的社会效果。

9月18日至19日，《河北文学》编辑部召开"荷花淀派"问题的学术讨论会，对"荷花淀派"的形成、前景及其命运等问题进行了讨论。

会议由《河北文学》编辑部在石家庄市组织召开，参加会议的有河北省直文艺单位和省内部分作家、文学评论工作者。京津作家和文学评论工作者刘绍棠、从维熙、阎钢等人应邀参会。

1981 年

5月12日，文化部直属院、团1980年新创作、新改编、新整理剧（节）目评比演出发奖大会在北京政协礼堂举行。

观摩评比的演出从1980年年底开始，剧目共41台，其中话剧13台、戏曲9台、歌剧4台。其中23个剧目获得演出奖，获荣誉奖和导演、表演、舞台美术设计奖等共274人。演出奖的一等奖是中央实验话剧院的《灵与肉》，中国青年艺术剧院的《威尼斯商人》等；二等奖是中央实验话剧院的《灰色王国的黎明》，中国青年艺术剧院的《迟开的花朵》《深夜静悄悄》《蒙塞拉》，中国儿童艺术剧院的《寒丹鸟的秘密》《会粘知了的老师》《铁铁》《西瓜，我问你》等；三等奖是中国儿童艺术剧院的《东海人鱼》等。中国青年艺术剧院的《威尼斯商人》演出已有101场，荣获文化部1980年度多项奖项：曹禺获得荣誉奖，张奇虹获得导演一等奖，于黛琴、王景愚获得表演一等奖，周正获得舞台美术设计一等奖。

9月25日，鲁迅诞辰一百周年纪念大会在

北京人民大会堂举行，胡耀邦高度评价了鲁迅的历史地位和伟大功绩。

9 月 25 日，鲁迅诞辰一百周年纪念大会在北京人民大会堂举行。胡耀邦与周扬都在会上作了讲话。之前，经中央批准，鲁迅诞辰一百周年纪念委员会于 4 月 21 日在北京正式成立并召开第一次会议。宋庆龄任主任委员，邓颖超、胡乔木、王任重、廖承志、陆定一、胡愈之、周扬、巴金、叶圣陶任副主任委员，此外，还有委员 203 人。秘书长是陈荒煤，副秘书长是林林、朱子奇、陆石、张僖、秦牧、华君武、李英敏、周海婴。旅日作家陈舜臣、美国斯坦福大学教授威廉·赖尔、美国印第安纳大学教授李欧梵等也赴京参会。重新编注的《鲁迅全集》（共 16 卷）由人民文学出版社出版，开始在全国发行。

11 月 18 日，《人民戏剧》开辟"关于话剧民族化问题的讨论"专栏，开展话剧民族化问题的讨论。

文艺界的不断开放开启了戏剧界视野拓展的范围和方向，由此吸收和引进了国外的戏剧理论和流派，话剧民族化的问题应运而生。1980 年 11 月 6 日，《光明日报》发表了李门的《话剧要民族化现代化》一文，他认为过去虽然有很多人提到要建立中国本土的戏剧体系，但效果并不明显。因此，在话剧民族化的道路上，我们还有很多工作要做。杨田村对他的看法提出了不同的意见，发表了《话剧的民族化与多样化》一文。《人民戏剧》就此展开了对"话剧民族化"议题的专栏讨论，并请李门刊登《话剧不需要民族化吗？》一文。杨田村、童道明、夏淳、赵铭彝等人随后在刊物上也发表一系列文章，例如童道明的《话剧民族化的必由之路》、夏淳的《关于话剧民族化的几点体会》、老戏剧家赵铭彝的《不提民族化的口号为好》、谭桂林的《关于话剧民族化的一点思考》、谭需生的《"话剧民族化"意味着什么？》、陈白尘的《中国话剧的过去、现在和未来》等。当中涉及的几个重要话题包括"话剧民族化问题是否解决""话剧民族化的途径""民族化与现代、多样化"等。

11 月 26 日，《光明日报》开辟"关于文艺创作如何表现爱情问题的讨论"专栏。

此专栏共刊登四篇文章，就中国青年剧院演出的由白峰溪创作的话剧《明月初照人》等作品中所产生的问题展开讨论。编者按指出："这几年的创作实践说明，如何对待文艺创作中的爱情描写，已经成为关系到我国社会主义文艺健康发展的一个很值得注意的问题。广大读者和观众对爱情题材创作中的不良倾向，对一些作品在爱情与革命、爱情与社会主义事业和爱情与道德的关系上所反映出来的某些不正确的观点，特别是对于那些生编硬造的不真实、不健康、不高尚的爱情描写，表示了强烈的不满，提出了尖锐的批评。也有不少人认为，近年来爱情题材作品的大量出现，是文艺工作者冲破禁区，解放思想的表现，并且出现了一批思想性和艺术性结合得较好的作品，还是应该肯定的。"①相关的评论文章还有林毓熙的《皎皎明月 耿耿丹心——谈〈明月初照人〉中方若明的形象塑造》、王喜山的《究竟要宣扬什么？——看话剧〈明月初照人〉的一点感想》。

12月，首届少数民族文学创作"骏马奖"评奖发奖大会在北京召开。"骏马奖"是由中国作家协会、国家民族事务委员会共同主办的少数民族文学的国家级文学奖。

1981年12月，首届少数民族文学创作"骏马奖"评奖发奖大会在北京召开，评奖活动中涌现了大量优秀的作家和作品，如张承志的短篇小说《骑手为什么歌唱母亲》、中篇小说《阿勒克足球》；孙健忠的中篇小说《甜甜的刺莓》、短篇小说《留在记忆里的故事》；乌热尔图的短篇小说《瞧啊，那片绿叶》；玛拉沁夫的电影文学《祖国啊！母亲》；沙叶新的剧本《陈毅市长》等。全国少数民族文学创作奖"骏马奖"，是由中国作家协会、国家民族事务委员会共同主办的少数民族文学的国家级文学奖。这一奖项的设立，体现了党的民族政策，体现了中华各民族的大团结，体现了各民族文学交流互补、共同繁荣的气象。1982年4月，中国作协召开书记处会议，将全国少数民族文学创作奖正式定为每3年举办一届，全国少数民族文学创作会议每5年举办一届。

第二届获奖的长篇小说有孙健忠的《醉乡》、哈吉乌玛尔·夏布旦的《罪行》、祖尔东·沙比尔的《探索》、扎拉嘎胡的《平原雾》，中篇小说有

① 转引自张健主编：《中国当代文学编年史——第5卷(1976.10～1984.12)》，420页，济南，山东文艺出版社，2012。

佳峻的《驼铃》、赵大年的《公主的女儿》、伍路的《麻栗沟》、高深的《军人魂》、景宜的《谁有美丽的红指甲》。

第三届获奖的长篇小说有赛福鼎·艾则孜的《苏图克·布格拉汗》、霍达的《穆斯林的葬礼》、扎拉嘎胡的《嘎达梅林传奇》、夏莫斯·库玛尔的《英雄博克》、益希单增的《迷茫的大地》、张承志的《金牧场》。

第四届获奖的长篇小说有玛拉沁夫的《茫茫的草原》、杨万翔的《镇海楼传奇》、朱春雨的《血菩提》、李元吉的《雪夜》、阿·乌铁库尔的《苏醒了的大地》、班觉的《松耳石头饰》。

第五届获奖的作品有央珍的《无性别的神》、张长的《太阳树》、庞天舒的《落日之战》、梅卓的《太阳部落》、李元吉的《春情》(朝鲜文)、韩·涛高的《雾霭漫漫的草原》(蒙古文)、帕尔哈提·吉朗的《麻赫穆德·喀什噶里》(维吾尔文)、吾马尔哈孜·阿依坦的《水准线》(哈萨克文)。

第六届获奖的作品有阿来的《尘埃落定》、向本贵的《苍山如海》、吴恩泽的《伤寒》、霍达的《补天裂》、阿不都热合曼·卡哈尔的《闹市里的新百姓》、许莲顺的《无根记》、夏·占布拉扎布的《金色的上都草原》。

第七届获奖的作品有李惠善的《红蝴蝶》、孟晖的《盂兰变》、郭雪波的《大漠狼孩》、马知遥的《亚瑟爷和他的家族》、布和德力格尔的《蔚蓝的天空》(蒙古文)、艾海提·图尔迪的《飘荡的灵魂》(维吾尔文)。

第八届获奖的作品有关仁山的《天高地厚》、罗汉的《紫雾》、朴善锡的《苦笑》、沙坎·玉买尔的《光辉的路程》、贾瓦盘加的《火魂》。

第九届获奖的作品有王华的《雪豆》,郭雪波的《银狐》,帕尔哈提·伊力牙斯的《楼兰之子》(维吾尔文),蒙飞、黄新荣的《节日》,玛波的《罗孔札定》。

第十届获奖的作品有白金声的《阿思根将军》(蒙古文)、金仁顺的《春香》、达真的《康巴》、潘灵的《泥太阳》、亚生江·沙地克的《诸王传》。

第十一届获奖的作品有李传锋的《白虎寨》、袁仁琮的《破荒》、阿拉提·阿斯木的《时间悄悄的嘴脸》、乌·宝音乌力吉的《信仰树》、旦巴亚尔杰的《昨天的部落》。

1982 年

　　1 月 7 日至 14 日，《文学报》发表了该报举行的针对"问题小说"的座谈会纪要，1 月 21 日开辟"问题小说讨论"专栏，就"问题小说"展开争鸣讨论。

　　这场讨论历时半年，主要围绕"写问题"还是"写人生"的两个写作方向展开，当中参与话题的分为肯定、否定和并行不悖三种意见。赞同者认为十年浩劫产生了大量社会问题，而优秀的文学作品一定要充分地反映社会矛盾，从而引起人们的注意。秦兆阳认为："问题小说的作者看到了落实政策、体制改革等方面出现的问题，群众又感兴趣，于是就赶紧写。这样的作品对克服改革中的阻力，反映一些问题，是有一定作用的，也是需要的。"[①]张炯说："只要人类的现实生活还存在种种社会矛盾和问题，问题小说就会存在下去，并且继续得到发展。"[②]张韧在文章《问题小说与当前的文学创作》中强调当前的问题小说"坚

---

　　①　转引自龙民新等：《努力塑造生动感人的人物形象——记秦兆阳关于问题小说的一次谈话》，载《文学报》，1982-04-15。

　　②　张炯：《关于问题小说》，载《文学报》，1982-06-17。

持革命的现实主义，正在向生活和艺术的广度与深度探索。所谓现实主义的深化，从一定意义上说，就是揭示矛盾和问题的深化"。他认为问题小说是时代需求和文学发展的必然产物，同时时代也要求问题小说发展为更为成熟的思想艺术。不赞同者认为文学创作的对象是人，要立足于写人、写社会人的生活和心灵。石方禹说："我不赞成'问题小说'的提法，因为这样提，把社会生活同生活中存在的所谓'问题'区别开来甚或对立起来了，影响所及会把作家观察生活、观察人生的视野限制起来，好像专要去找'问题'，不如此便不算描写社会生活似的。"①第三种观点认为写社会问题和写人生从内容上并没有太大的区分，因为写人生无法离开社会现象和问题，问题更多的也是人生问题。钱谷融认为一个作家的价值在于"他对人生的态度，对人民生活怎么看"，而关键之处在于"深入生活的问题，提高思想的问题"。② 此外，还有徐中玉的《不能为写问题而写问题》、胡万春的《问题小说讨论》、张士敏的《工业题材创作的一个问题》、邓牛顿的《时代·问题·态度》、唐克新的《要着眼于艺术形象的塑造》、刘金的《应当鼓起人民解决问题的勇气》等文章。

3 月 12 日至 13 日，《文学评论》编辑部邀请在北京的部分作家和评论家，座谈关于文学创作中的人性和人道主义问题。

党的十一届三中全会以后，全国报纸杂志发表了大量的文章，对文学创作中的人性和人道主义问题展开激烈讨论。讨论的内容围绕如何认识人性、人道主义和文学的关系，以及怎样运用马克思主义的基本原理认识人性和人道主义，怎样理解革命的人性观与资产阶级人性观的差别等问题。《文艺报》《文学评论》《文艺研究》等编辑部曾邀请作家、理论家探讨。这次讨论的收获包括三个方面，即认识到马克思主义并非完全否定人性的存在，而是反对资产阶级的抽象人性论；认识到马克思主义并非一概否定人道主义，而是要揭露和批判资产阶级人道主义的虚伪性和欺骗性；认识到对于新时期文学创作中出现的人道主义思潮和关于人性描写的探索，应该努力作出马克思主义的具体分析和理论概括，以推动

---

① 石方禹：《问题小说与干预生活》，载《文学报》，1982-02-25。
② 钱谷融：《开展百家争鸣，促进文艺创作——本报"问题小说"座谈纪要（二）》，载《文学报》，1982-01-14。

创作沿着为人民服务、为社会主义服务的方向发展。①

4月19日至27日，由中国作家协会和人民解放军总政治部文化部联合召开的军事题材文学创作座谈会在北京举行，百余位军内外老中青作家参加了会议。

1982年4月19日至27日，中国作家协会和人民解放军总政治部文化部联合举办军事题材文学创作座谈会。胡乔木出席座谈会并就如何解放思想、如何繁荣军事文学创作两个问题作了重要报告。此次座谈会成为我国军事题材文学发展的一个转折点。此前，军事题材小说已经表现出不同于以往那种塑造完美英雄形象的创作取向，出现了新的审美意识，比如徐怀中的《西线轶事》和朱苏进的《射天狼》。座谈会的召开，是对军事题材小说创作逐渐打破沉寂和拨乱反正的肯定，并确立了新时期军事题材文艺创作注意表现军人社会属性与军队特质之间的矛盾或联系，重视对军人心灵世界的挖掘，即"军人是人"的创作理念。此后，李存葆完成了《高山下的花环》全稿，该小说冲破了军事文学"无冲突论"，正视并深刻反映了现实生活中的矛盾冲突，揭示了军队内部矛盾和历史伤痛，展现了广阔的社会生活画面，成为20世纪80年代"中国最具影响的军事题材小说"，处于"起承转合、继往开来"的位置。② 可以说，座谈会对80年代军旅小说的创作高潮起到了推动作用，此后军事题材作品更加多元化，代表作品如李存葆的《山中，那十九座坟茔》、肖于的《绵亘红土地》、朱苏进的《凝眸》等。《解放军文艺》在同年6月对座谈会发言进行了选登。

7月7日，《文艺报》开辟"长篇小说创作笔谈"与"关于现实主义问题的讨论"专栏，探讨从1977年到1981年我国出版的400多部长篇小说的成就和问题。

1982年7月7日，《文艺报》开辟"长篇小说创作笔谈"与"关于现实主义问题的讨论"专栏，探讨从1977年到1981年我国出版的长篇小说

---

① 转引自崔西璐：《中国当代文学研究概论》，105～106页，天津，天津教育出版社，1990。

② 林晨：《转型时代的范文——李存葆〈高山下的花环〉新论》，载《文艺争鸣》，2018(8)。

的成就问题。经讨论且形成较大反响的作品有从维熙的《大墙下的红玉兰》、张洁的《爱，是不能忘记的》等。西方现实主义思潮引入中国后，一直伴随着相关的论争。《文艺报》通过同时刊登不同观点的文章，将"关于现实主义问题的讨论"推向高潮。通过《文艺报》的带动，很多文学刊物也开始关注现代主义。由《文艺报》发起并引领的这场讨论直到1984 年第 4 期才宣告结束，据统计，仅关于"西方现代派"的学术文章就多达数百篇。《文艺报》通过"讨论会"专栏，改变了 20 世纪 50 到 70 年代文学批评的主要功能仅限于"浇花"和"锄草"，而非鉴赏和解读文学作品的局面；扭转了人们长期以来对西方文艺思潮的消极抵制心理；积极肩负起复刊后引导和规范文学批评的发展的使命。《文艺报》的"笔谈"和"讨论会"专栏，表面上看只是刊登关于论争的文章，其深层动因则是通过将论争放在明面上展示来打破种种禁忌，促进"争鸣"，努力为文学批评的发展创造宽松的舆论环境，对于将新时期文学批评拉回到正常的发展轨道上产生了深远影响。①

10 月 16 日，"中国现代文学馆筹建处"召开成立会，胡乔木参加并为"筹建处"挂牌。

1982 年 10 月 16 日，"中国现代文学馆筹建处"召开成立会，胡乔木参加并为"筹建处"挂牌。中国现代文学馆历经巴金首倡、筹建，于1985 年正式成立，2000 年建成并启用新馆，经过 2010 年扩建等转折及发展，目前作为国家级重点文化单位，是中国第一座也是目前世界最大的文学博物馆。主要展示中国现当代文学发展史以及重要作家、文学流派的文学成就，是现当代文学的资料中心和研究阵地。中国现代文学馆集文学博物馆、文学图书馆、文学档案馆和文学资料研究及交流中心的功能于一身，隶属于中国作家协会。其主要任务是收集、保管、整理、研究中国现当代作家的著作、手稿、译本、书信、日记、录音、录像、照片、文物等文学档案资料和有关的著作评论以及文学期刊、报纸等。文学馆常设"中国现当代文学展"和"作家书房展"等展览，主要科研单位

---

① 曹文慧：《论〈文艺报〉（1978—1985）的"讨论会"》，载《小说评论》，2012(4)。

包括《中国现代文学研究丛刊》编辑部、柏杨研究中心、中国当代文学年鉴中心、中国博物馆协会文学专业委员会等，还设有茅盾故居纪念馆。

11月5日，北京人民艺术剧院在北京演出无场次话剧《绝对信号》，该剧是北京人艺"探索戏剧"的开端，也是开小剧场戏剧先河的里程碑式的作品。

1982年11月5日，北京人民艺术剧院在北京演出无场次话剧《绝对信号》，剧本当年在《十月》发表后，由林兆华导演，在北京人民艺术剧院以小剧场的形式首演，近半年就上演了159场。此剧是反映青年生活的无场次话剧，讲述了在夜间守车上的三个年轻人与车匪搏斗的故事。全剧采取了意识流手法勾勒了一个现在、回忆与想象交错的时空观，既突出了心理真实感，又成为形式上的一大创新。《绝对信号》是中国第一个真正意义上的小剧场戏剧，也是西方现代派文学和实验戏剧、小剧场演出在中国的继承与发扬。通过东西方艺术元素的交融，创造性地拓展了中国话剧艺术的新天地，为人们提供了一种新颖的审美感受，是"舞台假定性和心理真实性成功结合的戏剧探索"。该剧是北京人艺"探索戏剧"的开端，也是开小剧场戏剧先河的里程碑式的作品。

12月15日，首届"茅盾文学奖"授奖大会在北京举行，周克芹的《许茂和他的女儿们》等6部作品获奖。

"茅盾文学奖"由中国作家协会主办，根据茅盾先生遗愿，为鼓励优秀长篇小说创作、推动中国社会主义文学的繁荣而设立，是中国具有最高荣誉的文学奖项之一。"茅盾文学奖"是中国第一次设立的以个人名字命名的文学奖。该奖项于1981年设立，参评作品需为长篇小说，即字数在13万以上的作品。

首届"茅盾文学奖"于1982年12月6日揭晓，从1977年至1981年的作品中评出6部长篇小说获奖，它们是：周克芹的《许茂和他的女儿们》、魏巍的《东方》、姚雪垠的《李自成》(第二卷)、莫应丰的《将军吟》、李国文的《冬天里的春天》、古华的《芙蓉镇》。

第二届"茅盾文学奖"1985 年 12 月揭晓,从 1982 年至 1984 年的作品中评出 3 部长篇小说,它们是:李准的《黄河东流去》(上、下集),张洁的《沉重的翅膀》,刘心武的《钟鼓楼》。

第三届"茅盾文学奖"于 1991 年 3 月 9 日在北京揭晓,从 1986 年至 1988 年的作品中评出了 5 部长篇小说,它们是:路遥的《平凡的世界》,凌力的《少年天子》,孙力、钱小惠的《都市风流》,刘白羽的《第二个太阳》,霍达的《穆斯林的葬礼》。另外有萧克的《浴血罗霄》、徐兴业的《金瓯缺》获得荣誉奖。

第四届"茅盾文学奖"于 1997 年 12 月在北京揭晓,从 1989 年到 1994 年的作品中评出了 4 部长篇小说,它们是王火的《战争和人》(一、二、三部),陈忠实的《白鹿原》、刘玉民的《骚动之秋》、刘斯奋的《白门柳》(一、二部)。

第五届"茅盾文学奖"于 2000 年 11 月 11 日在浙江乌镇颁奖,从 1995 年至 1998 年的作品中评出了 4 部长篇小说,它们是:张平的《抉择》、阿来的《尘埃落定》、王安忆的《长恨歌》、王旭峰的《茶人三部曲》(一、二部)。

第六届"茅盾文学奖"于 2006 年 4 月 11 日在北京揭晓,从 1999 年至 2002 年的作品中评出了 5 部长篇小说,它们是:熊召政的《张居正》、张洁的《无字》、徐贵祥的《历史的天空》、柳建伟的《英雄时代》、宗璞的《东藏记》。

第七届"茅盾文学奖"于 2008 年 11 月 2 日在浙江乌镇颁奖,从 2003 年至 2006 年的作品中评出了 4 部长篇小说,它们是:贾平凹的《秦腔》、迟子建的《额尔古纳河右岸》、周大新的《湖光山色》、麦家的《暗算》。

第八届"茅盾文学奖"于 2011 年 8 月 20 日在北京揭晓,从 2007 年至 2010 年的作品中评出了 5 部长篇小说,它们是:张炜的《你在高原》、刘醒龙的《天行者》、莫言的《蛙》、毕飞宇的《推拿》、刘震云的《一句顶一万句》。

第九届"茅盾文学奖"于 2015 年 8 月 16 日揭晓,从 2011 年至 2014 年的作品中评出了 5 部长篇小说,它们是:格非的《江南三部曲》、王蒙的《这边风景》、李佩甫的《生命册》、金宇澄的《繁花》、苏童的《黄雀记》。

第十届"茅盾文学奖"于 2019 年 8 月 16 日在北京揭晓，从 2015 年至 2018 年的作品中评出 5 部长篇小说，它们是：梁晓声的《人间世》、徐怀中的《牵风记》、徐则臣的《北上》、陈彦的《主角》、李洱的《应物兄》。

1983 年

1 月 18 日，《人民戏剧》开辟"话剧如何争取观众"专栏，对该问题展开了为期一年的讨论。

1983 年 1 月 18 日，《人民戏剧》开辟"话剧如何争取观众"专栏，对该问题展开了为期一年的讨论。随着"社会问题剧""领袖剧"的浪潮的衰退，电影、电视的流行，以及话剧作品自身质量的滞后，戏剧行业出现危机，观众数量减少。《人民戏剧》为此展开关于"话剧如何争取观众"的讨论，较有影响的文章和观点有：罗毅之的《话剧，走你自己的路!》反对戏剧为了摆脱危机而陷入媚俗[1]；黄维钧的《不要徒劳缅怀昨日芳华——我对话剧前途之断想》认为话剧绝不会消亡，它的生命力依然健在[2]；陈健秋的《一个外省编剧的苦恼和希望》认为应当打破专家和广大群众之间的隔膜[3]。在这些讨论中，观众及其与演员的交流被提到了重要位置。伴随着"如何争取观众"主题的，还有关于"民族化和现代化"、

---

[1]　罗毅之：《话剧，走你自己的路!》，载《戏剧报》，1983(1)。

[2]　黄维钧：《不要徒劳缅怀昨日芳华——我对话剧前途之断想》，载《戏剧报》，1983(4)。

[3]　陈健秋：《一个外省编剧的苦恼和希望》，载《戏剧报》，1983(5)。

舞台"假定性""写实与写意"等戏剧观问题的讨论以及剧团体制改革，它们共同丰富了对戏剧本质的认识，是对中华人民共和国成立以来戏剧工作经验的一次总结，也是中国现代戏剧的一次启蒙，直接影响了中国新时期的戏剧创作实践的走向和戏剧理论的品格，为当时和之后探索戏剧的发展道路指明了方向。

1月下旬，由《文学评论》《文艺报》和《文艺研究》编辑部联合召开的我国当前文学与人性、人道主义问题学术讨论会在北京举行，与会者就相关问题进行探讨。

1983年1月下旬，由《文学评论》《文艺报》和《文艺研究》编辑部联合召开的我国当前文学与人性、人道主义问题学术讨论会在北京举行。与会者联系中华人民共和国成立以来文学艺术的经验教训，反思长期以来受"左"的思想影响，对人性问题的种种错误理解，集中探讨了新时期文学在塑造人物、表现人性方面的成败得失，总结了造成人性描写失误的原因，比如脱离社会实践、从抽象的人性论出发并宣扬"爱"的全能等。虽然与会者对于如何概括和说明新时期文学在表现人性方面的进步意见不尽相同，但普遍认同"文学是人学"，文学要反映社会生活，描写人与人之间的种种社会关系，表现人的思想、感情、情绪和愿望。会议还探讨了社会主义文学与人道主义的关系。① 伴随着此次文艺界对于人性和人道主义讨论的，还有同时期哲学界和美学界的讨论，它们既有共同点和联系，又各有侧重。总体上，文艺界的讨论具有更强的针对性和现实性，在取得一定理论价值的同时，对创作产生了指导意义，为今后文艺主体性等问题的讨论奠定了基础。

3月17日，《作品与争鸣》刊登白烨的《关于"典型环境中的典型人物"的讨论》，1981年以来《上海文学》《文艺报》《北京文学》等报刊先后发表文章集中讨论这一问题。

1983年3月17日，《作品与争鸣》刊登白烨的《关于"典型环境中的典型人物"的讨论》。"典型环境中的典型人物"由恩格斯在《致玛·哈克

---

① 邵石：《新时期文学与人性人道主义学术讨论会纪要》，载《光明日报》，1983-03-03。

纳斯的信》中首次提出："据我看来，现实主义的意思是，除细节的真实外，还要真实地再现典型环境中的典型人物。"[1]随着新时期文艺界对部分"暴露文学"一味描写社会主义的黑暗并羡慕资本主义的极端做法进行批评，一些发出抱怨的作者甚至认为恩格斯不该提出真实地再现典型环境中的典型人物。1981 年以来，《上海文学》《文艺报》《北京文学》等报刊先后发表文章集中讨论恩格斯关于现实主义的理论，讨论问题涉及"典型环境、典型人物以及典型环境中的典型人物的概念"[2]；典型环境与人物的关系，"文艺真实性"[3]，"个人与环境、历史、社会的关系"，"个别性和一般性，特殊性与普遍性的关系"[4]；"歌颂光明与暴露黑暗""美丑与社会制度"等[5]。以上讨论对于全面理解马克思主义文艺思想，科学运用马克思主义文艺理论进行文艺研究起到了积极作用。

8 月 21 日至 30 日，天津、北京、河北三地文联联合在北戴河召开"城市文学理论笔会"，首次提出"城市文学"的概念。

1983 年 8 月 21 日至 30 日，天津、北京、河北三地文联联合在北戴河召开"城市文学理论笔会"，首次提出"城市文学"的概念。在这次会议上，都市小说被定义为以"写城市人、城市生活为主，传出城市之风味、城市之意识的作品"[6]，这一概念首次明确了都市小说的对象及特征，并从空间角度界定了都市小说的概念，从而与乡土小说进行明确的区分，一定程度上标志着文学对现代城市的自觉关注，"笔会"的召开也被理论界认定为中国城市文学研究发端的标志。20 世纪末以来新市民阶层的产生和成型，是新市民文学生成的土壤，由此也成为"城市文学"最重要的创作内容。[7] 城市文学在 20 世纪 80 年代的发展反映了我国城市

---

① 《马克思恩格斯选集》第 4 卷，590 页，北京，人民出版社，2012。

② 钱念孙：《"典型人物"与"典型环境中的典型人物"——评典型讨论中的一种观点》，载《安徽大学学报(哲学社会科学版)》，1983(3)。

③ 白烨：《当前若干文艺理论问题讨论综述》，载《文艺理论研究》，1982(2)。

④ 姚大如：《关于典型环境与典型人物——学习恩格斯关于现实主义的理论》，载《安徽师范大学学报(哲学社会科学版)》，1981(1)。

⑤ 杨柄：《典型环境中的典型人物又一解》，载《求索》，1983(6)。

⑥ 幽渊：《城市文学笔会在北戴河举行》，载《光明日报》，1983-09-15。

⑦ 吴英俊：《城市文学理论研究的良好开端——城市文学理论笔会侧记》，见王进编选：《城市文学：知识、问题与方法》，11～15 页，上海，复旦大学出版社，2018。

规模和数量的发展以及由此带来的文化观念、作家创作观念等的改变。这一时期较有影响的作品有：王安忆的《本次列车终点》和《流逝》、蒋子龙的《开拓者》、张洁的《沉重的翅膀》、陈继光的《旋转的世界》、刘索拉的《你别无选择》、徐星的《无主题变奏》等。

12 月，首届全国民间文学评奖在北京举行，这是我国第一次全国民间文学评奖活动。

1983 年 12 月，首届全国民间文学评奖在北京举行，表明对民间文学采集和整理已成为一项真正的事业。评奖由中国民间文艺研究会（中国民间文艺家协会）主办，参选作品来自 1979—1982 年 56 个民族的民间文学作品，其中有 36 个民族，包括 14 种民族文字的 86 部作品获奖，均为民间文学收集而成的文字资料。获一等奖的共有 7 部作品：《格萨尔王传·霍岭大战》《江格尔》《相勐》《乌赫勒贵灭魔记》《苗族古歌》《西藏民间故事》第一集、《玛纳斯》第五部。获奖作品形式多样，有史诗、长诗、歌谣、谚语等。它们从不同方面反映了各个历史时期的社会关系、婚姻制度和社会观念，体现了不同区域民间文学的特性和色彩。作为我国第一次全国民间文学评奖活动，评奖对民间文学工作者的贡献做出了很大的肯定，与此同时，我国也加强了对民间文学的收集整理工作。

1984 年

　　4 月 14 日，中国青年艺术剧院在北京公演话剧《街上流行红裙子》，剧本发表在《收获》第 3 期。

　　1984 年 4 月 14 日，中国青年艺术剧院在北京公演话剧《街上流行红裙子》。剧本发表在《收获》第 3 期，由贾鸿源、马中骏创作，作品第一次直接以时装为题材，讲述了棉纺厂女工、青年劳模陶星儿冲破旧观念的束缚，大胆追求生活之美的故事，记录了 20 世纪 80 年代开放初期人们思维方式的变化，是继《庐山恋》之后又一部引领时尚的作品。林克欢认为从内容到形式，该剧都作了有益探索且引起了广泛争论，比如形式上作者尽量减少事件的因果性关联，用一种较为自由、较为松散的平列结构形式，以反映现代人精神世界的复杂性。内容上，剧作最大的特点之一便是"多义性"，红裙子可以是"街上流行的款式"，可以是"姑娘们对美：心灵美、人体美、衣着美——人的全面的和谐发展——的追求"，也可当作一种"生活的美、劳动的美、真实的美的舞台象征"。① 可以说，剧作做出的探索是富有成效的。同年，剧本还被改编为电影，由齐兴家导演。

6月15日，文化部颁发《图书、期刊版权保护试行条例》。

1984年6月15日，文化部颁发《图书、期刊版权保护试行条例》（以下简称"试行条例"）。针对当时版权关系的混乱状况，"试行条例"就版权作品与版权所有人、作者的人身权利和财产权利、版权保护期、版权的转让和许可、合理使用和法定许可以及版权的保护做出了规定。实施版权法规，建立版权制度是一项重要的文化政策，"试行条例"的颁发与实施，对调整出版单位与作、译者的关系有重要影响。各省、自治区、直辖市出版（文化）局（厅）社，各中央一级出版社通过对"试行条例"的执行，发现问题，总结经验，提出建议，为制定版权法做好准备并为我国制定版权法和建立版权制度从方针政策、组织管理、人员培训等方面准备条件。"试行条例"颁发半年后，文化部还制定了《图书、期刊版权保护试行条例实施细则》《图书约稿合同》和《图书出版合同》，为各单位提供参考，以期进一步完善我国文化市场的版权保护制度。

6月18日，北京人民艺术剧院首演四幕现代风俗喜剧《红白喜事》。《剧本》第9期开辟"关于《红白喜事》的争鸣"专栏。

1984年6月18日，北京人民艺术剧院在京首演四幕现代风俗喜剧《红白喜事》，剧作由魏敏、孟冰、李冬青、林朗集体创作，林兆华导演，以中国华北地区某农村在抗日战争时期就结下友情的郑、齐两家儿女婚事为主线，反映了20世纪80年代初农村在建设中和封建主义旧思想、旧习俗的斗争。剧本以朴素的、写实的手法和饱含幽默的笔调，深刻地挖掘出一系列生活现实背后的实质，揭示出封建主义的余毒像遗传基因一样也在传宗接代，启示人们在促进现实变革的同时反思过去。《剧本》第9期开辟"关于《红白喜事》的争鸣"专栏展开讨论，在肯定作品艺术成就的同时，评论家和剧作家对作品的"真实性""典型性"与"时代精神"等问题产生了不同的评价。比如有人认为在物质文明建设取得丰

---

① 林克欢：《〈街上流行红裙子〉的可贵探索》，载《戏剧报》，1984(8)。

硕成果的新时期，剧作不应该再表现包办婚姻、算卦、借寿等落后现象。林克欢在总结各方分歧后，则认为对于时代精神，既可以通过对新生事物的肯定与赞扬来表现，也可以通过对陈旧落后事物的批判和揭露来反映，"离开全剧特定的冲突，离开促使人物行动的具体环境，人为地去拔高与理想化，只能事与愿违地产生一些'假大空'的人物形象"。①

10 月 6 日，北京市文联研究部、北京市社会科学院文艺理论研究室联合邀请部分理论、评论工作者，座谈讨论"文学与生活同步"问题。

1984 年 10 月 6 日，北京市文联研究部、北京市社会科学院文艺理论研究室联合邀请部分理论、评论工作者，座谈讨论"文学与生活同步"问题。一些同志认为"同步"说的提出是适时的，如果没有足够的热情反映当前急剧变化着的现实生活，社会主义文学的性质、作家的责任感就很难充分地体现。另一些同志认为，"文学与生活同步"的提法容易产生歧义，"同步"说不能完全概括文学和生活的关系。从文艺创作的规律来说，相当一部分作品不能用"同步"来要求。还有一些同志认为，"同步"说、"距离"说应当并举。有的同志指出，"同步""时代精神""时代感"意思差不多，还是"时代感"较为准确。比较一致的意见是："同步"作为一种呼唤是有积极意义的，不能从极端的意义上把"同步"理解为"写中心"。如果把"同步"看成一个空间概念，那么，作家越是站在时代的高点，他统观的生活领域便越广阔。"同步"就不但不是一个限制，实际上乃是一个更高的要求了。②

① 林克欢：《〈红白喜事〉及其争论》，载《上海戏剧》，1984(5)。
② 中国社会科学院文学研究所《中国文学研究年鉴》编辑委员会：《中国文学研究年鉴(1985 年)》，434 页，北京，中国文联出版公司，1986。

1985 年

　　1 月 5 日，《文艺报》开辟"怎样看待文艺、出版界的一个新现象"专栏，就如何看待社会上大量出现的武侠、言情、侦破小说问题进行讨论。

　　讨论源起于《文艺报》当年第 1 期刊登的三篇文章的观点，鲍昌在《一个引人注目的新文学现象》中提出"要求作家、评论家、文艺界领导干部，应当从思想上重视起来，对通俗文学做做调查研究"[①]；夏康达在《一个需要引导的文学潮流》中提出"指导当前的通俗文学创作，帮助读者提高审美水平"[②]；黄洪秀在《我们的文艺要开倒车吗？》中则态度激愤地指责通俗文学[③]。在当年发表的评论"通俗文学"的文章多达 64 篇。

　　在改革开放大背景下，金庸和琼瑶等作家的小说开始出现，中国大陆掀起了"武侠小说热"和"言情小说热"，这一时期期刊种数急剧增加，也在一定程度上加速了通俗文学的发展。港台通俗

---

① 鲍昌：《一个引人注目的新文学现象》，载《文艺报》，1985(1)。
② 夏康达：《一个需要引导的文学潮流》，载《文艺报》，1985(1)。
③ 黄洪秀：《我们的文艺要开倒车吗？》，载《文艺报》，1985(1)。

小说在大陆的风行使人们看到了社会的开放性和巨大的市场潜力，最终促使它们从被文学界轻视、漠视到逐渐引起出版界的重视。但在审美价值方面，对通俗文学的偏见直到 20 世纪 80 年代末至 90 年代初才得以改观。[①]

1 月 18 日，《戏剧报》开辟"关于戏剧观念问题的讨论"专栏，围绕"戏剧观"问题展开为期一年半的讨论。

1985 年 1 月 18 日，《戏剧报》开辟"关于戏剧观念问题的讨论"专栏，围绕"戏剧观"问题展开为期一年半的讨论。这次讨论涉及戏剧创作的主要理论问题，标志着戏剧理论批评话语的一次觉醒，中国戏剧艺术渐渐从作为意识形态服务的工具回归自身。五四以来，西方大量的戏剧理论源源不断地涌入中国，拓宽了中国的戏剧视野，与此同时，话剧也出现了危机，曹禺曾尖锐地指出中国话剧创作中"公式化"和"概念化"的积弊[②]。陈恭敏的《戏剧观念问题》一文开启了戏剧观大论辩，他在文中反对"公式化""概念化"以及"自然主义"。胡伟民在《话剧艺术革新浪潮的实质》中则首次提出了舞台"假定性"的概念。围绕戏剧观的争鸣在1985 年达到高潮，并且形成了以陈恭敏为代表与以谭霈生和马也为代表的双方对立之势。陈恭敏在《当代戏剧观的新变化》中论述了当前以戏剧形式为主的变化。谭霈生针对陈恭敏的文章，写出《〈当代戏剧观念的新变化〉质疑》，全面批评了陈恭敏提出的"四大新变化"的观点。马也的《理论的迷途与戏剧的危机——对当代中国话剧的思考》则针对所有戏剧，提出了"形式革新理论"。这场论争在广度、规模和时间跨度上都是空前的，对中国当代戏剧的发展起到不容忽视的理论指导作用，在一定程度上改变了 20 世纪八九十年代乃至今天的中国话剧面貌。

2 月 11 日，北京人民艺术剧院在北京演出五幕话剧《小井胡同》，其剧本发表后评论界展开争论。

《剧本》月刊 1981 年第 5 期刊载了李龙云《小井胡同》的剧本，1985

---

① 初清华：《新时期（1978—1985）通俗文学兴起现象重析》，载《南京师范大学文学院学报》，2012(4)。

② 曹禺：《戏剧创作漫谈》，载《剧本》，1980(7)。

年由北京人民艺术剧院首演。该剧首演由刁光覃导演，林连昆、韩善续、杨立新等人主演。讲述了北京城南一条小胡同30多年的历史变迁和其中居民的命运变化，人物形象众多并且各具特色，演绎了市井烟火中一群小人物的悲欢离合。其中，"小媳妇"是一位关键性的代表人物，小媳妇住进小井胡同，也给胡同带来了不平凡的岁月。这些底层的劳动人民在平凡琐碎的生活之中仍然追寻着生命的希望，寻找着幸福生活的途径。剧本时间跨度从新中国成立前到党的十一届三中全会，在时代的变迁中人民更加渴望解放，解放后积极投身于革命事业中，并且在解放后拥护党的十一届三中全会的决策，反映了中国人民逐渐走向新的生活的光景。既展现了波澜壮阔的历史画卷，又精细地描写了处在历史洪流中普通民众的命运变迁。全剧具有明显的京味特色，北京话、北京人的独特行为方式和幽默都构成了该剧的独特韵味。该剧分别在1992年、2013年由北京人艺复排。

4月5日至11日，中央戏剧学院、北京第二外国语学院和中国剧协国际交流中心联合在北京举行中国第一届布莱希特讨论会，就布莱希特戏剧体系对中国话剧发展的影响等问题进行了讨论。

参加这次讨论会的有中外戏剧学者、教授、翻译家、导演、演员、舞台美术家等，与会者探讨了布莱希特的戏剧观、戏剧理论以及戏剧方法等问题，并结合我国对布莱希特戏剧的研究与戏剧演出情况重新审视了布莱希特的戏剧理论与方法。讨论会形式多样，内容丰富，既有学术交流座谈，如对学术论文的研讨与专题讨论，又有更为直观的展览资料，如布莱希特生平和剧作演出图片资料展览，同时回到戏剧本身，实验排练演出了布莱希特剧本的几个片断。

会议对于中国的布莱希特研究产生了重大推进作用。学术报告的内容主要是讨论布莱希特戏剧理论对中国话剧发展的影响以及布莱希特戏剧与东方的关系，如布莱希特的哲学思想和美学思想、布莱希特剧作与中国古典哲学和美学的关系、布莱希特戏剧与中国戏剧《茶馆》的比较研究等方面。值得一提的是，国际布莱希特协会主席安东尼·泰特洛夫参加了此次会议，并发表了题为《布莱希特与东亚》的报告，他认为布莱希特之所以欣赏中国艺术并不是出于简单的个人爱好，而是因为他自己的艺术同中国艺术有相通之处。该次会议在理论与实践方面都为中国的布莱希特研究提供了方向与成果参考，对布莱希特的研究具有重要影响。

5 月，北京人民艺术剧院在北京演出无场次话剧《野人》。该剧在观众中引起了不同的反响，在戏剧理论界亦可谓毁誉参半。

《野人》由林兆华导演，1985 年 4 月 22 日便在《北京日报》上登出演出公示，在 4 月 28 日的《北京日报》上，编者又对这部戏剧进行了详细的介绍宣传。《人民日报》也对这部戏剧作出了评价，认为这部戏剧是在告诉我们要"救救森林！救救大自然！否则，毁掉的将不仅是一座森林，而是人类赖以生存的生态环境，是人类文明赖以发生、繁衍的摇篮，是进步、科学和社会发展，是整个世界和人类"[①]。

剧作演出后褒贬不一，并引起了一系列对于话剧舞台演出效果与话剧创作理论的争论。1985 年 5 月，《戏剧报》杂志召开了两次有关《野人》的座谈会。随后中国戏剧文学学会召开了一次"对有争议的话剧剧本"的讨论会，大部分戏剧家对这部"多主题"话剧发表了自己的看法。而批评界对于《野人》的讨论也多集中在"多主题"这一观点上。

5 月，《当代文艺思潮》的"西部文学笔谈"栏目发表谢冕、周政保、昌耀等人的文章，引发了关于"西部文学"的讨论。

《当代文艺思潮》自 1982 年创刊至 1987 年停刊，共开设了"西北当代文艺的考察与研究""西部文学笔谈""西部文艺研究""西北文艺现状的考察与研究""民族文化与地域研究""西部佳作发现"等与西部文学相关的栏目。西部文学一直是《当代文艺思潮》的研究重点与大力提倡对象。《当代文艺思潮》在 1985 年开辟了一个关于西部文学的论坛，随后，杂志在"西部文学笔谈"栏目中集中发表了谢冕的《文学性格的抉择——谈"西部精神"》、周涛的《我们在中国西部想些什么?》、周政保的《醒悟了的大西北文学》、吴亮的《什么是西部精神——对'西部文学'一个问题的思考》(均发表于 1985 年第 3 期)等，还在"西北当代文艺的考察与研究"栏目中发表了昌耀、肖云儒、余斌三人的《就西部文学诸问题答〈当代文

---

① 《话剧〈野人〉公演》，载《人民日报》，1985-05-18。

艺思潮〉编辑部问》，这些文章对西部精神、西部文学创作状况与西部文学研究等问题都进行了讨论与梳理。

同年 9 月 20 日至 25 日，在甘肃天水市举行了西部文学讨论会暨中国当代文学研究会甘肃分会。会议就"西部文学"的概念、特点以及发展趋势和前景等问题，从理论构建到创作等不同的角度进行了探讨。这次会议为更加清晰而系统地研究西部文学的特点、西部文学和其他现当代文学流派的关系提供了参考和借鉴，同时重新审视了西部文学的研究方法与态势，使西部文学研究向着更深层次推进。

6 月 5 日，《批评家》杂志社在山西太原召开"晋军崛起"讨论会。

《当代》杂志 1985 年第 2 期发布了山西作家作品专号，推出山西中青年作家郑义、成一、雪珂、李锐的四部中篇小说，并率先提出了"晋军崛起"一词。之后，学界纷纷探讨"晋军崛起"的原因和特点，对山西文学的社会背景和丰富的内容进行考察。《批评家》杂志作为山西文学的重要推手以及文学批评重镇，在山西太原召开"晋军崛起"讨论会，主要讨论分析了郑义的《老井》、李锐的《红房子》、成一的《云中河》、田东照的《黄河在这里拐了一个弯》等作品。《批评家》杂志发表了郑波光的《成一论》、曾镇南的《柯云路论》等评论文章，对山西文学的发展与理论研究起到了重大的推动作用。可以说，"晋军崛起"与董大中、蔡润田创办的《批评家》杂志，共同推动了山西文学的繁荣发展。

10 月 29 日，《文汇报》发表唐弢的《当代文学不宜写史》。

1985 年 10 月 29 日，唐弢在《文汇报》发表了《当代文学不宜写史》，提到《当代文学史》里写的事情都是不稳定的，比较稳定的部分又不属于当代文学史的范畴。唐弢认为应当用《当代文学述评》来代替《当代文学史》，写述评比写史更为重要。随后不久，施蛰存也提出"当代事，不成史"，与唐弢的观点相呼应。由此，当代文学史研究者和学界展开了一场旷日持久的关于当代文学是否能够写史的讨论以及"重写文学史"的讨论。"重写文学史"的论争在 1985 年进入一个高潮。1985 年，陈平原、钱理群等人提出了"二十世纪中国文学"的构想，以 20 世纪中国文学的提法代替以政治朝代更替来对文学进行分期的做法，试图厘清文学与政治的关系。

唐弢的文学不宜写史的观点引起了关于文学史写作讨论的高潮。唐弢提出当代文学史不宜写史是因为"历史需要稳定"。有其他论者针对以唐弢为代表的观点，提出了不断实践才能写出文学史，才能看清当代文学史的真正面目和发展历程发展规律，因此文学史不仅可以重写，且需要反复实践。同年掀起了"文艺观念与文艺方法更新"热潮，在北京召开的"中国现代文学研究创新座谈会"上，"重写文学史"成为讨论的热点。

1986 年

3月，中国出版工作者协会少年儿童读物出版工作委员会（简称中国少读工委）成立，宗旨是"联合、保护、协调、发展"。

中国少读工委的宗旨：联合，联合全国专业少儿社，形成整体力量，发挥集团优势，维护少儿出版领域的纯洁；保护，保护全体少年儿童读好书的权利，保护少年儿童出版社自身的正当权益；协调，协调少年儿童出版社之间及少年儿童出版社与各方面的关系；发展，发展繁荣少儿出版事业。中国少读工委领导机构是主任委员会，下设七个研究会：文学读物研究会、知识读物研究会、低幼读物研究会、教育读物研究会、插图装帧设计研究会、期刊研究会、出版发行研究会。中国少读工委是中国少儿出版界与国外交往的重要通道。自1997年起，国际儿童读物联盟中国分会（CBBY）归属少读工委管理，并由少读工委组团参加两年一度的国际儿童读物联盟大会负责推荐安徒生文学奖和插图奖的中国参评者，负责组织两年一次的"小松树"儿童图画书的评奖活动，负责协调组织北京国际儿童图书博览会。

办有会刊《中国少儿出版》。

中国少读工委的成立对中国儿童文学的创作和发展起到了重要推动作用，使儿童文学出版行业规范化，儿童文学出版有了更为合理的组织。

4 月 9 日，首届人民文学奖评选结果揭晓。

人民文学奖是我国文学界一项重要的文学奖，由人民文学出版社主办。1986 年 4 月，第一届人民文学奖评选结果揭晓，共有 13 部长篇小说获奖，分别是：《东方》（魏巍）、《将军吟》（莫应丰）、《冬天里的春天》（李国文）、《芙蓉镇》（古华）、《沉重的翅膀》（张洁）、《钟鼓楼》（刘心武）、《新星》（柯云路）、《大地》（秦兆阳）、《青春万岁》（王蒙）、《故土》（苏叔阳）、《跋涉者》（焦祖尧）、《莽秀才造反记》（巴人）、《刺绣者的花》（李纳）。

1994 年度人民文学奖于年底评出，评奖范围为 1986—1994 年以人民文学出版社名义出版的长篇小说（含长篇纪实文学）。获奖作品有长篇小说《古船》（张炜）等，长篇历史报告文学《昨天——中英鸦片战争纪实》（麦天枢、王先明），纪实文学《大国之魂》和《中国知青梦》（邓贤），中篇小说《大妈》（邓一光）等。

2001 年度人民文学奖评选范围为 1995—2000 年，获奖作品有长篇小说《尘埃落定》（阿来）等，纪实文学《流浪金三角》（邓贤）等，诗歌《蓝星诗库·海子的诗》（海子）等，散文《中华散文珍藏本·张承志卷》（张承志）等。

2003 年度人民文学奖：优秀中篇小说奖有《我们卑微的灵魂》（熊正良）等，优秀短篇小说奖有《大老郑的女人》（郑微）等，优秀散文奖有《你的身体是个仙境》（周晓枫）等，优秀诗歌奖有《景象》（李元胜）等。

2004 年度人民文学奖：优秀中篇小说奖有《不能掉头》（映川）等，优秀短篇小说奖有《月光斩》（莫言）等，优秀散文奖有《火炉上的湖泊》（于坚）等，优秀诗歌奖有组诗《明明灭灭的灯》（雷抒雁）等。

2005 年度人民文学奖：优秀中篇小说奖有《喊山》（葛水平）等，优秀短篇小说奖有《果院》（石舒清）等，优秀散文奖有《未经省察的人生没有价值》（周国平）等，优秀诗歌奖有《秋风辞》（雷平阳）等，特别优秀奖为报告文学《国酒当歌》（杜卫东、张建术、赵剑平）。

2006 年度人民文学奖：优秀中篇小说奖有《奸细》（罗伟章）等，优秀短篇小说奖为《吉祥如意》（郭文斌），优秀散文奖有《黑暗中的阅读与默诵》（夏榆）、《我究竟在这艘人世之船上浮想什么》（陈染）等，优秀诗歌奖有《六片落叶》（傅天琳）等。

2007 年度将长篇小说也纳入评奖范围。优秀长篇小说奖为《风声》（麦家），优秀中篇小说奖有《思无邪》（鲁敏）等，优秀短篇小说奖《短篇三篇》（阿来）等，优秀散文奖有《一枚钉子在宁夏路上奔跑》（汗漫）等，优秀诗歌奖有《古马的诗》（古马）等。

2008 年度人民文学奖：优秀长篇小说奖为《推拿》（毕飞宇），优秀中篇小说奖有《羊群入城》（叶舟）等，优秀短篇小说奖为《秘密通道》（姚鄂梅），优秀散文奖有《转身》（塞壬）等，优秀诗歌奖有《中年心迹》（阿门）等，特别奖为报告文学《巴拿马诱惑》（赵剑平）。

2009 年度人民文学奖：庆祝中华人民共和国成立六十周年特选作品有《解放战争》（王树增）等，长篇小说奖为《一句顶一万句》（刘震云），中篇小说奖有《罗坎村》（袁劲梅）等，短篇小说奖有《伊琳娜的礼帽》（铁凝）等，散文奖有《二〇〇八上课记》（王小妮）等，诗歌奖有《诗七首》（牛汉）等。

2010 年度人民文学奖：长篇小说奖有《少年张冲六章》（杨争光）等，中篇小说奖有《赶马的老三》（韩少功）等，短篇小说奖有《地下室里的猫》（张玉清）等，非虚构作品奖有《梁庄》（梁鸿）等，散文奖有《一块土地》（贾平凹）等，诗歌奖有《生如夏花》（刘立云）等，特别行动奖为《中国少了一味药》（慕容雪村）。

2011 年度人民文学奖：长篇小说奖有《向延安》（海飞）等，中篇小说奖有《你们》（姚鄂梅）等，短篇小说奖有《爷爷的"债务"》（李浩）等，非虚构小说奖有《盖楼记》（乔叶）等，非虚构作品奖有《羊道》（李娟）等，散文奖有《梦游街》（骆以军）等，诗歌奖有《不会说话的爱情》（周云蓬）等。

2012 年 12 月 11 日，2012 年度人民文学奖在中国现代文学馆颁奖。迎接党的十八大特选作品有《国家》（何建明）等，长篇小说奖有《生命册》（李佩甫）等，中篇小说奖有《繁枝》（陈谦）等，非虚构作品奖有《印度记》（于坚）等，散文奖为《在繁体字的迷宫中》（蒋蓝），诗歌奖有《赠李白》（轩辕轼轲）等。

2013 年度人民文学奖在北京颁奖。非虚构作品奖为《瞻对：两百年康巴传奇》（阿来），长篇小说奖为《认罪书》（乔叶），中篇小说奖有《猹》（陈河）等，短篇小说奖有《大雨如注》（毕飞宇）等，优秀散文奖有《父亲的雪山，母亲的草地》（贺捷生）等，诗歌奖有《虚构》（刘年）等，翻译奖由魏友敦（Jim Weldon）获得。

2014 年度人民文学奖于 2014 年 11 月在鲁迅文学院颁发。长篇小说奖有《蟠虺》（刘醒龙）等，中篇小说奖有《第四十圈》（邵丽）等，短篇小说奖有《凝视玛丽娜》（朱文颖）等，散文奖有《妇科病区，或一种艺术》（汗漫）等，诗歌奖有《我，雪豹》（吉狄马加）等，特别奖为《抒怀六章》（李瑛），翻译奖授予约书亚·戴尔等。

2015 年度人民文学奖在鲁迅文学院举行颁奖仪式。长篇小说奖有《曲终人在》（周大新）等，中篇小说奖有《较量》（荆永鸣）等，短篇小说奖有《金枝》（金仁顺）等，散文奖有《日子是一种了却》（何士光），非虚构作品奖为《翡翠纪》（白描），诗歌奖有《伶仃之美》（李琦）等，特别奖有《南京大屠杀》（何建明）等，翻译奖授予韩斌（Nicky Harman）等。

2018 年度人民文学奖：长篇小说奖有《景恒街》（笛安）等，改革开放四十周年特别贡献奖颁给徐怀中等，中篇小说奖有《最后的电波》（季宇）等，短篇小说奖有《相遇》（薛舒）等，散文奖有《界限》（鱼禾）等，诗歌奖有《我欠你一个伟大的哑巴入门》（臧棣）等，非虚构作品奖有《报得三春晖》（欧阳黔森）等，特殊文体奖为《蒋一谈的童话》（蒋一谈），海外影响力奖授予麦家。

5 月 5 日，新时期文学讨论会在复旦大学举行，来自全国各地的复旦校友参加了会议。

5 月 5 日至 10 日，复旦大学中文系、留学生部、文学研究所、党委宣传部联合发起召开"新时期文学讨论会"，中共上海市委宣传部、上海各新闻单位和来自全国各地的历届校友出席。会议着重围绕"新时期文学的总体成就""新时期小说及其他各种文艺样式的研究""新时期文学批评的发展"和"西方现代派文学与新时期文学的关系"等专题，进行了热烈讨论，回顾了我国 1976 年至 1986 年的"新时期文学"发展的历程，讨论了它的成就和不足。以众多与会者感兴趣的如何评价新时期文学的问题为例，学者们对 1985 年文学的评价是存有分歧的，但是不可否认的是 1985 年文学所出现的一系列引人瞩目、耐人寻味的新情况、新趋势，是文学发展的重要阶段和方面。还有西方现代派文学对新时期文学的影响问题的讨论，中国文学的创作一直离不开西方的影响，西方理论的传入同样对中国的文学研究产生了重要影响。

讨论中更多地涉及了文学研究方法的问题。当代文学研究方法也必须随着时代的变化而革新，既要有开阔的研究视野和研究角度，也要有开放的研究眼光，打破故步自封的研究格局，既要借鉴吸收国外优秀的研究理论成果，又要联系具体的创作实践，逐渐形成具有自我特色的研究格局，提高文学研究的水平，拓展研究方向的深度和广度。此次会议对文学研究的推进具有重要的参考意义和学术价值。

5 月 20 日，《北京文学》编辑部邀请在北京的部分文艺理论工作者举行"现实主义及其发展"专题讨论会。

该讨论会主要讨论了现实主义文学的发展以及现实主义与文学创作的关系。《北京文学》1986 年第 7 期发表的关于"现实主义及其发展"座谈会的报道，简要介绍了陈荒煤、吴泰昌等人关于现实主义与当代文学关系的看法。讨论中提到了王蒙的例子，认为王蒙的小说尽管使用了意识流手法，但他的意识流并没有成为对人的认识的基本立场，只不过是技巧层次上的意识流，哲学层次上仍然是现实主义的。所以，王蒙的小说仍可以归到现实主义类别中来。其次是阿城的作品，阿城的作品在美学层次和技巧层次上是现实主义的，哲学层次上并不是人性、人道主义，这样的作品就不能简单称为现实主义作品了。此外，中国的现实主义正处于从 19 世纪的古典现实主义概念向现代现实主义过渡的时期。现实主义已失去了唯一正确的正统地位，这对它在同形形色色的创作方法的竞争中发现自身的局限而言未尝不是一件好事。①

这次会议对现实主义的发展以及其理论构建等问题都进行了讨论，其中对于现实主义研究方法的讨论为现实主义的发展提供了借鉴与帮助，推动了现实主义文学研究向更深、更广的层次迈进。

---

① 《现实主义在发展，创作方法在丰富——本刊举行"现实主义及其发展"座谈会》，载《北京文学》，1986(7)。

8 月 25 日至 9 月 7 日，《诗刊》《当代文艺思潮》和《飞天》编辑部在兰州、敦煌联合举办"诗歌理论研讨会"，会议就"第三代诗歌"现象展开争论。

这次会议是继 1980 年 4 月"南宁会议"后第一次大规模的全国性诗歌理论研讨会，众多学者、诗人与会。"兰州会议"主要探讨了诗歌理论、诗歌创作与批评等学术研究性内容，同时深入思考当代诗歌发展的前景，对当代诗歌进一步繁荣发展提出展望与要求。

《诗刊》12 月号发表了丁国成的会议综述。综述中谈到，"与会者就诗歌现状提出了各自的看法，一致赞同'多元并存已成为当前这个时期诗歌发展的总体格局'的观点。生活的发展变化，人们的审美倾向，诗人的创作追求正从单一性走向多样性、综合性、复杂性，由此带来诗的多元化的艺术结构"。对于诗歌理论的问题探讨主要集中在"诗的本质""诗的语言""诗与人生""诗与改革"等方面。对于诗歌批评方面，认为诗歌批评主要存在的问题有："一是极'左'思潮和庸俗社会学干扰了正常的科学批评"，"二是理论批评脱离创作实际"，"三是诗的批评文章模式化，缺少批评家的鲜明个性和独到见解"，"四是不对批评对象和研究对象进行鞭辟入里的深刻分析，却在语言文字上故弄玄虚，哗众取宠"。对于诗歌批评有没有一个固定标准的问题，与会者也都表达了不同的观点，相对于诗歌批评标准的众说纷纭，对于诗歌批评的方法则共同认为"诗歌批评要回到诗歌自身，不能离开诗歌本体，而且要科学地借鉴和吸收外国某些有价值的现代文艺批评方法，并有所创造和发展"。[1]

作为一次大规模的诗歌理论研讨会，会议对诗歌理论的各个方面都展开讨论并提出重要见解。这为学界诗歌研究提供了新的研究参考方向，对诗歌理论中一些问题的讨论虽未达成一致，但也正是这种多样性造就了诗歌理论研究的丰富多彩。

9 月 7 日至 12 日，中国社会科学院文学研究所在北京主持召开"中国新时期文学十年学术讨论会"，200 多位作家、批评家围绕"文学观念的变革及其流向"对新时期文学进行了探讨。

---

[1]　丁国成：《富有成果的诗歌理论研讨会》，载《诗刊》，1986(12)。

1986 年，中国新时期文学已经走过了从复苏到兴盛的十年历程。"中国新时期文学十年学术讨论会"的召开是为了总结过往经验，展望文学未来，推动文学研究与文学创作的发展。著名学者、作家和文艺界人士如钱锺书、张光年、陈荒煤、钟惦棐、许觉民、朱寨、李泽厚、鲍昌、韶华、刘心武、从维熙、孟伟哉、谢永旺等出席了会议。此次会议探讨了诸如新时期文学十年的总体评价、对新时期文学主潮的看法，以及关于新时期文学中的忏悔、自审意识等问题。

《文学评论》1986 年第 6 期发表了张光年的《起死回生、青春焕发的十年——在"中国新时期文学十年学术讨论会"上的讲话》、王蒙的《小说家言——在"中国新时期文学十年学术讨论会"上的讲话》等代表性文章，并且刊载了《历史与未来之交：反思 重建 拓展——"中国新时期文学十年学术讨论会"纪要》。这次会议对于新文学的发展研究具有重大意义。

12 月，路遥的《平凡的世界》（第一、二部）由中国文联出版公司出版，这是一部全景式表现中国当代城乡社会生活的长篇小说。

该书以中国 20 世纪 70 年代中期到 80 年代中期为背景，以孙少安和孙少平两兄弟为中心，通过对二人命运和生活的描写，刻画了一系列不同阶层的人物形象，如农村"革命家"孙玉亭、农村干部支书田福堂、区委书记苗凯、秘书张生民、生活在城市的田润叶和田晓霞、孙少安从山西娶回来的媳妇贺秀莲等。生活与爱情、困难与奋进、苦痛与快乐、平凡生活与社会冲突纷繁地交织在一起，描绘了一幅普通人在时代洪流中艰难奋进的图景，语言朴素厚重，寄托了作者强烈的情感。

《平凡的世界》于 1991 年 3 月获中国第三届茅盾文学奖，2018 年 9 月 27 日入选改革开放四十年最具影响力小说，1990 年、2015 年被改编成电视剧，2017 年被改编成话剧。

1987 年

12 月 28 日，首届宋庆龄儿童文学奖授奖大会在北京举行，评选范围是 1984 年以来的儿童电视剧剧本。

12 月 28 日，首届宋庆龄儿童文学奖授奖大会在北京举行，乌兰夫、宋任穷、周谷城、杨静仁、康克清、费孝通和屈武等出席并向获奖作者授奖。首届宋庆龄儿童文学奖只评儿童电视文学剧本奖。一等奖空缺，《寻找回来的世界》（编剧楚雪、战楠）与《一群小好汉》（1—4 集，编剧戚君）获二等奖，《好爸爸、坏爸爸》（编剧诸葛怡）、《心灵的答卷》（编剧张弘）、《彗星》（编剧孙卓、郑凯南、易介南）获三等奖。

宋庆龄儿童文学奖由宋庆龄基金会、共青团中央、中国作协等共同主办，是儿童文学最高规模的奖项之一。至 2005 年并入"全国优秀儿童文学奖"止，已成功评选了六届，多部优秀儿童文学作品获此殊荣，其中包括柯岩、金波等优秀作家的作品。

第二届获奖篇目：《神翼》（郑文光）、《梦魇》（叶至善等）、《大熊猫的故事》（潘文石）、《乔装打扮的土狼》(树敬、树逊)、《肖建亨获奖科学幻想小说选》(肖建亨)、《数学司令》(李毓佩)、《少年李四光》(严慧)、《带电的贝贝》(张之路)等。

第三届获奖篇目:《山羊不吃天堂草》(曹文轩)、《少年噶玛兰》(李潼)等。

第四届获奖篇目:《怪老头》(孙幼军)等。

第五届获奖篇目:《草房子》(曹文轩)、《绿人》(班马)、《梅花鹿的角树》(葛冰)等。

第六届获奖篇目:《你是我的妹》(彭学军)、《吹口琴的小野兔阿洛兹》(常星儿)、《非法智慧》(张之路)等。

1988 年

1 月，首届"啄木鸟文学奖"评选启动，其前身为"金盾文学奖"。

1985 年 6 月，《啄木鸟》编辑部设立"金盾文学奖"。"金盾文学奖"类别有小说奖、报告文学奖、剧本奖、传记奖（包括回忆录）、散文奖（包括杂文）、诗歌奖、评论奖、译作奖，等级分为一、二、三等奖，评奖方式为专家与群众相结合。

1988 年，第 1 期《啄木鸟》刊发关于"金盾文学奖"易名及首届"啄木鸟文学奖"评选启事，申明首届"啄木鸟文学奖"评选范围为 1986—1987 年发表在《啄木鸟》上的作品。历届获奖作品有：《刑警队长的誓言》（魏人）、《抉择》（张平）、《陈龙传》（修来荣）、《尘缘》（莫伸）、《断道》（一合）等。

3 月，首届全国优秀儿童文学奖在北京揭晓，获奖作品有《荒漠奇踪》《盐丁儿》《寻找回来的世界》《乱世少年》等。

3 月，首届全国优秀儿童文学奖在北京揭

晓，全国优秀儿童文学奖是为鼓励优秀儿童文学创作而设立的奖项，是中国具有最高荣誉的文学大奖之一。由中国作家协会主办，每三年评选一次，分小说、幼儿文学、诗歌、散文、纪实文学五类。

第一届全国优秀儿童文学奖获奖篇目：《荒漠奇踪》（严阵）、《盐丁儿》（颜烟）、《寻找回来的世界》（柯岩）、《乱世少年》（萧育轩）等。

第二届全国优秀儿童文学奖获奖篇目：《今年你七岁》（刘健屏）、《一只猎雕的遭遇》（沈石溪）、《雪国梦》（邱勋）、《走向审判庭》（李建树）、《下世纪的公民们》（罗辰生）、《少女罗薇》（秦文君）、《山羊不吃天堂草》（曹文轩）等。

第三届全国优秀儿童文学奖获奖篇目：《男生贾里》（秦文君）、《青春口哨》（金曾豪）、《十四岁的森林》（董宏猷）、《裸雪》（从维熙）、《神秘的猎人》（车培晶）、《小脚印》（关登瀛）、《有老鼠牌铅笔吗》（张之路）、《红奶羊》（沈石溪）等。

第四届全国优秀儿童文学奖获奖篇目：《苍狼》（金曾豪）、《小鬼鲁智胜》（秦文君）、《女儿的故事》（梅子涵）、《草房子》（曹文轩）、《我要做好孩子》（黄蓓佳）、《花季·雨季》（郁秀）等。

第五届全国优秀儿童文学奖获奖篇目：《中国兔子德国草》（周锐、周双宁）、《吹响欧巴》（黄喆生）、《大绝唱》（方敏）、《属于少年刘格诗的自白》（秦文君）等。

第六届全国优秀儿童文学奖获奖篇目：《细米》（曹文轩）、《陈土的六根头发》（常新港）、《鸟奴》（沈石溪）、《漂亮老师和坏小子》（杨红樱）等。

第七届全国优秀儿童文学奖获奖篇目：《舞蹈课》（三三）、《黑焰》（格日勒其木格·黑鹤）、《喜欢不是罪》（谢倩霓）、《蔚蓝色的夏天》（李学斌）、《青铜葵花》（曹文轩）等。

第八届全国优秀儿童文学奖获奖篇目：《非常小子马鸣加精选本》（郑春华）、《你是我的宝贝》（黄蓓佳）、《腰门》（彭学军）、《公元前的桃花》（曾小春）等。

第九届全国优秀儿童文学奖获奖篇目：《鸟背上的故乡》（胡继风）、《千雯之舞》（张之路）、《像风一样奔跑》（邓湘子）、《木棉·流年》（李秋沅）等。

第十届全国优秀儿童文学奖获奖篇目:《一百个孩子的中国梦》(董宏猷)、《大熊的女儿》(麦子)、《寻找鱼王》(张炜)等。

4月7日至8日,中国社会科学院外国文学研究所、《外国文学评论》编辑部、《文艺报》在北京共同举办"二十世纪世界文学与中国当代文学"学术研讨会,"世界性、现代性与民族化"成为会议讨论的重要问题。

研讨会由《外国文学评论》编辑部主编张羽与《文艺报》副主编陈丹晨共同主持。与会的一些学者认为,改革开放以来中国文学所取得的实绩实际上是由世界文学的频频召唤与中国文学的主动呼应共同形成的。一些学者用"走出黄土地"这一非常形象的说法肯定了十年中国文学对世界文学特别是西方文学的不断认同。也有一些学者认为人们应避免过去"洋务运动"与"义和团"运动所体现出来的中国人好走极端的互逆趋向。苦苦地"走出黄土地",试图挤进泛西方文化圈是否是中国文学发展的真正出路很值得怀疑。这正道出了徘徊在整整一代中国文学家心中的一大困扰。他们认为当时的中国文学对西方文学的体味还远远不够,虽然恢复了与世界文学的联系,但仍然缺乏世界文学具有的现代意识。

此外,也有学者从东西方文化比较的高度讨论了中国文学在接受西方影响中的一些得与失。比如认为受固有文化体系的限制,人们长期只吸收西方文化中的孤立的点,而忽略了文化的整体性,出现了定向的审美趣味,如"寻根文学"盲目地满足于西方人对老庄的认同,而不考虑各自文化的基点的不同。

与会的很多外国文学研究专家从世界文学的各个组成部分(诸如苏联、美国、法国、意大利、东德、西德、日本以及拉美等)形成的不同角度出发,不仅宏观地总结了世界文学的共性特征,为中国文学当前的发展提供了总的大背景依托,而且具体地提供了借鉴。

此外,讨论会还涉及有关女性文学、纪实文学、文学中的性描写等不同类别的专门性研讨。①

6月12日,北京人民艺术剧院在北京公演话剧《天下第一楼》,该

① 参见万缘了子:《文学:两个世界的对话——"20 世纪世界文学与中国当前文学"讨论会述略》,载《外国文学评论》,1988(3)。

剧围绕百年老店福聚德的兴衰沉浮，对传统文化和人性中的某些负面因素进行了反思和批判。

《天下第一楼》为三幕话剧，编剧何冀平，发表于《十月》。剧作描写了创业于清代同治年间、传至民国初年的老字号烤鸭店"福聚德"由入不敷出、势如累卵到东山再起、名噪京华而又面临倒闭的曲折历程，歌颂了卢孟实、玉雏姑娘、罗大头、常贵等人的聪明才智、事业心与实干精神，控诉、批判了游手好闲的败家子习气和黑暗腐朽的社会势力。

话剧通过清末民初北京福聚德烤鸭店的兴衰史，描绘了70年前的京华风情，探讨了中国美食文化的悠久历史，以及形形色色的民族文化心态。这部剧作在表现民族精神上有其独特的角度。在新时期的"寻根热潮"中，作者没有着眼于对蛮荒的生命意识和粗陋的野性欲念的表现，更没有重复古老而落后的原态描写，而是站在科学的、历史的、审美的高起点上，细腻地刻画了美食文化的创造者，堂、柜、厨等下层人民的生态风情，以及他们的苦、辣、酸、甜的人生命运，公正地评价和颂扬了他们创造的文化价值，也揭示了民族文化在他们心灵深处的历史积淀。因此，话剧《天下第一楼》表层写吃的世界、吃的艺术、吃的文化，实则揭示的是民族心态的发展历程。由于作家追求文化意识和文化心态的表现，作品内涵深邃，时代感强，让饮食文化具有了很强的哲理和美学色彩。

7月，《上海文论》开辟"重写文学史"专栏，试图打破文学史编写一言堂的局面。

"重写文学史"是陈思和、王晓明在主持《上海文论》"重写文学史"这一专栏时所提出的学术主张，这一专栏从1988年《上海文论》第4期推出至1989年第6期结束，共发表关于20世纪中国文学重要现象和作家作品的探讨文章40余篇。这场讨论辐射到北京、南京、西安、兰州、长春、济南、杭州、武汉、福州、广州等地，参与讨论的学者横跨老中青三代。《文学评论》《中国现代文学研究丛刊》《文艺研究》《文艺争鸣》《理论与创作》《文学评论家》《文艺报》《文汇报》等刊发了大量文章进行跟踪报道，形成了一次影响深远的"重写文学史"思潮。此后的现代性反思、重返80年代、文学经典讨论、当代文学历史化等话题，都可以视为重写文学史的深入和延展。

"重写文学史"的直接成果是《上海文论》"重写文学史"专栏上所刊发的 40 余篇文章。这批文章中，研究者们通过对典型个案的分析，向蕴含于其中的"公论"发起挑战，并总结出一般性规律。随之而来的另一个问题是如何重写文学史，也就是他们到底提倡一种什么样的文学史。学者们提出了两个基本原则：一个是多元化、个性化原则，强调研究者的主体精神的介入，呼唤不同观点、写法的文学史多元并存；另一个是审美的、历史的原则，强调文学史是文学史家对作家作品的艺术感受，要深入运用各种不同的方法，尤其是审美的分析方法。与此同时，他们还深入到作家的内心世界，清理他们的思想源头、文化背景、文学观念。

"重写文学史"专栏推出后，一时间现代文学领域里充满活跃的气氛。王瑶、唐弢等文学史作者发表文章表示对"重写文学史"的欢迎。1988 年 11 月，《上海文论》邀请王瑶、鲍昌、严家炎、谢冕、何西来、吴福辉、钱理群等多位学者在北京座谈。学者们认为，从发展的眼光看，重写文学史势在必行，这个专栏的开设，是文艺评论界思想开放活跃的表现，体现了学术思想的自觉。"重写文学史"的意义并不在于给文学史的建设提出了某种新的结论，而是为今后文学史家的立论开拓了视野，为文学史的多元化格局提供了新的思维材料。

20 世纪 90 年代以来，许多研究者不满足于对学科格局的宽泛设计，他们开始以新的视角考察和描述具体文学史，并从理论上探讨文学史的构成及构成方法，"重写文学史"已由当年的一句口号转化为大批颇具建设性的实际成果。其中范伯群等人正在撰写的通俗文学分体史，严家炎主编的"二十世纪中国文学与区域文化丛书"，谢冕、钱理群主编的《百年中国文学》都是讨论传统文学史的重写。杨义主笔的《中国新文学图志》以史为经，以图为纬，图文结合，由图说史。这些"尝试""探索"都是文学史挣脱枷锁独立行走的结果。[①]

10 月 11 日至 16 日，《文学评论》《钟山》编辑部在无锡联合召开"现实主义与先锋派文学"学术研讨会，与会者就新时期文学创作的总体发

---

① 参见周立民：《重写文学史》，载《南方文坛》，2000(5)。

展和先锋文学近年来的疲软现象展开热烈讨论。

来自全国各地的中青年评论家和报纸杂志的记者编辑参加了研讨会，会议由《钟山》主编刘坪、副主编徐兆淮和《文学评论》编辑部主任陈骏涛联合主持。

研讨会上一个首先值得提到的现象是，对于"主义"的谈论，许多与会的学者认为"主义"问题在当时被过多地关注，因此表现出一种冷淡、厌倦的态度。他们认为，"主义"仅仅是一种表达的手段，而不是目的，光谈"主义"，实际上就是没有"主义"。陈思和把文坛上风行的"主义热"归结为一种"主义情绪"。他指出，这种思维方式原本来自西方。五四以后，各种主义纷纷涌入中国，于是就开始有人运用西方的理论概念来套中国文学。

此外，也有众多学者对"现实主义"进行了讨论。大部分学者从艺术功能上对于现实主义作了剖析与批评，他们认为，现实主义在中国一直享有独尊的地位，有其深刻的社会原因。近年来文坛上流行的"现实主义回归"的说法，实际上就是现实主义中心论的再度表现。与此相关，座谈会又涉及对近期文坛上相继出现的一批"新写实主义"作品的评论和评价。与会同志对于这批作品表现出极大的热情和兴趣，并予以较高的评价。有的同志甚至这样预测：在近期或相当长的时间内，中国文坛上必将出现以至形成蔚为壮观的新写实主义文学运动。

会议的另一个议题"先锋派"也是学者们讨论的重点。许多学者认为先锋派文学的创作技巧还未成熟，大都是对西方的模仿，缺乏文学的生命力，仅仅是对技巧和语言的玩弄。但也有学者认为再伟大的作家也不可能完全摆脱模仿，对于这些超验的充满想象力的东西，应该加以鼓励而不应该苛求责备。①

11月，首届"庄重文文学奖"颁奖仪式在北京举行，该奖项由庄重文先生于1987年倡议出资设立。

"庄重文文学奖"是香港著名爱国人士、原香港庄士集团主席、中华文学基金会顾问庄重文先生于1987年倡议出资，由中华文学基金会主

---

① 参见李兆忠：《旋转的文坛——"现实主义与先锋派文学"研讨会纪要》，载《文学评论》，1989(1)。

办的一项青年文学奖。设立宗旨是弘扬中华民族文化,推动和繁荣当代中国文学创作,造就文学新人,提高全民族文化素质,促进海内外文化交流。

庄重文先生是香港庄士集团创办人,香港工业界的杰出领袖。早年他曾就读于陈嘉庚先生创办的集美航海水产学校(今集美大学航海学院),曾与同学一起将鲁迅先生由厦门大学接至集美学校讲演,聆听过鲁迅先生的教诲。从那时起,庄先生即对中国文学情有独钟,认为"中国作家和中华文化事业乃至整个国家的建设是连在一起的"。庄重文先生于 1993 年逝世后,其子庄绍绥先生谨遵乃父遗愿,继续颁发"庄重文文学奖"。

该奖主要奖励对象为在文学创作和文学评论中取得优异成绩,年龄在 40 岁以内的青年作家,聘请作家、评论家、编辑、学者等组成评奖委员会予以评定。1988 年开始的前三届,分别由北京大学作家班优秀学员、南京大学作家班优秀学员,以及《小说界文库·长篇小说系列》等 6 部文学书籍获得。自 1991 年以来,改为奖励有成就的个人,并按行政区域分期分批颁发,范围遍及全国。自 1988 年首届至 2007 年第十一届,先后有吕雷、高洪波、贾平凹、王安忆、舒婷、苏童、陈建功、史铁生、铁凝、吉狄马加、扎西达娃、张宇、池莉、彭见明、毕飞宇、红柯、西川、邱华栋、东西、梅卓、周晓枫、戴来、谢有顺等青年作家获奖。这些获奖者均处于创作旺盛期,是我国文坛的生力军。

第十二届"庄重文文学奖"经全体评委无记名投票,有乔叶、徐则臣、李浩、金仁顺、鲁敏、李朝全、李美皆、李骏虎 8 位青年作家获奖,颁奖典礼于 2009 年 10 月 26 日在北京举行。

1989 年

3 月，《钟山》开辟"新写实小说大联展"专栏，倡导"新写实小说"。

《钟山》杂志创刊于 1979 年，在文学界享有崇高的声誉。它不仅是伤痕文学、反思文学、改革文学、寻根文学、先锋文学等文学思潮的重要阵地，还是"新写实""新状态"等文学潮流的首倡者。

当时，尽管先锋小说在文坛占据了重要位置，但一部分作家仍然坚持"写实"创作。而且由于先锋小说受众范围狭小的局限，众多文学界人士对此持批评态度，认为它们越来越疏远人民大众。在此种情况下，"新写实小说"应运而生。对于《钟山》来说，不失时机积极主动地对此进行宣传，不仅扩大了"新写实小说"的影响，同时也使杂志本身成为一个引人注目的焦点。

在《钟山》杂志 1989 年第 3 期推出的"新写实小说大联展"之前，"新写实小说"的命名问题一直以来都没有定论。对于这股写实潮流，评论界有的称其为"新写实小说""新写实主义小说""新现实主义小说"，还有的则命名为"后现实主义"。

自《钟山》推出以"新写实"为名的大联展后，评论界便结束了这场关于命名的论争，"新写实小说"被予以正式命名。自此，文学史上便一直以"新写实小说"来定名这场小说运动。

首期"新写实小说大联展"的卷首语中向读者宣告了新写实主义小说的理论定义：它不同于历史上已有的现实主义，也不同于现代主义"先锋派"文学，而是近几年小说创作低谷中出现的一种新的文学倾向。这些新写实小说的创作方法仍是以写实为主要特征，但特别注重现实生活的原生形态的还原，真诚直面现实、直面人生。它不仅具有鲜明的当代意识，还分明渗透着强烈的历史意识和哲学意识。

这段对"新写实小说"以"原生形态的还原，真诚直面现实、直面人生"为主要特点的概括一直被后来的文学史所沿用。洪子诚的《中国当代文学史》中"对'新写实'的描述"就提到了《钟山》的"新写实小说大联展"，并且直接引用了这段卷首语。陈思和主编的《中国当代文学史教程》在论述新写实小说时也是直接引述《钟山》的观点。各种版本的文学史对这一特点的直接引用或间接转述，都充分地说明了《钟山》对新写实小说的概括是十分到位的，也说明了此次新写实小说大联展的重要性。[①]

11 月 25 日，《收获》发表苏童的中篇小说《妻妾成群》，该小说表现了现代女性的婚姻悲剧。

小说一经发表，立即被其他文学刊物转载，并被改编为电影。1991年，由巩俐主演的电影《大红灯笼高高挂》一举拿下第 48 届威尼斯电影节大奖。《妻妾成群》也被改编成电视剧，如 1992 年台湾华视推出的陈玉莲主演的电视剧《大红灯笼高高挂》、2011 年刘晓庆主演的电视剧《大红灯笼高高挂》、2012 年田海蓉主演的电视剧《花灯满城》等。2018 年 9 月，《妻妾成群》入选中国改革开放四十周年最有影响力小说。

在《妻妾成群》中，苏童抓住了一个很深刻的主题：女性在认同男性文化后彼此伤害对方的现实。于是女人的结局越是凄惨、悲凉，越是强烈地撞击着读者心灵。书中这些女人们都带有强烈的人身依附意识。正是这种"与生俱来"的依附意识使女性处于无可选择的境地，而被依附主体——男性一时的好恶往往使女性面临失去依附的危机。[②]

---

① 参见熊丽芬、孔小彬：《浅析〈钟山〉杂志"新写实小说大联展"》，载《萍乡高等专科学校学报》，2007(5)。

② 孟宪华：《从〈妻妾成群〉看苏童小说中女性的人身依附意识》，载《沧桑》，2009(3)。

1990 年

　　1 月 5 日至 10 日，中宣部、文化部在北京召开全国文化艺术工作情况交流座谈会，会议就如何认真全面地回顾近年来文化艺术工作的经验教训，如何实事求是地确定今后文化工作的任务交换了意见。

　　江泽民、李瑞环、李铁映、丁关根等在会议期间会见与会全体人员。李瑞环作重要讲话。在谈到全面科学地、实事求是地进行回顾反思、总结经验的问题时，贺敬之全面阐述了成绩与问题、反"左"与反右、整顿与繁荣、稳定与反对资产阶级自由化、社会效益与经济效益五个方面的关系。

　　会议结束时王忍之讲话，希望这次座谈会对于文化艺术界开展反对资产阶级自由化的教育和斗争，对于繁荣社会主义文化艺术，对于在党的基本路线的基础上增强文艺界的团结，都能起到促进作用。他谈到，1990 年宣传工作要遵循党的基本路线，继续贯彻党的十三届四中全会、五中全会精神，进一步落实中央关于加强思想宣传工作的指示，为促进国内局势的持续稳定，保证治理整顿、深化改革的顺利进行，创造政治思想和社会舆论方面的良好条件。他强调宣传工作和意识形态工作都要树立稳定压倒一切的思想，都要着眼于稳定局势、增强信心、振奋精神。要用马克思主义、社会主义思想占领意识形态和舆论阵地。要加强党的思想建设，做好思想工作，做好一些有长远意义的基本建设工作。他要求宣传工作，旗帜一定要鲜明，方向一定要明确，步子一定要稳妥，政策一定要讲究，工作一定要做细。①

1月，首届中国少数民族文学研究成果奖在北京揭晓，钟敬文、贾芝、马学良等获个人荣誉奖。

1月，由中国少数民族文学学会举办的首届中国少数民族文学研究成果奖揭晓，钟敬文、贾芝、马学良等获个人荣誉奖；《中国少数民族文学》等获著作荣誉奖；《文艺民族化论稿》等获最佳著作奖；《屈原族属初探》等获最佳论文奖；《民谣研究》等获优秀著作奖。②

3月5日，联合国教科文组织在巴黎总部举办京剧表演晚会，纪念中国京剧艺术诞生200周年。

各国观众欣赏了我国大连京剧团的精彩演出。教科文组织助理总干事徐兆春代表马约尔总干事出席表演晚会并发表讲话。辽宁省大连京剧团在晚会演出《闹天宫》《扈家庄》《铡美案》和《八仙过海》等折子戏。晚会由教科文组织和中国常驻教科文代表团联合主办，出席者中有教科文总部的官员、各国常驻教科文代表、法国各界人士和旅法华侨代表等。③

6月6日，国际儿童读物联盟中国分会成立大会在北京举行，著名儿童文学作家严文井当选为第一任主任委员。

国际儿童读物联盟中国分会成立大会于6月6日在北京图书馆举行。来自中国作家协会、出版社、图书发行机构、新闻媒体、图书馆协

---

① 王振川主编：《中国改革开放新时期年鉴（1990）》，13 页，北京，中国民主法制出版社，2014。

② 张健主编：《中国当代文学编年史——第 7 卷（1990.1—1995.12）》，21 页，济南，山东文艺出版社，2012。

③ 《联合国教科文组织举办晚会纪念京剧诞生二百周年》，载《人民日报》，1990-03-07。

会、儿童文学研究机构等单位的会员代表参加了会议。来自日本、美国、瑞典、挪威、奥地利、泰国、尼泊尔、斯里兰卡等国的外宾参加了成立大会。出席会议的还有外交部、文化部、新闻出版署、宋庆龄基金会、中国少年儿童基金会、全国妇联、共青团中央等有关部门的代表和少年儿童代表。

大会通过了《国际儿童读物联盟中国分会章程》，著名儿童文学作家严文井当选为第一任主任委员，刘杲、吴克良当选为副主任委员。

严文井在成立大会上作了讲话，他表示，中国分会将鼓励我国作家、画家多为孩子创作，不断提高创作质量，促进我国儿童读物出版事业的繁荣；为广大儿童评选并传播优秀儿童读物；积极组织中外优秀儿童读物及有关人员的交流，鼓励合作出版，以增进中国儿童对世界各国的了解；鼓励对儿童文学的研究并为发表、交流这些成果创造条件。他强调，中国分会作为国际儿童读物联盟的一个国家分会，将与国际儿童读物联盟及其他国家分会密切合作，共同为未来世界的主人能拥有丰富而精美的精神食粮做出应有的贡献。①

8月1日至3日，由《二十世纪中国小说史》课题组举办的20世纪中国小说史国际研讨会在北京大学举行，会议围绕20世纪中国小说的特征，中国小说史的阶段性特征、文体流派、中国文学史分期和小说史研究原则及方法等问题进行了讨论。

《二十世纪中国小说史》课题由钱理群、严家炎主持，研讨会围绕六卷本小说史的总体构想以及第一卷的具体成果展开，主要论题共有三项：一、关于小说史观念、体例与研究方法；二、关于20世纪中国小说的总体特征；三、关于20世纪中国小说的阶段特征。在三天的时间里，与会者展开了广泛而深入的研讨，会议气氛活泼而热烈，提出了许多富于启迪性和创建性的见解。这次大会既是对20世纪中国小说史已有成果的一次鉴定和总结，又对下一步的研究和写作起到了积极的推动作用。

会议的焦点首先集中在《二十世纪中国小说史》的初步成果——陈平

---

① 中国出版工作者协会、中国出版科学研究所编：《中国出版年鉴》(1990—1991)，207～208页，北京，中国出版年鉴社，1993。

原的小说史第一卷的讨论上。与会者高度评价了小说史第一卷在体例和方法上的崭新突破，认为陈平原的小说史突破了单纯作家作品论的体例，把小说史主要还原为小说形式自身的发展和演变史。它既不以具体的作家作品为中心，也不以借小说史构建社会史为目的，而是着重围绕小说形式本身的各个层面的变化来展开论述；同时，力图抓住影响小说形式演变的主要文化现象，在韦勒克所称的"文学的内部研究"中引进了文化的和历史的因素，从而使这一新的小说史体例有利于把握和描述小说发展进程，使小说史作为一门学科更趋科学化和规范化。

会议的另一个焦点集中在小说史写作目的和原则的讨论上。陈平原在提交的长篇论文《小说史研究方法散论》中着重阐述了研究者应具备"小说史意识"，应对小说发展模式有整体观照，并建立起一套确定作家作品地位、作用以及阐释小说艺术现象的理论框架和操作程序。小说史意识的具体内涵应该包括小说发展模式、小说发展动力、小说史分期原则以及小说史体例等。与会者在高度评价这一小说史意识的同时，指出它仍停留在小说史写作的技术层面，并对小说史更超越的原则和目的进行了激烈的讨论。

此外，会议还特别关注了 20 世纪中国小说的总体特征，如严家炎在《对于二十世纪中国小说特征的几点初步认识》发言中概括了中国 20 世纪小说的几个特征，刘增杰在《时代大潮与小说形态——二十世纪中国小说管窥》中阐述了 20 世纪中国小说发展与社会思潮、文学思潮的关系问题。

这次学术研讨会最可喜的收获是一些与会学者在自己的研究成果的基础上，分别就 20 世纪中国小说的各个阶段提出了富于创见的概括和预设。严家炎在《二十世纪中国小说史》第二卷框架初稿中提出了对 20 年代小说史的总体框架和构想，刘纳在《五四新文学中的小说》（提纲）中重新阐释了五四小说的历史地位，吴福辉提交的学术论文《深化中的变异：30 年代中国小说理论与小说》勾勒 30 年代中国小说的面貌，杨义提交的《四十年代小说流派及其总体格局》则概括与整理 40 年代小说的格局。①

---

① 参见吴晓：《小说史研究的新进展——二十世纪中国小说史国际学术研讨会综述》，载《中国现代文学研究丛刊》，1991(1)。

1991 年

　　3月1日，中共中央宣传部、文化部、广播电影电视部联合下发《关于当前繁荣文艺创作的意见》（以下简称《意见》）。

　　《意见》是一部以马克思列宁主义、毛泽东思想为指导，从宏观角度指导当前文艺创作的纲领性文件。它是根据我国革命文艺发展的经验和文艺生产规律提出来的，全面、系统、有的放矢地对涉及文艺创作的一系列理论问题和实际问题作出了深中肯綮的阐述、明确的指示和具体的规定。这些意见的提出，对于繁荣当时的文艺创作，充分调动全体文艺工作者的创作热情，使之不断推出质量优良、上乘、多姿多彩的文艺作品，具有重要的现实意义和深远的历史意义。

　　《意见》指出："繁荣文艺创作，必须坚持以马克思列宁主义、毛泽东思想为指导，坚持'为人民服务、为社会主义服务'的方向和'百花齐放、百家争鸣'的方针，坚持文艺的多种功能的统一，坚持发展多样化和突出主旋律的统一。我们的文艺作品，应当努力反映现实生活，表现时代精神，为提高人民素质，培养和造就有理想、有道德、有文化、有纪律的一代新人，建设社会主义精神文明，作出应有的贡献；要团结、教育和鼓舞人民群众，在党的领导下，为促进社会主义现代化建设，实现十年规划和'八五'计划而努力奋斗。"这是这部文件的核心内容与精神，提出了当时的文学艺术创作繁荣的核心问题：文艺"为什么人"的问题和"如何为"的问题。①

3 月，《文学评论》在北京举行"新写实主义"问题座谈会，就当代小说创作中的"新写实主义"问题展开讨论。

会上，很多学者认为"新写实小说"的概念难以概括，但是小说的创作有几个共通之处。从内容上说，一般都倾心于描写普普通通的小人物的生活，并且尽量淡化社会历史背景中的重大历史事件和重大社会冲突，淡化阶级关系和阶级意识，而着力通过琐屑的生活现象的描写，表现人的生命意识、生命体验和生命冲动，凸显人的生存困境、生存挣扎和生存悲剧，力图从小处着墨，淋漓尽致地展示传统小说那种以小见大、平中见奇的艺术优势，也体现出文学的现实主义精神。从手法上说，新写实小说是对西方批判现实主义与现代主义等文学遗产的继承，正逐渐与本土的现实融合在一起，这一文学现象实质上是现实主义适应当代社会现实、文化思潮、审美意识而生的一种形态。

因此，与会学者认为不能单向度地理解新写实主义，只有从"历史/意识形态/美学"构成的多边关系中，才能得到比较恰当的理解。要多研究"新写实小说"的作品，而不要急于发明、鼓吹、弥缝种种新名目。着眼于现实主义的存在和发展，用现实主义的，尤其是典型化的尺度去衡量新写实小说这一名目笼罩下的作家作品是比较切合实际的，而去强调这些小说异于传统现实主义的地方，是非常勉强的。

池莉的《烦恼人生》，刘恒的《伏羲伏羲》，刘震云的《新兵连》《单位》，叶兆言的《枣树下的故事》《状元境》等都曾被划入新写实小说，新写实小说为当代文学提供了一种崭新的认识世界的方式，一种透视人的

---

① 参见石普：《一份繁荣文艺创作的重要文献——学习〈关于当前繁荣文艺创作的意见〉刍见》，载《艺圃(吉林艺术学院学报)》，1991(1)。

新的角度，它对认识当代人的生存状态、生活方式是有独特价值意义的。①

12月18日，中宣部文艺局、中国文联、中国艺术研究院联合在北京召开"优秀文艺评论报刊表彰大会"，王忍之、贺敬之、林默涵、孟伟哉、梁光弟、赵寻、张伯海、李准等出席此次大会。

中宣部文艺局、中国文联、中国艺术研究院于1991年12月18日在北京人民大会堂联合举办了"优秀文艺评论报刊表彰大会"，这次大会是中华人民共和国成立以来的首次优秀文艺评论报刊表彰大会，王忍之、贺敬之、林默涵、孟伟哉、梁光弟、赵寻、张伯海、李准等出席。会上，《文艺报》《文学评论》《文艺研究》《中国戏剧》以及《人民日报》文艺评论版、《光明日报》文艺评论版、《求是》文艺评论版、《解放军报》文艺评论版、《中国文化报》文艺评论版、《中国教育报》文艺评论版、《文艺理论与批评》、《中流》文艺评论版、《美术》评论版、《人民音乐》、《当代电影》评论版、《当代文坛》（四川）、《理论与创作》（湖南）17家优秀文艺评论报刊受到表彰。

---

① 参见中国社会科学院文学研究所当代文学研究室：《"新写实"小说座谈辑录》，载《文学评论》，1991(3)。

1992 年

1月18日至24日，中宣部和广电部委托重大革命历史题材影视创作领导小组、中宣部文艺局、广电部电影局、中国电视艺委会、中国电影家协会、中国电视艺术家协会在北京召开重大革命历史题材影视创作会议。

1月18日至24日，中宣部和广电部委托重大革命历史题材影视创作领导小组、中宣部文艺局、广电部电影局、中国电视艺委会、中国电影家协会、中国电视艺术家协会在北京召开了重大革命历史题材影视创作会议，李瑞环、李铁映、丁关根等领导出席此次会议。丁峤作了题为《总结经验、提高质量，为繁荣和发展重大革命历史题材影视创作而奋斗》的报告，全面回顾了重大革命历史题材影视创作产生和发展的历史，总结了创作的成就和经验，分析了创作、管理方面存在的问题并提出了展望，反响强烈。窦守芳作了题为《再现光辉历史，弘扬时代精神》的发言，阮若琳作了题为《努力提高革命历史题材电视剧的质量》的发言。这是中国电影电视界共同召开的第一次会议，具有开创性意义。①

6月，刘震云的中篇小说《一地鸡毛》由中国青年出版社出版。

《一地鸡毛》是新写实主义作家刘震云创作的中篇小说，首发于《小说界》1991年第1期，1992年由中国青年出版社推出单行本。《一地鸡毛》没有主干情节，以缀段形式记录了当代小职员小林日常生活中的鸡毛蒜皮的各种烦恼，反映出20世纪八九十年代小人物的生活就是充满了辛酸与尴尬的"一地鸡毛"。《一地鸡毛》获《中篇小说选刊》优秀作品奖、第五届《小说月报》中篇小说"百花奖"，并于2000年被《中华读书报》评为"二十世纪世界百部文学经典"之一。刘震云的代表作还有长篇小说《手机》《我叫刘跃进》《一句顶一万句》等。

7月26日至30日，中国电影艺术研究中心《当代电影》编辑部和电影局艺术处在北京联合召开"反映改革开放现实生活题材电影创作研讨会"。与会者就电影如何表现改革开放的现实生活、电影如何为经济建设服务等问题展开研讨。

中国电影艺术研究中心《当代电影》编辑部与电影局艺术处于1992年7月26日至30日，在北京联合组织召开"反映改革开放现实生活题材电影创作研讨会"，陈荒煤、冯牧、许觉民等著名文学理论家、电影评论家、电影局和中影公司代表、部分电影厂文学部领导、部分省市电影发行放映公司代表参加了会议。

滕进贤指出，这次会议不应该局限于改革开放题材影片创作本身，而应该着眼于中国电影如何在新的思想解放、改革开放的强大历史背景下，更加有效地为社会主义经济建设服务；努力把握历史机遇，提高艺术生产力，推动整个事业奋力迈上一个又一个新的历史台阶。为了使大家了解电影创作、事业发展的情况，滕进贤还回顾了新时期中国电影事业发展的历史，介绍了1992年的创作形势，并强调，改革开放作为社会主义制度自我完善和事业发展的必由之路，从它提出之时，就给中国电影事业带来了希望。80年代初以来，按照邓小平同志建设有中国特

① 参见杨淑英：《总结经验为未来 加强管理抓质量——记重大革命历史题材影视创作会议》，载《中国电视》，1992(3)。

色社会主义的思想和党中央关于繁荣社会主义文艺事业的一系列方针、政策，电影进行了投产权的改革、行业体制改革、制片业体制改革等一系列尝试，为中国电影全行业的改革提供了较完善的构思和一定的物质条件基础。在回顾十多年来建设有中国特色的社会主义电影事业复杂而艰巨的探索和实践过程时，滕进贤反思了在一定时期由于"左"的和右的干扰而产生的指导思想上的软弱的情况，阐释了作为创作指导思想提出的"突出主旋律，坚持多样化"这一口号的产生背景及其对创作实践的积极作用，并对"探索片热""娱乐片大潮"等电影现象给予了客观、辩证的分析评价。

与会代表们提及较多的是题材问题。大家一致认为，只要深刻地反映了现实生活就是好作品。题材是一部作品的重要因素，但不是决定因素。作品艺术水平的高低不在于题材的大小，不要搞题材决定论，更不要同"双百"方针对立起来。有学者强调，在改革开放的大潮下，人的价值观、人生观、审美观均发生了很大的变化，创作者要善于发现改革开放中出现的新的社会问题，要具有超前意识，敢于表现群众关心的热点话题。例如《血，总是热的》《黑炮事件》《月亮湾的笑声》等影片，之所以仍然具有强烈的艺术感染力，就是因为影片涉及的问题还在我们的社会中存在着，具有深刻的现实意义，引导我们继续思考一些问题。对于新时期以来创作的许多反映现实生活的影片，大家认为，应当认真地回顾、总结、研究，从中汲取有益的经验教训，用于指导以后的创作。

8 月中旬，《文学遗产》编辑部、吉林大学中文系召开中国诗歌史及诗歌理论研讨会。与会专家学者就中国诗歌的本质、美学特征及其艺术规律的解说、对中国诗歌各个发展阶段的总体把握、对当前诗歌理论研究态势的总结等问题展开研讨。

9 月 12 日，北京大学中国语言文学研究所与《作家报》联合发起"后新时期：走出 80 年代的中国文学"讨论会，就当前文学界出现的新的"调侃"文学、新潮小说、"新时期"诗歌以及商品大潮对于文学的冲击、严肃文学的命运和前途等问题进行探讨。

1992 年 9 月 12 日，北京大学中国语言文学研究所和《作家报》联合召开了"后新时期：走出 80 年代的中国文学"讨论会。会议以"如何评价后新时期文学"为题，围绕 20 世纪 90 年代文学界出现的新的"调侃"文学、新潮小说、"新时期"诗歌以及商品大潮对于文学的冲击、严肃文学的命运和前途等问题进行探讨。会上，谢冕高度肯定了新时期文学的成绩，认为新时期文学取得了可以和"五四"文学革命相媲美的伟大成绩，达到了中国文学最为激动的高度。现在需要就文学应该增长哪些品格进行探讨，以尽快走出 80 年代文坛的旧格局。王蒙指出，当前文学存在闲暇文学、调侃文学、反映形而上的精神饥渴这三种令人感兴趣的现象。刘心武对自己 90 年代以来的创作表示欣慰和自信，并对比和反思了自己两个创作时期的不同创作心态与写作特点。①

　　10 月上旬，中国社会科学院文学研究所和外国文学研究所、河南大学、北京大学中文系等单位在开封河南大学共同举办全国中外文学理论学术讨论会。

　　会议就文艺学学科的规范化、文学与反映论、文学在商品经济大潮下的作用与价值、文学中的群体意识和个体意识、中西诗学的异同和比较等问题展开研讨。与会代表回顾了 20 世纪 80 年代文艺理论发展的重大成绩和存在的问题，展望并研讨了 90 年代文艺理论的建设与走向，并就文艺学的当代形态、核心范畴及学术环境等论题展开了热烈的讨论。此次会议是一次总结过去、开拓未来的专业性大型学术讨论会，会聚了马列文论、中国古代文论、外国文艺理论及比较文学理论研究的众多专家学者，他们在会议中展开学术争鸣，并呼吁进一步解放思想，加快步伐，以严谨求实的学术态度潜心研究，大胆开拓文艺学研究的崭新局面。

　　与会者一致认为，对 20 世纪 80 年代文艺理论的发展与问题进行回顾与反思是十分必要的。我们有必要进一步探讨改革开放以来文学理论研究中的得失，以及 20 世纪以来文学理论的曲折发展，特别是文学理论发展中的问题与瓶颈及原因，我们既要反对对我国文艺研究危害至深

---

　　① 参见《北大举行研讨会：如何评价"后新时期文学"——怎样尽快走出 80 年代文学的旧格局》，载《戏剧文学》，1992(11)。

的"左"的倾向，也要防止全盘西化否定马克思主义基本原则的倾向。①

10 月，刘恒的中篇小说《伏羲伏羲》由作家出版社出版，小说凸显了两代人明显的"俄狄浦斯情结"。

《伏羲伏羲》是新写实主义代表作家刘恒的中篇小说，首发于《北京文学》，1992 年由作家出版社推出单行本。小说讲述了一个具有弑父娶母的"俄狄浦斯情结"的本土故事，展现了伦理困境给主人公带来的痛苦。1990 年，《伏羲伏羲》被改编成电影《菊豆》，由张艺谋导演，巩俐、李保田等主演，于 1990 年 4 月 21 日在日本上映。《菊豆》于 1991 年获第 63 届奥斯卡金像奖提名，成为第一部获得奥斯卡最佳外语片提名的中国电影。刘恒的其他代表作还有长篇小说《黑的雪》《逍遥颂》《苍河白日梦》等，中篇小说《白涡》《天知地知》等，短篇小说《狗日的粮食》《小石磨》《教育诗》等。

11 月 14 日至 18 日，为纪念郭沫若诞辰 100 周年，中国社会科学院主办的"郭沫若与中国现代文化的发展"国际学术讨论会在北京举行。来自美国、俄罗斯、韩国、日本等国家的学者与中国学者一道，就郭沫若文化、学术、政治活动的研究及其著作的翻译出版情况等展开研讨。

11 月，由中国法国文学研究会、《外国文学评论》编辑部等单位发起的"二十世纪西方文学中的批判意识与荒诞问题"学术研讨会在长沙铁道学院举行。

"二十世纪西方文学中的批判意识与荒诞问题"学术研讨会于 1992 年 11 月 3 日至 5 日在长沙铁道学院召开。会议由中国法国文学研究会、《西方文艺思潮论丛》编辑部、《外国文学评论》编辑部、长沙铁道学院、湖南师范大学、湖南大学、湘潭大学、湖南教育出版社等单位联合举办。柳鸣九主持了开幕式，未央、何鹄志、曾俊期、景岩、谷士文、田家瑞以及湖南师范大学、湖南大学、湘潭大学、湖南教育出版社等单位的负责同志出席了开幕式。参加这次研讨会的还有叶廷芳、李辉凡、张

---

① 文集编委会编：《回顾与展望——'92 全国中外文学理论学术讨论会文集》，315 页，开封，河南大学出版社，1993。

振辉、温祖荫、张铁夫等来自多家单位的代表。

柳鸣九致开幕词，总体论述了研讨会的主题。他指出"荒诞"是20世纪西方文学的一个重要现象，对"荒诞"的研究有助于加深我们对20世纪西方文学、文化和社会的了解，更加深入地透视现代人类的处境和思想感情。研讨会讨论的热点主要有三个：一是荒诞的内涵与外延是什么，二是荒诞与理性的关系如何，三是荒诞的本质及其产生的问题。

围绕第一个议题，有的与会者认为，荒诞是20世纪西方现代派文学一个特定的概念，在现代派文学之前，不存在荒诞，在现代派文学之后，也很难再有荒诞。但有人认为对荒诞的理解不能过于狭窄。作为人类生存的一种基本状况，荒诞在各个时代的文学中都有表现。也有人从符号学的角度出发，提出荒诞有生命状况或人类的基本处境、心理状态或意识状态、问题状态、特定的艺术技巧、审美形态这五个层面。其中，第一个层面与人类的生存相始终，不以人们的意志为转移，其他层面则有待人们的主观感知。这一看法似乎调和了前两种观点。

围绕第二个议题，有的与会者指出，荒诞并不荒诞，因为荒诞作家是有理性的，其创作目的也是有理性的。有的与会者提出不同意见，认为判定荒诞与否的根据应是作品本身，只要作品表现了荒诞，它就是荒诞的，作家的理性和创作目的的理性无法说明作品本身是否荒诞。有同志认为，西方荒诞文学作家都是极有理性的，荒诞只是他们批判社会的手段，在荒诞背后，充满了对真理、意义、主体性等的渴求。

围绕第三个议题，有的与会者提出，荒诞就是人对自己基本生存状况的体验，是短促生命与永恒欲望之间的分裂，是人对世界与人的生存之间的对立的体验。有的与会者认为，西方人一方面崇尚真理、相信科学，另一方面迷信上帝，这使他们注定处于矛盾之中，由此产生荒诞文学。有的与会者从语言学的角度出发，认为文学的本质是语言，而语言本身是不可靠的、悖谬的、荒诞的，由此决定了文学在本质上也是荒诞的，荒诞文学只是强调和突出了这种荒诞性。部分与会者还从与传统文学的关系中探讨西方先锋派文学的荒诞，认为传统文学是理性的、常态的，西方先锋派文学从反面突破与超越它，必然在本身造成大量不合理、不确定、无意义的因素，由此形成荒诞。①

---

① 参见赵炎秋：《"二十世纪西方文学中的批判意识与荒诞问题"学术研讨会综述》，载《外国文学研究》，1992(4)。

此外，会上不少同志就具体的作家作品对荒诞作了深入细致的分析与探讨。研讨会结束后，柳鸣九还主持了中国法国文学研究会与会的常务理事会议和理事扩大会议，对今后的工作进行了研究和安排。①

12 月 22 日至 23 日，中国作家协会创研部与中国社会科学院文学研究所当代文学研究室在北京联合举办"留学生文学暨域外题材作品研讨会"。

与会者针对域外题材文学作品成为热门读物这一现象，从历史与文化、审美价值与思想倾向等不同角度进行了深入探讨。部分文学评论家的发言对这一现象也做了比较切合实际的分析，如雷达说："新时期以来，文学思潮不断变幻，但有其内在的逻辑性、连续性，大部分作品体现的仍然是寻找主题：寻找世界，寻找自我。坎坷经历的倾诉压倒了文学性，这几年纪实的东西多，受欢迎，而文学性的追求不强烈，这是有社会原因的，是社会存在与心理对文学的选择，无形的手在把提文学。"白烨也说："这些年来，凡是构成热点的，都是非文学性的，一般都是社会性、文化性的轰动。包括文学性很强的作品产生影响都是这样，现在这种文学现象亦然，新闻性、纪实性很强。"事实上"留学生文学热"只持续了近两年时间，随之就被不断变幻的各种文化思潮和文学思潮所替代，留学生文学也就显得相对沉寂和平静了。经过几年的沉淀，大约在20 世纪 90 年代中期以后出现了几部比较有影响的作品，留学生文学开始进入多方位的发展阶段，文学水平也有了较大的提高。其中，90 年代常在国内发表作品的几位作家如严歌苓、严力、虹影等人的作品比较引人注目。

---

① 武珞：《"二十世纪西方文学中的批判意识与荒诞问题"学术研讨会在长沙举行》，载《法国研究》，1992(2)。

1993 年

3 月上旬,《文艺报》在上海召开严肃文艺座谈会。与会者就严肃文艺的生存状况、存在危机和挑战中的出路以及由此带来的深远影响等问题发表了意见。

3 月 12 日至 13 日,后现代文化与中国当代文学国际研讨会由北京大学、中国社会科学院文学研究所、中国比较文学学会后现代研究中心、歌德学院北京分院等单位在北京联合举办,与会者对后现代主义在中国的研究及其影响进行了交流探讨。

4 月 21 日,中国社会主义文艺学会在北京成立。在随后举行的理论研讨会上,与会者就如何繁荣社会主义文艺创作、文艺评论,如何看待文化市场,如何继承革命文艺传统,如何批判地吸取世界各国文化新成果等问题展开讨论。

中国社会主义文艺学会于 1993 年 4 月成立,是由在文艺理论批评、文艺创作、翻译、教学、编辑、出版等方面取得成就以及支持该项事业的个人或集体组成的全国性、专业性、非营利性社会团体。学会的宗旨是：接受中国共产党领导，遵循建设有中国特色社会主义理论和党的"以经济建设为中心、坚持四项基本原则、坚持改革开放"的基本路线，坚持文艺"为人民服务、为社会主义服务"的方向和"百花齐放、百家争鸣""弘扬主旋律、提倡多样化"的方针，团结中国广大文艺理论、文艺评论、文艺理论教育工作者和作家、艺术家、翻译、出版工作者以及其他热心支持社会主义文艺事业的个人与团体，坚持和发展马克思主义文艺理论，为繁荣中国的社会主义文艺事业贡献力量。学会的业务范围是：学习马克思主义文艺理论和党中央有关方针、政策，推动有中国特色社会主义文艺理论建设；研究、评析文艺思潮；活跃文艺理论与批评；评价、推动文艺创作；开展对外文艺交流；促进中、外文艺理论研究著作的出版、翻译。①

5 月下旬，百花文艺出版社、天津日报社、天津市作协等单位为庆贺孙犁八十寿辰，在天津举办研讨活动，与会者就孙犁的文学活动、文学创作以及在当代文学史上的地位等问题展开讨论。

6 月，贾平凹的长篇小说《废都》由北京出版社出版，这是贾平凹最著名的争议小说。

《废都》是贾平凹创作的长篇小说，写的是西京四大文化名人之一的作家庄之蝶在西京玩弄女人与权术，最后身败名裂，逃离西京的故事。《废都》在《十月》上全文发表，并于 1993 年由北京出版社出版单行本，在文坛上立即引起轩然大波，有人批评《废都》格调低下，认为《废都》是"闲汉文学"。另一方面，《废都》也得到了许多正面评价。例如作家季羡林认为"《废都》20 年后将大放光芒"；作家马原认为"《废都》在中国现当代文学里空前地把当代知识分子的一种无聊状态描写到极致"；学者温儒敏则肯定了《废都》的命意，认为它和《荒原》相似，都怀抱着对于传统文明断裂后的隐忧和悲剧感，因此将《废都》称为"东方式的《荒原》"。当代文学的重要批评家几乎也都评价过《废都》，显示出《废都》在当代文坛

---

① 北京市社会科学界联合会编著：《北京社会科学年鉴(2004)》，741 页，北京，北京出版社，2004。

上的独特地位。1997年贾平凹凭借《废都》获得法国费米娜文学奖。贾平凹的其他代表作品还有长篇小说《浮躁》《秦腔》《带灯》等。

6月，陈忠实的长篇小说《白鹿原》由人民文学出版社出版。

长篇小说《白鹿原》是作家陈忠实的代表作，也是陈忠实唯一一部长篇小说。小说共50余万字，历时六年完成，首发于《当代》，1993年正式由人民文学出版社推出单行本。该小说以陕西关中地区白鹿原上白鹿村为缩影，通过讲述白姓和鹿姓两大家族祖孙三代的恩怨纷争，表现了近半个世纪的风云变幻，展现了近现代中华民族的苦难历程。

1997年，《白鹿原》修订本获得第四届茅盾文学奖。《白鹿原》被改编成同名电影、电视剧、话剧、舞剧、秦腔等多种艺术形式。陈忠实的其他作品还有短篇小说《信任》、报告文学《渭北高原，关于一个人的记忆》等。

11月15日至19日，中国艺术研究院话剧研究所、中国话剧艺术研究会、天津市文化局、天津戏剧家协会在北京联合主办中国小剧场戏剧展暨国际研讨会，多台不同风格的小剧场话剧参加此次展演。

中国小剧场戏剧展暨国际研讨会于1993年11月15日至19日举行。此次活动由中国艺术研究院话剧研究所、中国话剧艺术研究会、天津市文化局、天津戏剧家协会联合主办。活动由曹禺、吴雪、李希凡、谢国祥任名誉主任，田本相、余林、高长德任执行主任，并由胡妙胜担任评委会主任，谭霈生、董健任副主任。

此次活动所展演的剧目丰富多彩，整个活动演出了14台不同题材、体裁、风格、样式的小剧场戏剧，分别为《情感操练》《夜深人未静》《疯狂过年车》《灵魂出窍》《留守女士》《泥巴人》《夕照》《大西洋电话》《长乐钟》《思凡》《雷雨》《长椅》《大戏法》等。著名导演艺术家林兆华、陈颙、张奇虹、熊源伟出席，中青年导演林荫宇、俞洛生、王晓鹰、孟京辉、吴晓江等参会，演员李默然、奚美娟、韩静茹、高惠彬、宋洁、宋戈、王玉立、韩童生、徐幸等参演。多位海内外专家学者参加研讨会，有戏剧家吴雪、舒强、于是之、刘厚生、胡可、李默然等，著名剧作家刘锦云、李龙云、郭启宏等，著名学者叶廷芳、田本相、童道明、谭霈生等，香港话剧团艺术总监杨世彭以及台湾小剧场戏剧创始人吴静吉也出席了此次研讨会，还有来自日本、比利时、新加坡等国家的专家学者 40 多人。

这是中国第一次以"小剧场戏剧"的名义进行展演暨国际研讨会。活动遵循"百花齐放、百家争鸣"的方针，以此前中国小剧场戏剧实践为依托，展示中国戏剧发展成绩，与国内外同人交流经验，切磋艺术，深化了理论研究，促进了中国话剧与国际戏剧之间的交流，扩大了中国话剧在国际上的影响，进一步提高了中国话剧的国际地位。[①]

12 月 23 日，纪念毛泽东同志诞辰一百周年座谈会在北京举行，与会者就在社会主义改革开放历史的新时期，如何深入学习马列主义、毛泽东思想和邓小平建设有中国特色社会主义理论，如何使文艺为经济建设服务等问题进行座谈。

---

① 参见《小剧场戏剧的空前盛会——"'93 中国小剧场戏剧展暨国际研讨会"即将举行》，载《中国戏剧》，1993(11)。雨天：《交流与促进——记'93 中国小剧场戏剧展暨国际研讨会》，载《戏剧(中央戏剧学院学报)》，1994(1)。

1994 年

4月14日至16日，中国作家协会、中华文学基金会、中国社会科学院研究生院、人民文学出版社等联合举办的"巴金与二十世纪学术研讨会"在北京举行，来自海内外的巴金研究者和文化界人士参会。刘忠德、张光年、冯牧等都高度评价了巴金的文学成就，称巴金与世纪同行、与读者同在。

研讨会分别就"巴金创作与二十世纪""巴金人格精神与二十世纪"等专题进行了充分的交流和讨论，并围绕总议题"巴金与二十世纪"组织了三项活动：参加在北京图书馆举行的"讲真话，把心交给读者——巴金"大型图片展览开幕式并参观展览；观看巴金的最新录像资料；邀请巴金至交中央文史馆馆长萧乾、胡风夫人梅志、沈从文夫人张兆和、《巴金全集》责任编辑王仰晨、巴金胞弟李济生以及贾植芳、陈荒煤等人讲述他们同巴金的友谊与对巴金人格、创作的看法。会议的总议题得到了学界的充分肯定，萧乾指出："这个题目幅度广、气魄大，这里，我们研究的不仅仅是文学。我们是从整个一个时代的高度来看，来探讨，来衡量一个作家的价值。"杨义指出："把一个作家与世纪联系起来，说明了研究者的世纪意识，表现出振兴的气象、开放的胸襟，显示出一种对于文学的大国风范或大家气象的追求。"冯牧认为研讨这一课题"将使我们更好地认识巴金，理解巴金，认识中国当代文学，理解中国当代文学，进而总结中国文学的历史经验，对于当代文学健康地走向二十一世纪，也必将提供宝贵的、有益的启示和借鉴"。刘忠德指出："研究巴金与二十世纪的关系，把巴金的文学活动放在整个世纪的时空背景上做全方位的考察研究，是一个视角独特而且很有意义的工作，它不仅会丰富我们对巴金的认识，而且将有助于我们通过巴金的作品认识世纪中的世界与中国，更深入地认识文学的本质、文学的价值、文学的社会作用，以及更深入地发掘 20 世纪社会发展中政治、经济、文化相互联系的诸多值得注意的方面。"山口守指出："巴金的作品不仅存在于现代的中国之中，而且也为缔造现代中国本身做出了坚实贡献。从这一角度来看，研讨'巴金与二十世纪'是很有意义的。"

5 月 15 日，《钟山》杂志社和《文艺争鸣》杂志社联合推出"新状态文学特辑"，发表王干、张颐武、张未民的《"新状态"文学三人谈》，王干的《优美地告别——"新状态"文学漫论之一》，张颐武的《论新状态文学——90 年代文学新取向》等。

1994 年 5 月 15 日，以第 4 期《钟山》上发表的联合宣言《文学：迎接"新状态"——新状态文学缘起》为发端，《钟山》杂志社和《文艺争鸣》杂志社联合推出"新状态文学特辑"，这标志着《钟山》继"新写实"之后的又一次文学运作拉开序幕。从 1994 年第 4 期到 1995 年第 5 期，《钟山》的"新状态文学特辑"前后共出版 8 期，持续了一年多。

作为"新状态文学"的口号和理论阐述的源头，《钟山》这 8 期"新状态文学特辑"中收录了 15 篇集中论述的理论文章。特辑中指出，从根本意义上来说，"新写实"和"实验文学"都不代表对 20 世纪 80 年代形成的文学模式的自觉的超越，而是一种延续性的调整，因而引出 90 年代能否产生具有"超越"性质的"新状态文学"的问题。特辑中对"新状态文学"的态度主要分三种：一是倡导和召唤，二是批评和质疑，三是全面辩证。重要论著有王干、张颐武、张未民的《"新状态"文学三人谈》，王干的《优美地告别——"新状态"文学漫论之一》，张颐武的《论新状态文学——90年代文学新取向》，吴炫的《"新状态"的否定含义》，丁帆的《无状态下的"新状态"呐喊》等。

6月上旬，"中西比较诗学方法论问题"研讨会由中国比较文学学会青年委员会与广东省比较文学研究会在暨南大学举办。与会者回顾了比较诗学的发展情况，认为当前比较诗学研究面临着方法论的困惑，不仅对中西诗学中的某些基本概念作了辨析，同时对当前理论界的不良学风也提出了中肯的批评。

6月中旬，关于城市文学的学术研讨会由《钟山》杂志社与德国歌德学院北京分院联合举办。来自北京、上海等地的作家探讨了中国城市文学的产生、发展、现状、前景及与外国城市文学的关系等问题。

8月20日至24日，由《文学遗产》编辑部和曲阜师范大学等单位联合举办的儒学与文学国际学术研讨会在山东曲阜举行。来自全国各地及美国、韩国的专家学者近百人参加会议。与会者围绕儒学与中国古代文学的关系问题展开热烈讨论。

10月21日至28日，由中国社会主义文艺学会、《人民日报》文艺部、《文艺报》等单位联合举办的文化市场与文化建设问题学术讨论会在云南楚雄召开。与会者就在市场经济体制下文艺体制改革等一系列问题进行讨论，认为文化市场建设的得失成败在于：是否有利于充分调动文艺工作者积极性、创造性；是否有利于出作品、出人才，繁荣事业和满足需要；是否有利于经济发展和社会进步。

12月7日，《文艺报》邀请在京部分专家学者参加"大众文化"研讨会。

1994年12月7日，《文艺报》邀请在京部分专家学者参加"大众文化"研讨会。会议肯定了"大众文化"的世界性和时代性，指出理论工作者应关注"大众文化"现象。会上，各位专家学者运用马克思主义的立场、观点和方法深入研究和探讨了大众文学。

1995 年

7 月 22 至 24 日，首届中国古籍整理研究出版现代化国际会议在北京语言学院召开。

由中国中文信息学会、国家古籍整理出版规划小组办公室和北京语言学院联合主办的"中国古籍整理研究出版现代化国际会议"于 1995 年 7 月 22 至 24 日在北京语言学院召开。这次会议旨在交流学术成果、沟通研究手段、探讨合作方式、弘扬中华文化，积极探讨中国古籍整理出版领域的相关重要课题。

7 月 25 日，全国文学创作工作会议由中宣部和中国作家协会在长沙市联合举办，会议的中心议题是贯彻江泽民总书记关于繁荣文艺的重要指示，落实中宣部 1995 年工作要点，同时学习湖南省委加强领导繁荣文艺的工作经验。落实中国作协主席团四届九次会议的决议，进一步把繁荣文艺创作落到实处。

8 月 6 日，中国作家协会儿童文学委员会和《文艺报》社联合主办的儿童文学座谈会在河北省北戴河召开。与会的儿童文学作家、评论家就认清形势、抓住机遇、创造条件繁荣儿童文学创作等问题展开了讨论。

8月23日，中宣部文艺局、《人民日报》文艺部、中国作协创作联络部、吉林省委宣传部、吉林省作协联合主办的农村题材文艺创作会议在长春举行，50多位作家、评论家及有关文艺单位领导出席了会议。会议总结了新时期农村题材文艺创作，分析了现状，并深入研讨了新形势下农村题材文艺创作的诸多问题。

8月24日至28日，当代中国女性文学研讨会在北京举行，与会者就女性文学的性质及其在当代文坛的定位、西方女性主义话语与中国当代女性文学等话题进行讨论。研讨会由中国当代文学研究会、河北《女子文学》杂志社、首都师范大学当代中国文学研究中心联合主办。

10月26日，中宣部在上海召开繁荣电影、长篇小说、少儿作品（简称"三大件"）创作座谈会，强调要把"三大件"的创作和生产放在特别重要的位置，采取切实有效的措施，尽快拿出一批高质量的作品，让人民群众满意，为青少年的健康成长提供良好的精神营养。

12月27日，纪念世界电影诞生100周年、中国电影诞生90周年大会在北京举行。

1995年12月27日，纪念世界电影诞生100周年、中国电影诞生90周年大会在人民大会堂举行。会议由广电部部长孙家正主持。参加纪念大会的有30年代初期就投身于中国左翼进步电影运动的电影界前辈，有40年代为创建人民电影并作出过巨大贡献的电影艺术家，有新中国成立后成长起来并发挥重要作用的电影工作者，有在新的历史时期脱颖而出并成长为中国电影生力军的中青年一代电影人等。这次纪念大会是中国几代电影工作者团结鼓劲的大会，也是中国电影开创新辉煌的誓师动员大会。

1995年12月28日，中国电影世纪奖颁奖典礼在北京举行。45位从影30年以上的电影艺术家获中国电影世纪奖，10部影片获中国电

90 年优秀影片奖。

12 月，莫言的长篇小说《丰乳肥臀》出版。1997 年《丰乳肥臀》夺得中国"大家文学奖"。

1995 年 12 月，莫言的长篇小说《丰乳肥臀》由作家出版社出版，这部小说是莫言最负盛名的作品之一，出版以来反响很大。这部小说是莫言献给已经去世的母亲的一部作品，同时也是献给天下母亲的一部著作。小说通过塑造一位苦难、平凡却又伟大的母亲，热情赞颂了天下母亲勤劳善良、默默无闻、无私奉献的美好品行。书中母亲的经历大多取材于作者早年在高密东北乡的见闻。莫言通过汪洋恣肆的语言和丰富的想象，将 20 世纪近百年的中国历史高度浓缩于母亲这一形象的苦难经历中。小说真实再现了历史的风云巨变，蕴含了莫言对生命的深沉思考和对社会历史与时代问题的独特反思，是一部相当厚重的作品。

1996 年

1 月 29 日至 31 日，中华全国台湾同胞联谊会、中国社会科学院文学研究所、厦门大学台湾研究所联合发起召开的"台湾文学研讨会"在北京举行，会议就台湾文学的定位、台湾文学研究的现状等问题进行了研讨。

1996 年 1 月 29 日至 31 日，由中华全国台湾同胞联谊会、中国社会科学院文学研究所、厦门大学台湾研究所联合发起的"台湾文学研讨会"在北京召开，以中华全国台湾同胞联谊会理事周青先生、中国社会科学院文学研究所台港研究室主任杨匡汉、著名作家陈映真、复旦大学中文系教授陆士清、中国社会科学院文学研究所副研究员王保生为代表的来自海峡两岸的专家、学者、作家参加了这一会议。此次会议是大陆举办的首次台湾文学研讨会，得到了两岸学者的热情响应。会议期间，不少学者对台湾文学的定位、台湾文学研究的现状等问题发表了看法，还有学者以日据时期台湾作家张我军、龙瑛宗以及当代作家陈映真、黄春明、王祯和、施叔青等为例进行了专题讨论。

7 月 4 日，首都文化界在人民大会堂聚会，纪念茅盾诞辰 100 周年，李瑞环、丁关根、李铁映、温家宝等出席了纪念大会。

1996 年 7 月 4 日，首都文化界在人民大会堂隆重集会，举办纪念茅盾诞辰 100 周年的活动。李瑞环、丁关根、李铁映、温家宝等领导同志出席了此次纪念大会，李铁映在主题发言中指出，茅盾是享誉国内外的文学巨匠、我国新文化运动卓越的组织者和领导者、马克思主义的文艺批评家和社会活动家，对我国革命事业、文化事业做出了不可磨灭的贡献。

12 月 7 日，郁达夫诞辰 100 周年纪念会暨研究国际学术研讨会召开，来自中国、日本、韩国、新加坡等海内外专家学者参加了讨论会。

1996 年 12 月 7 日是郁达夫诞辰 100 周年纪念日。当日，由富阳市人民政府主办的"郁达夫诞辰 100 周年纪念会暨研究国际学术研讨会"在富阳召开，来自中国、日本、韩国、新加坡等海内外专家学者参加了讨论会。专家学者们分别在大会、小组会和中外郁达夫研究专家座谈会上作了充分交流。在郁达夫的故乡浙江富阳，上千人参加了纪念大会。会议期间，中外郁达夫研究专家参观了郁达夫故居，瞻仰了郁达夫铜像并敬献花篮，还考察了名篇《钓台的春昼》背景地严子陵钓台和桐君山。这次郁达夫国际学术讨论会由浙江省文联，杭州市文联、作协，浙江师范大学、杭州大学中文系，以及浙江文艺出版社联合发起协办；富阳市委宣传部、市文联、郁达夫研究学会负责具体承办，是继十一年前富阳举行的"纪念著名作家郁达夫烈士殉难四十周年学术讨论会"后的又一次盛会。①

12 月，我国第一部省级新文学大系——《河南新文学大系》由河南大学出版社出版。

1996 年 12 月，由于友先任总主编、孙广举等为副总主编的我国第一套省级新文学大系——《河南新文学大系》由河南大学出版社出版，这套书是河南省多所高校、科研机构、出版部门的专家学者集体智慧的结

---

① 参见蒋增福：《检阅新成果的又一次聚会——郁达夫研究国际学术讨论会述评》，载《中国现代文学研究丛刊》，1997(2)。

晶。全书以马克思主义为指导，以河南新文学发展历史轨迹为背景，以作家作品为研究对象，坚持思想内容与艺术形式的统一，既尊重历史原貌，又体现新的时代精神。丛书收录了从 1917 年到 1990 年 300 多位新文学作家的作品。全书的编纂历时 5 年，共 9 卷 10 册，分为短篇小说卷(一、二)，中篇小说卷、诗歌卷、戏剧文学卷、散文卷、批评理论卷、史料卷、通俗文学卷、儿童文学卷。这套丛书既是对河南新文学成就的一次集中回顾与检阅，也是编辑出版工作者文学史编纂的一次大胆尝试。

1997 年

6月26日，中国作家协会、作家出版社、长江日报社、中国作协创研部在北京联合举行"迎回归——长诗《邓小平》研讨会"。

1997年6月26日，由中国作家协会、作家出版社、长江日报社、中国作协创研部联合举办的"迎回归——长诗《邓小平》研讨会"在北京召开。翟泰丰从思想、艺术方面分析了长诗的成功之处，然后特别谈到文学创作与社会、时代、生活的关系。与会者再一次被长诗所洋溢的思想激情所感染。作者罗高林表示，将坚持为时代、为人民的创作道路，争取写出更好的作品来。

8月20日至22日，中国当代文学研究会、日本中国当代文学研究会、清华大学、首都师范大学在北京联合举办"中国新时期文学中日学者对话会"。

1997年8月20日至22日，由中国当代文学研究会、日本中国当代文学研究会、清华大学中文系、首都师范大学中文系联合举办的"中国新时期文学中日学者对话会"在北京召开。会议围绕"中国新时期文学"这一话题展开讨论，主要议题有中国 20 世纪 80 年代文学的进程、20 世纪 90 年代文学发展现状、作家创作动因及变化等①。除专家学者外，受邀与会的还有一部分中国作家，如马瑞芳、余华、陈染、刘恒、林白、徐坤、白烨、周而复等，他们在会上就自己的创作主题、近况同日本研究者作了交流。日本学者釜屋修、千野柘政、渡边晴夫、宇野木洋、加藤三由纪、西野由希子、下出宣子、松浦恒雄、藤重典子、盐旗伸一郎、栗山千睿子、饭冢容等分别发言。其间，中国作协副主席、中国社会科学院文学研究所所长、中国当代文学研究会常务副会长张炯研究员向日本中国当代文学研究会会长、日本东京驹泽大学釜屋修教授颁发"中国当代文学研究表彰奖"奖章。

---

① 白烨：《中国新时期文学中日学者对话会在京举行》，载《南方论坛》，1997(5)。

1998 年

1 月 12 日至 13 日，由上海《巨人》杂志、台湾《民生报》与海峡两岸儿童文学研究会联合举办的"海峡两岸中篇小说创作研讨会"在上海召开，会议就中篇少年小说的创作现状及如何推动海峡两岸儿童文学创作的交流和发展进行了探讨。

1998 年 1 月 12 日至 13 日，由上海《巨人》杂志、台湾《民生报》与海峡两岸儿童文学研究会联合举办的"海峡两岸中篇小说创作研讨会"在上海召开。来自海峡两岸的三十余位专家学者参加了此次会议。会议以"1997 年海峡两岸中篇少年小说征文"活动为基础，征文活动共评出一等奖三名，即常新港的《我的经历和你的故事》、彭学军的《你是我的妹》、陈素宜的《等待红姑娘》，佳作奖分别由简平的《五天半的战争》、王国刚的《地球与 Q 星》、饶雪漫的《天天天蓝》、谢华的《远山》、殷健灵的《菱子的选择》、缪忆纬的《美国的月亮》、小民的《少年本色》获得。会议就中篇少年小说的创作现状及如何推动海峡两岸儿童文学创作的交流和发展进行了探讨，对于推进两岸儿童文学的创作转型具有重要意义。

1月21日,《文艺研究》刊发一组就20世纪中国文学"现代性"展开的笔谈。

1998年1月21日,《文艺研究》刊发了一组就20世纪中国文学"现代性"展开的笔谈文章,陈剑晖的《现代性:百年文学的艰难历程》、刘思谦的《中国女性文学的现代性》、龙泉明的《现代性与现代主义》、杨义的《关于中国文学现代性的世纪反省》、宋剑华的《现代意识与现代文学》、杨春时的《前现代性的"中国现代文学"》、伍方斐的《现代性:跨世纪中国文学展望的一个文化视角》从不同角度,对杨春时、宋剑华在《论二十世纪中国文学的近代性》一文中提出的以"近代性"命名"五四"以来的中国文学的观点展开了分析。杨春时和宋剑华认为,20世纪中国文学只具有近代性,不具备现代性,这一观点引发了学术界的讨论。伍方斐分析了近代以来中国社会、历史的整体特征,从文化内涵角度探讨其"现代性特征";杨义认为20世纪中国文学是一种"以现代为基调的带有近代因素的文学";陈剑晖认为20世纪中国文学难以明确说明更接近于哪种文学,而常常处于近代文学和现代文学交织的状态;龙泉明认为20世纪中国文学的现代性体现在对于西方先进文学资源的开放心态,而不仅仅体现在对文学领域的现代性因素的执着追求。以这次讨论为肇始,回顾总结新文学百年进程日益成为学术界普遍关注的话题,关于现代性问题的讨论也众说纷纭从未停止,逐渐成为了学术难点问题。

1月23日,中国文联、中国剧协和《人民日报》文艺部联合主办,中国戏剧年鉴社承办的首届"中国曹禺戏剧文学奖·评论奖"颁奖大会在北京举行。

为贯彻党中央"二为"方向和"双百"方针,落实加强文艺评论的指示精神,团结戏剧评论队伍,中国文联、中国剧协决定设立全国优秀戏剧评论奖——中国曹禺戏剧文学奖·评论奖。该奖项是文艺界为戏剧评论方面首次举办的全国性奖项。1998年1月23日,由中国文联、中国剧协和《人民日报》文艺部联合主办,中国戏剧年鉴社承办的首届"中国曹禺戏剧文学奖·评论奖"评选结果揭晓,颁奖大会在北京召开。此次评选共收到全国各地近百篇作品,均是1995年、1996年公开发表的,经中央级报刊、各省市剧协和解放军、新疆生产建设兵团推荐的戏剧评论文章。经过层层筛选、评审及复评,共产生五篇获奖文章,分别是廖全京的《题材的超越——川剧〈山杠爷〉散记》、洪兆惠的《追光照亮的是灵魂》、霍长和的《大气磅礴的英雄史诗——评歌剧〈苍原〉的音乐》、徐晓钟的《"老船工"的启示——试析胡庆树在〈同船过渡〉中的表演》、列斌的《调动各种艺术手段增强话剧的表现力——〈春秋魂〉的导演手法》。提名奖十篇,分别是:邹红的《游移:在剧本与舞台之间——话剧〈红河谷〉漫议》,曲六乙的《树立剧种本体意识——高甲戏〈玉珠串〉的挑战》,孟泽的《回望九四——'94 山西新剧目展演漫议》、林泉的《怒放在北大荒的野百合——杨宝琛剧作论》、童道明的《北京大爷习气——看〈北京大爷〉》、谭霈生的《现代戏求取进步的新信息——评萍乡采茶戏〈榨油坊风情〉》、何西来与丛小荷的《关于生命的咏叹——昆曲〈偶人记〉观后随想》、朱国庆的《〈春秋魂〉之我见》,龚和德的《全能化性格演员——谈尚长荣》,吴然的《军旅戏剧:继续奋进的 1995 年》。此外,还有入围奖14 篇,组织奖两名,分别由辽宁省剧协、广东省剧协摘得。编辑奖三名,为《中国戏剧》《艺术广角》《广东艺术》。

2月9日,首届鲁迅文学奖(1995—1996 年)各单项优秀作品奖评选结果揭晓。

鲁迅文学奖是以中国新文化运动的伟大旗手鲁迅先生命名的文学奖项,与老舍文学奖、茅盾文学奖、曹禺戏剧文学奖并称中国四大文学奖。鲁迅文学奖是中国具有最高荣誉的文学奖之一,旨在奖励优秀中篇小说、短篇小说、报告文学、诗歌、散文杂文、文学理论评论的创作以及中外文学作品的翻译,推动中国文学事业的繁荣发展。鲁迅文学奖各单项奖每两年评选一次,每 4 年评选一次鲁迅文学奖大奖,即选出该评奖年度里某一文学体裁中思想性艺术性俱佳的作品。

首届鲁迅文学奖评选从 1997 年开始,评选范围为 1995—1996 年的作品。包括以下各奖项:全国优秀中篇小说奖;全国优秀短篇小说奖;全国优秀报告文学奖;全国优秀诗歌奖;全国优秀散文、杂文奖;全国优秀文学理论、文学评论奖;全国优秀文学翻译奖。

首届鲁迅文学奖获奖作品篇目如下:全国优秀短篇小说奖有《老屋小记》(史铁生)、《雾月牛栏》(迟子建)、《赵一曼女士》(阿成)、《镇长之

死》(陈世旭)、《哺乳期的女人》(毕飞宇)、《心比身先老》(池莉);全国
优秀中篇小说奖有《父亲是个兵》(邓一光)、《小的儿》(林希)、《挑担茶
叶上北京》(刘醒龙)、《年前年后》(何申)、《涅槃》(李国文)、《天知地
知》(刘恒)、《没有语言的生活》(东西)、《天缺一角》(李贯通)、《双鱼星
座》(徐小斌);全国优秀报告文学奖有《锦州之恋》(邢军纪、曹岩)、《没
有家园的灵魂》(杨黎光)、《黄河大移民》(冷梦)、《黑脸》(一合)、《恸问
苍冥》(金辉)、《没有掌声的征途》(江宛柳)、《东方大审判》(郭晓晔)、
《温故戊戌年》(张建伟)、《淮河的警告》(陈桂棣)、《大国长剑》(徐剑)、
《敦煌之恋》(王家达)、《共和国告急》(何建明)、《走出地球村》(李鸣
生)、《开埠》(程童一等)、《毛泽东和蒙哥马利》(董保存);全国优秀诗
歌奖有《生命是一片叶子》(李瑛)、《今天没有空难》(匡满)、《韩作荣自
选诗》(韩作荣)、《在瞬间逗留》(沈苇)、《鸟落民间》(张新泉)、《狂雪》
(王久辛)、《寻觅光荣》(辛茹)、《拒绝末日》(李松涛);全国优秀杂文奖
有《微言集》(林祖基)、《何满子杂文自选集》(何满子)、《邵燕祥随笔》
(邵燕祥)、《韩羽杂文自选集》(韩羽)、《世象杂拾》(唐达成);全国优秀
散文奖有《何为散文选集》(何为)、《春宽梦窄》(王充闾)、《中华散文珍
藏本·周涛卷》(周涛)、《女人的白夜》(铁凝)、《秋白茫茫》(李辉)、《皇
天后土》(周同宾)、《从这里到永恒》(赵玫)、《羊想云彩》(刘成章)、《湮
没的辉煌》(夏坚勇)、《两种生活》(斯好);全国优秀散文杂文荣誉奖有
《我的家在哪里》(冰心)、《赋得永久的悔》(季羡林)、《牵牛花蔓》(严
秀)、《半月随笔二集》(雷加)、《郭风散文选集》(郭风)、《烟水江南绿》
(艾煊)。

第二届鲁迅文学奖获奖篇目如下:全国优秀短篇小说奖有《鞋》(刘
庆邦)、《清水里的刀子》(石舒清)、《吹牛》(红柯)、《厨房》(徐坤)、《清
水洗尘》(迟子建);全国优秀中篇小说奖有《梦也何曾到谢桥》(叶广芩)、
《被雨淋湿的河》(鬼子)、《永远有多远》(铁凝)、《吹满风的山谷》(衣向
东);全国优秀报告文学奖有《落泪是金》(何建明)、《远东朝鲜战争》(王
树增)、《西部的倾诉》(梅洁)、《中国863》(李鸣生)、《生死一线》(杨黎
光);全国优秀诗歌奖有《羞涩》(杨晓民)、《曲有源白话诗选》(曲有源)、
《地球是一只泪眼》(朱增泉)、《西川的诗》(西川)、《纯粹阳光》(曹宇
翔);全国优秀散文杂文奖有《大雅村言》(李国文)、《山居笔记》(余秋

雨)、《精神的归宿》(朱铁志)、《昨夜西风凋碧树》(徐光耀);全国优秀理论评论奖有《"五四"文化革命的再评价》(陈涌)、《一九〇三:前夜的涌动》(程文超)、《12 个:1998 年的孩子》(何向阳)、《西部:偏远省份的文学写作》(韩子勇)、《文学理论现代性问题》(钱中文);全国优秀文学翻译彩虹奖有《济慈诗选》(屠岸译)、《堂吉诃德》(董燕生译)、《奥德赛》(王焕生译)、《秧歌》(董纯译)、《圣殿》(陶洁译)。

第三届鲁迅文学奖获奖篇目如下:全国优秀中篇小说奖有《玉米》(毕飞宇)、《松鸦为什么鸣叫》(陈应松)、《好大一对羊》(夏天敏)、《歇马山庄的两个女人》(孙惠芬);全国优秀短篇小说奖有《上边》(王祥夫)、《驮水的日子》(温亚军)、《大老郑的女人》(魏微)、《发廊情话》(王安忆);全国优秀报告文学奖有《中国有座鲁西监狱》(王光明、姜良纲)、《宝山》(李春雷)、《瘟疫,人类的影子:"非典"溯源》(杨黎光)、《西藏最后的驮队》(加央西热)、《革命百里洲》(赵瑜、胡世全);全国优秀散文杂文奖有《贾平凹长篇散文精选》(贾平凹)、《大河遗梦》(李存葆)、《病隙碎笔》(史铁生)、《独语东北》(素素)、《一个人的经典》(鄢烈山);全国优秀诗歌奖有《野诗全集》(老乡)、《郁葱抒情诗》(郁葱)、《幻河》(马新朝)、《幸存的一粟》(成幼殊)、《娜夜诗选》(娜夜);全国优秀文学理论评论奖有《难度·长度·速度·限度——关于长篇小说文体问题的思考》(吴义勤)、《〈手稿〉的美学解读》(王向峰)、《打开诗的漂流瓶——现代诗研究论集》(陈超)、《朱向前文学理论批评选》(朱向前);全国优秀文学翻译奖有《神曲》(田德望译)、《雷曼先生》(黄燎宇译)。

第四届鲁迅文学奖获奖篇目如下:全国优秀中篇小说奖有《心爱的树》(蒋韵)、《一个人张灯结彩》(田耳)、《喊山》(葛水平)、《世界上所有的夜晚》(迟子建)、《师兄的透镜》(晓航);全国优秀短篇小说奖有《城乡简史》(范小青)、《吉祥如意》(郭文斌)、《白水青菜》(潘向黎)、《将军的部队》(李浩)、《明惠的圣诞》(邵丽);全国优秀报告文学奖有《天使在作战》(朱晓军)、《部长与国家》(何建明)、《用胸膛行走西藏》(党益民)、《中国新教育风暴》(王宏甲)、《长征》(王树增);全国优秀诗歌奖有《喊故乡》(田禾)、《看见》(荣荣)、《行吟长征路》(黄亚洲)、《大地葵花》(林雪)、《只有大海苍茫如幕》(于坚);全国优秀散文杂文奖有《山南水北》(韩少功)、《辛亥年的枪声》(南帆)、《乡村记忆》(刘家科)、《遥远的天堂》(裘山山);全国优秀文学理论评论奖有《见证一千零一夜——21世纪初的文学生活》(李敬泽)、《无边的挑战——中国先锋文学的后现代性》(修订本)(陈晓明)、《数字化语境中的文艺学》(欧阳友权)、《当前文学创作症候分析》(雷达)、《困顿中的挣扎——贾平凹论》(洪治纲);全国优秀文学翻译奖有《别了,我的书》(许金龙译)、《笑忘录》(王东亮译)、《斯特林堡文集》(五卷)(李之义译)。

第五届鲁迅文学奖获奖篇目如下:全国优秀中篇小说奖有《最慢的是活着》(乔叶)、《国家订单》(王十月)、《手铐上的蓝花花》(吴克敬)、《前面就是麦季》(李骏虎);全国优秀短篇小说奖有《伴宴》(鲁敏)、《茨菰》(苏童)、《老弟的盛宴》(盛琼)、《放生羊》(次仁罗布)、《海军往事》(陆颖墨);全国优秀报告文学奖有《震中在人心》(李鸣生)、《胡风案中人与事》(李洁非)、《生命的呐喊》(张雅文)、《感天动地——从唐山到汶川》(关仁山)、《解放大西南》(彭荆风);全国优秀诗歌奖有《烤蓝》(刘立云)、《向往温暖》(车延高)、《李琦近作选》(李琦)、《柠檬叶子》(傅天琳)、《云南记》(雷平阳);全国优秀散文杂文奖有《藏地兵书》(王宗仁)、《路上的祖先》(熊育群)、《风行水上》(郑彦英)、《王干随笔选》(王干)、《病了的字母》(陆春祥);全国优秀文学理论评论奖有《五种形象》(南帆)、《马克思主义文艺理论及其面临的挑战》(张炯)、《想象与叙述》(赵园)、《中国文学跨世纪发展研究》(高楠、王纯菲)、《童年再现与儿童文学重构:电子媒介时代的童年与儿童文学》(谭旭东);全国优秀文学翻译奖空缺。

第六届鲁迅文学奖获奖篇目如下:全国优秀中篇小说奖有《隐身衣》(格非)、《美丽的日子》(滕肖澜)、《白杨木的春天》(吕新)、《从正午开始的黄昏》(胡学文)、《漫水》(王跃文);全国优秀短篇小说奖有《俄罗斯陆军腰带》(马晓丽)、《我的帐篷里有平安》(叶舟)、《香炉山》(叶弥)、《良宵》(张楚)、《如果大雪封门》(徐则臣);全国优秀报告文学奖有《中国新生代农民工》(黄传会)、《粮道》(任林举)、《毛乌素绿色传奇》(肖亦农)、《中国民办教育调查》(铁流、徐锦庚)、《底色》(徐怀中);全国优秀诗歌奖有《整理石头》(阎安)、《个人史》(大解)、《忧伤的黑麋鹿》(海男)、《将进茶——周啸天诗词选》(周啸天)、《无限事》(李元胜);全国优秀散文杂文奖有《在新疆》(刘亮程)、《父亲的雪山 母亲的草地》(贺捷生）、《先前的风气》（穆涛）、《巨鲸歌唱》（周晓枫）、《回鹿山》（侯健飞）；全国优秀文学理论评论奖有《文学革命终结之后——新世纪文学论稿》（孟繁华）、《陶渊明的幽灵》（鲁枢元）、《谁也管不住说话这张嘴》（程德培）、《中国当代文学中沈从文传统的回响——〈活着〉、〈秦腔〉、〈天香〉和这个传统的不同部分的对话》（张新颖）、《建设性姿态下的精神重建》（贺绍俊）；全国优秀文学翻译奖有《人民的风》（赵振江译）、《布罗岱克的报告》（刘方译）、《有色人民——回忆录》（王家湘译）、《上海，远在何方？》（韩瑞祥译）。

第七届鲁迅文学奖获奖篇目如下：全国优秀中篇小说奖有《世间已无陈金芳》（石一枫）、《蘑菇圈》（阿来）、《李海叔叔》（尹学芸）、《封锁》（小白）、《傩面》（肖江虹）；全国优秀短篇小说奖有《父亲的后视镜》（黄咏梅）、《1987 年的浆水和酸菜》（马金莲）、《俗世奇人》（足本）（冯骥才）、《出警》（弋舟）、《七层宝塔》（朱辉）；全国优秀报告文学奖有《朋友——习近平与贾大山交往纪事》（李春雷）、《西长城》（丰收）、《第四极：中国"蛟龙"号挑战深海》（许晨）、《大森林》（徐刚）、《乡村国是》（纪红建）；全国优秀诗歌奖有《去人间》（汤养宗）、《落日与朝霞》（杜涯）、《沙漏》（胡弦）、《九章》（陈先发）、《高原上的野花》（张执浩）；全国优秀散文杂文奖有《山河袈裟》（李修文）、《北京：城与年》（宁肯）、《遥远的向日葵地》（李娟）、《流水似的走马》（鲍尔吉·原野）、《时间的压力》（夏立君）；全国优秀文学理论评论奖有《中国当代文学传媒研究》（黄发有）、《有关 20 世纪中国文学史研究的几个问题》（陈思和）、《必须保卫历史》（刘大先）、《重读汪曾祺兼论当代文学相关问题》（王尧）、《文坛新观察》（白烨）；全国优秀文学翻译奖有《火的记忆 I：创世纪》（路燕萍译）、《潜》（余中先译）、《贺拉斯诗全集》（李永毅译）、《疯狂的罗兰》（王军译）。

3 月，由北京作家协会、中国当代文学研究会、清华大学中文系和《诗探索》编辑部联合主办的"后新诗潮研讨会"在北京举行。

1998 年 3 月 20 日至 22 日，由北京作家协会、中国当代文学研究会、清华大学中文系和《诗探索》编辑部联合主办的"后新诗潮研讨会"在北京举行，李青、谢冕、蓝棣之、杨匡汉、吴思敬等人共同主持了会议。会议以对新诗潮之后的诗歌创作做出学理性清理为主旨，切入当代诗歌创作、批评实践及阅读接受层面，探究中国当代诗歌成就与问题。来自全国各地的重要诗歌评论家、诗人和学者竞相发言，展示出对中国当代诗歌批评全面反思的势态。会议的议题主要有"后新潮诗"的概念界定，对"现实"与"诗歌创作中现实"关系的厘清、女性诗歌概念的辨析等。其中，周亚琴认为从诗歌发生学角度看，中国女性诗歌是中国现代诗歌发展的题中之义，它与西方女性主义诗歌的共鸣与呼应，恰恰意味着中国女性诗歌的生长与成熟。王家新、崔卫平、王恩宇、刘福春、翟永明、麦芒、欧阳江河、西川、郑敏、西渡、朱先树、李静、荒林等人也出席会议并作了发言。

7月15日，《南方文坛》开辟"知青文学"专栏。

1998年7月15日，《南方文坛》第四期开辟了"知青文学"专栏，发表了一系列文章，如南帆的《抗拒遗忘》、郭小东的《知青后文学状态》、蔡翔的《重新书写的历史》、陈剑晖的《跳出"知青情结"》、木弓的《知青小说的缺陷》和贺绍俊的《绕不开理想情结的知青小说》等。文章普遍认为，知青上山下乡这段历史不应被遗忘，也不应当将苦难演变成观赏对象，而是应当深入挖掘其历史内涵，对其中的特殊视角，如农民视角等，也应当予以重视。随着专栏的开辟，"知青文学"领域不断涌现出优秀成果，如郜元宝的《"知青文学"之一瞥》、张柠的《朦胧的记忆》、李敬泽的《遮蔽与敞开》、兴安的《我看"知青文学"》、黄伟林的《知青运动·知青作家·知青文学》、施战军的《苦难的空无——"知青文学"札记》等。

7月，《作家》推出"70年代出生的女作家专号"，包括卫慧、棉棉、周洁茹、魏微、戴来等。

1998年7月，《作家》杂志推出了"70年代出生的女作家专号"，集中推介了卫慧、周洁茹、棉棉、金仁顺、戴来、魏微、朱文颖七位女作家的作品。这种集中推介"70后"的方式由此延续下来。短短几年时间，"70后"女作家已然成长为一个创作生命力旺盛的群体，卫慧的《像卫慧那样疯狂》、周洁茹的《中国娃娃》、棉棉的《啦啦啦》、魏微的《在明孝陵乘凉》、朱文颖的《兔子只吃窝边草》基本代表了这一群体的创作风貌。

9 月，余华的长篇小说《许三观卖血记》由南海出版社出版。

1998 年 9 月，余华的长篇小说《许三观卖血记》由南海出版社出版。这部小说创作于 1995 年，主要讲述了普通工人许三观靠着顽强的毅力渡过了一个个人生难关的故事，作品所塑造的许三观也成为了当代文坛一个经典形象。通过作品，余华传达了一种"放弃抗辩，逆来顺受"的宿命观念，在这种宿命观念的影响下，作者以苦难为主题，将普通大众的生活淋漓尽致地展现在读者面前，在一个个故事中让读者感悟生存的真实与残酷。小说没有尖锐的矛盾冲突和情节线索，而是以日常生活画面作为小说主体，民间的混沌、民间的朴素、民间的粗糙甚至民间的狡猾得到淋漓尽致的展现，呈现出生命原始的生机与魅力，流露出了浓厚的人道主义情怀。

10 月 20 日至 23 日，《钟山》杂志社在南京举办"新生代作家小说创作学术研讨会"，多位作家与评论家参会。

1998 年 10 月 20 日至 23 日，《钟山》杂志社主办的"新生代作家小说创作学术研讨会"在南京召开，多位专家学者、作家与评论家参加会议。与会的专家学者和评论家就"新生代的界定""新生代作家的创作特点""新生代作家的优势与不足""新生代作家与二十一世纪文学"等话题展开研讨与对话。"新生代作家笔会"和"新生代作家小说创作学术研讨会"在文学界反响强烈，其所引发的文学"断裂"的争论在文坛激起热烈讨论。

1999 年

1 月 20 日，中国诗歌学会在北京举行首届
"厦新杯·中国诗人"颁奖大会，臧克家、卞之琳
同获"厦新杯·中国诗人——终身荣誉奖"。

1 月 20 日，中国诗歌学会承办的首届"厦新
杯·中国诗人"颁奖大会在北京举行。这是首个
以"中国诗人"为名的荣誉奖项，旨在奖励对中国
新诗做出突出贡献的优秀诗人。评选委员会由著
名学者、诗人及评论家组成，每年颁发"终身荣
誉奖"和"年度诗人奖"各两名。臧克家、卞之琳
获"终身荣誉奖"，评委会称誉他们两位是 20 世
纪在诗歌创作中取得卓著成就、为中国新诗发展
做出宝贵贡献的杰出诗人。昌耀获得"中国诗人
奖——1998—1999 年度诗人奖"。评委会认为他
的创作是中国当代诗坛"不可替代"的独特现象。
另一位获得"年度诗人奖"的是朱增泉。评委会赞
誉朱增泉把军人的情怀和当代人对世界命运的思
考融为一体，作品具有一种英雄气概。他的《地
球是一只泪眼》被称为"拥有博大的诗意空间和丰
富的文化内涵"，他鲜明的艺术实践，表现了时
代精神和军人本色。

9 月 20 日至 23 日，为纪念闻一多诞辰 100 周年，中国闻一多研究会、闻一多基金会、武汉大学等单位，在武汉联合举办闻一多国际学术研讨会。

1999 年 9 月 20 日至 23 日，为纪念中国现代杰出的诗人、学者、爱国志士闻一多先生诞辰 100 周年，由中国闻一多研究会、闻一多基金会及武汉大学联合承办的闻一多国际学术研讨会在湖北武汉召开。会议为期 4 天，是对闻一多学术研究成果的又一次检阅，集中显示了闻一多研究多元化格局，对闻一多研究作了精辟的回顾与前瞻。与会的专家学者细致分析了闻一多的生平思想、人生道路、文化姿态、人格和学术品格，同时热烈讨论了新诗写作、诗学理论、古典文学和文化研究、古典文学和民俗学研究等专题，提出了许多新的观点。李曦沐、孙玉石、洪铭德、龙泉明、宋剑华等做了精彩发言。此次研讨会对闻一多研究亦有新的拓展，最主要的特点是与会者不再从二元对峙的视角看闻一多，而是试图从不同角度，用多元化的眼光审视闻一多的创作，突出他的诗人和诗论家的地位，将他的诗作和诗评与诗学理论联系起来，强调他在新诗创格中的重要的整合与转折意义，探求在新旧关联、中西整合中的闻一多现象。

2000 年

　　2 月 2 日，《中华文学选刊》"是非之地"专栏刊发了余秋雨争论专辑。

　　2000 年 2 月 2 日，《中华文学选刊》"是非之地"专栏刊发了余秋雨争论专辑。专栏以《余秋雨惹着谁了》为题发问，展示了三方面的资料：一是余秋雨发表《余秋雨教授敬告全国读者》公开信，向文化盗版者宣战；二是作家宗璞、刘心武以及出版家安波舜等发表言论支持余秋雨的创作，提倡给作家好的创作环境，维护公众的阅读利益；三是肯定了余秋雨的创作风格，高度评价其作品的思想启蒙意义。同期还刊发了余秋雨旧文——1975 年 8 月发表于《学习与批判》上《读一篇新发现的鲁迅佚文》的部分内容，并转载张育仁的文章《灵魂拷问链条上的一个重要缺环》。《作品与争鸣》2000 年第 5 期刊发嘻谷的文章《逆耳忠言叹秋雨——余秋雨现象批判综述》，第 8 期刊发了余开伟的文章《余秋雨是否逃避历史事实？》。

　　2 月 24 日，首届冯牧文学奖在北京揭晓，冯牧文学奖是由中华文学基金会冯牧文学专项基金设立的全国性文学奖项。

冯牧文学奖是由中华文学基金会冯牧文学专项基金、冯牧的生前好友和学生筹集资金专门设立的全国性文学奖项。冯牧文学奖每一年评选一届，每届每一奖项获奖者均不超过三人。第一届冯牧文学奖于 2000 年 2 月 24 日在北京揭晓，并在人民大会堂举行了颁奖仪式，这一天也是冯牧的诞辰。获青年批评家奖的是：李洁非、洪治纲、李敬泽；获文学新人奖的是：红柯、徐坤；获军旅文学奖的是：朱苏进、邓一光、柳建伟。

第二届冯牧文学奖于 2001 年 2 月 24 日揭晓。青年批评家奖获得者为何向阳、闫晶明、谢有顺；文学新人奖获得者为刘亮程、毕飞宇、祁智；军旅文学创作奖获奖者为莫言、乔良、朱秀海。

第三届冯牧文学奖于 2002 年 4 月 6 日颁发，青年批评家奖获得者为郜元宝、吴俊获、李建军；文学新人奖获得者为雪漠、周晓枫、孙惠芬；军旅文学创作奖获得者为周大新、李鸣生、苗长水。

第四届冯牧文学奖获奖者为魏微、徐则臣、杨庆祥。

第五届冯牧文学奖获奖者为石一枫、鲁敏、李云雷。

6 月 1 日，中国社会主义文艺学会在北京举办"社会主义与世纪之交的中国文艺"研讨会。

2000 年 6 月 1 日，由中国社会主义文艺学会组织承办的"社会主义与世纪之交的中国文艺"研讨会在中国文联文艺学校召开。这次为期三天的研讨会由中国社会主义文艺学会发起。郑伯农在开幕式上致辞，王泽洲、李希凡、陆梅林、王夫棠、李秋存等在开幕式上发表讲话，涂武生、康式昭、梁光弟等分别主持了大会。

与会者回顾了社会主义文艺的发展历程，认为中国社会主义文艺发轫于"五四"新文化运动时期，自中华人民共和国成立以来虽发展曲折，但也取得了令人瞩目的成绩。如何总结中华人民共和国成立以来，尤其是改革开放以来的社会主义文艺发展的成果，如何展望世纪之交的社会主义文艺，如何看待社会主义文艺在历史发展中的地位与价值，是这次研讨会的核心议题。与会者就社会主义文艺今后的发展趋向、如何在新的时代条件下开展社会主义文艺工作，怎样推动社会主义文艺事业的发展发表了自己的看法。①

7月29日至31日，北京语言文化大学、美国加州大学厄湾分校、中国中外文艺理论学会、澳大利亚墨尔本大学、山东大学、中国广播电视学会等单位在北京共同举办"文学理论的未来：中国与世界"国际研讨会。

由北京语言文化大学、美国加州大学厄湾分校、中国中外文艺理论学会、澳大利亚墨尔本大学、山东大学和中国广播电视学会等单位共同发起主办的"文学理论的未来：中国与世界"国际研讨会于7月29日至31日在北京举行。中外与会者就经济全球化浪潮下文学理论批评的未来前景、中国的文学研究者与国际学术界的平等对话、文学理论与文化研究的冲突与共融、文化研究与文化批评在中西方的不同形态、中西方比较文学的新进展等理论课题进行交流探讨。会议宣布成立国际文学理论学会，为今后东西方学者的合作和交流奠定必要的组织基础。

《文艺报》刊发了西蒙·杜林的《文学主体性新论》、钱中文的《文学理论：走向交往与对话的时代》等会议论文。

8月17日，北京人民艺术剧院小剧场演出实验版话剧《原野》，引发了关于曹禺名著改编的一系列争论。

2000年8月17日，北京人民艺术剧院在自己的小剧场里演出了由李六乙改编并导演的全新阐释的话剧《原野》，引发了关于曹禺名著改编的一系列争论。对改编后的曹禺话剧，刘平持否定态度。其评论说："新版《原野》的演出的实验意义，是被内容的简单化和表现手法的芜杂掩盖了。……导演在打破原作的情节结构和人物关系后，并没有按照自己的创作思路把故事讲清楚。……表演的前卫性和表现手法的多样也给观众造成了欣赏障碍。"②田本相也对改编剧多有批评。他说："这是一

① 闻信：《"社会主义与世纪之交的中国文艺"研讨会在京召开》，载《文艺理论与批判》，2000(4)。

② 刘平：《想批评没有激情——看新版〈原野〉》，载《文艺报》，2000-08-31。

次非经典、非《原野》、非文本的解构主义的演出，也可以说是一次带有后现代色彩的演出。……这种解构演出，我觉得是有违曹禺的艺术精神的。"他认为"六乙的景，解构了曹禺的景……六乙的戏剧陈述，所谓'片段性的、不完整的、是碎片'的叙事，解构了曹禺非常好看非常耐看的有机的、完整的、耐人寻味的戏剧故事。……六乙对曹禺先生原著的这种做法，不管是否意识到，都不能说是一种平等的、尊重的、理解的态度"。① 叶廷芳的观点则相对温和，他认为"一方面，实验戏剧本是探索性的，它不要求人人都能看得懂，因为它常常向观众的审美惰性挑战，有意打破你的审美习惯。另一方面，先锋也不应跑得太快，以至让观众生畏。先锋而又能让尽可能多的观众看得出所以然，这是对你的艺术功力的考验"。② 虽然批评的声音不断，但探索名著改编的步伐却并未停止。2012 年，在距离李六乙执导改编话剧《原野》12 年后，由他执导的全新的歌剧版《原野》在北京国际音乐节亮相。

11 月 2 日至 5 日，由北京大学、香港作家联会共同主办的 2000 年北京金庸小说国际研讨会在北京大学举行。

与会中外学者各自谈及阅读金庸小说带来的种种乐趣，并就金庸小说的文化内涵、雅俗特质、现代精神，金庸小说与大众传媒的关系，武侠小说的文学发展和文学史境遇等多方面问题展开讨论。国际金庸小说研讨会并非首次，前两次分别在美国与中国台湾召开。各位评论家对金庸小说的研究视点不同，褒贬态度不一，因此这次大会争论激烈，矛盾的焦点有雅俗问题、金庸小说的文学价值问题以及对具体作品的考证与研究三个方面。

12 月 15 日至 16 日，中国社会科学院文学研究所文艺理论研究室和当代文学研究室在北京召开研讨会，就经济全球化背景下的中国美学与 90 年代文学批评的回顾与检讨展开讨论。

---

① 田本相：《也谈新版〈原野〉和〈日出〉》，载《中国戏剧》，2000(11)。
② 叶廷芳：《艺术生命的蓬勃朝气——北京人艺三出戏得失谈》，载《中国戏剧》，2000(11)。

2000 年 12 月 15 日至 16 日，中国社会科学院文学研究所文艺理论研究室和当代文学研究室在北京举办研讨会，就经济全球化背景下的中国美学与 90 年代文学批评的回顾与检讨展开讨论。会议的主要议题有中国美学的继承与发展、八九十年代文学批评的比较与评价、经济全球化背景下的 90 年代文学批评、文学批评视野下的 90 年代文学创作等。

2001 年

　　7 月 10 日 至 14 日，由南京大学中国现代文学研究中心主办的"中国现代文学传统"国际学术研讨会在南京召开。

　　2001 年 7 月 10 日至 14 日，由南京大学中国现代文学研究中心主办的"中国现代文学传统"国际学术研讨会在南京召开。与会专家围绕总议题"中国现代文学传统"，分别从中国现代文学是否已形成自身的传统、中国现代文学传统的内涵、中国现代文学中的传统创作思维模式、中国现代文学的各种范畴和表现形态以及中国现代文学传统与中国古典文学和西方文学的关系及其在当代的影响与变异、中国现代文学传统各种文学体裁的具体体现及其内涵等角度展开讨论，并从一些具体问题和代表性作家入手，探讨中国现代文学的多样性。朱寿桐作了题为《中国现代文学的伟大传统》的开篇发言。他认为："相对于具有稳固深厚传统的古典文学而言，中国现代文学事实上已经形成了一系列'体系化'的传统，包括健全的个人主义'道统'、利益反抗的'法统'、白话文学的'体统'和以现实主义为主体的'系统'。"①大多数与会专家对中国现代文学已经形成自身传统的观点表示认可。黄曼君、朱德发、岩佐昌、朱文华、龚鹏程、李瑞腾等学者从不同角度进行了发言。此次会议加深了对中国现代文学这一学科的认识，拓宽了研究思路。

8月5日至7日，由北京师范大学中文系与清华大学外语系、南京师范大学文学院、山东师范大学中文系等单位联合主办的国际学术研讨会在北京召开。会议围绕经济全球化背景下文化、文学与人的主题展开了研讨。

2001年8月5日至7日，由北京师范大学中文系与清华大学外语系、南京师范大学文学院、山东师范大学中文系等单位联合主办的国际学术研讨会在北京召开。会议围绕经济全球化背景下文化、文学与人的主题展开了研讨。美国加州大学的希利斯·米勒教授、美国耶鲁大学的霍魁斯特教授、荷兰乌德勒支大学的佛克玛教授、德国汉堡社会研究院的沃尔夫冈·克劳斯海尔教授和钱中文、童庆炳、胡经之、乐黛云、刘象愚、王一川等国内外知名文学理论专家参加了这次研讨会。与会代表就全球区域化与文化和文学、经济全球化与大众文化、经济全球化语境中的中西文论对话等问题进行广泛而深入的探讨，这次会议的召开对于在新的时代语境下发展文学理论研究和促进国际学术交流都具有重要的意义。

随着时代的发展，全球经济、文化联系日益紧密，经济全球化成为当代文化讨论的核心问题，它给文化、文学和人类生活带来了前所未有的巨变，中国文学理论家需要保持清醒的头脑和探索精神，使中国文艺理论在经济全球化大语境中发出自己坚定的声音。

9月11日至15日，由中国社会科学院外国文学研究所组织主办的"中日女作家研讨会"在北京举行。

2001年9月11日至15日，由中国社会科学院外国文学研究所主办，清华大学中文系、中国社会科学院文学研究所当代文学室等单位协

---

① 小客：《中国现代文学传统——国际学术研讨会综述》，载《文艺争鸣》，2001(5)。

办的"中日女作家研讨会"在北京举行。研讨会以"中日女性文学的现状考察与未来发展"为总主题，就中日女性文学的异同及各自的特点、走向等问题展开了深入而广泛的研讨。中国文联出版社同时推出"中日女作家新作大系·中国方阵""中日女作家新作大系·日本方阵"两套大型丛书。在 21 世纪伊始之年，中日两国各选出 10 位实力派女性作家，组成两大方阵相聚北京切磋文学，是中日两国文化交流史上的一次壮举，此次会议成功举办后，2006 年"中日青年作家对话会"和 2010 年"中日青年作家会议"相继召开。

2002 年

3 月 27 日，由《文学评论》编辑部、南京大学中文系共同主办的"文学研究中的跨学科发展研讨会暨《文学评论》编委会"在南京召开，与会专家就何谓文学研究中的跨学科发展及跨学科的几种分布方式、如何跨学科及跨学科的具体案例、跨学科的限度及方法论问题、跨学科的好处进行了热烈有效的讨论。

与会学者就以下四个方面进行了讨论：一、何谓文学研究中的跨学科发展及跨学科的几种分布方式。与会者认为，跨学科主要指学科内部、各学科之间和文学研究与文学研究以外的联系。例如，文学与语言学、艺术学甚至数学等学科的交叉，都可以说是文学跨学科研究的范畴。也有学者认为，文学研究中的跨学科主要指研究者研究视域和方法的跨学科，而不是研究对象和研究领域的跨学科。二、如何跨学科及跨学科的具体案例。与会者认为，跨学科研究主要在相关学科的交叉处突破。学科发展状况和研究者自身的专业知识状况也是非常重要的元素。跨学科的核心意思是学科之间的沟通和对话，而不是研究者角色的转换和阵地的转移。跨学科的目的就是为了各个学科之间的融会贯通和互相增益。三、跨学科的限度和方法。跨学科必须要有一个限度，一方面，研究的动力应出自研究对象自身的需要；另一方面，跨学科研究最终还要回归到文本。也就是说，跨学科的立足点和最终归结点仍然在本学科，文学的独立性和特殊性不可在跨学科过程中丧失。四、跨学科的益处。跨学科研究把文学放在了一个更大的背景中，有助于看清文学自身的特点，有助于看清文学与其他学科之间的关系，不仅对文学研究有益，同样也有助于其他学科的研究和发展。①

3 月，首届春天文学奖揭晓。

为更好地培养文学新人、鼓励青年作者的创作，人民文学出版社决定设立春天文学奖，每年奖励 30 岁以下的文学创作成就显著的青年作者，在次年的新春颁奖并同时出版"春天丛书"——该年度得奖和获提名的青年作者的作品集。经过王蒙、聂震宁、雷达、曹文轩、刘玉山、常振家、王干 7 位评委的推选，首届春天文学奖授予了河南作协推荐的青年女作家戴来；第二届春天文学奖获奖者为李修文；第三届春天文学奖获奖者为了一容、周瑾；第四届春天文学奖获奖者为彭扬；第五届春天文学奖获奖者为张悦然、苏瓷瓷。

4 月 13 日至 14 日，深圳大学文学院、《文学评论》杂志社在深圳联合召开"文艺与现代化学术研讨会"。与会代表对进入新世纪后，包括文学艺术在内的思想文化领域出现的一系列新的事态发展普遍表示了关注，学者们期望曾经对人类社会发展进程产生过积极影响的文学艺术在新世纪里会有更卓越的表现，给前进中的中国大众以更多的审美享受与精神鼓舞。研究文学艺术与现实的关系，最大限度地发掘现代化进程中文学艺术的积极潜能，成为会议最重要的议题。②

4 月 15 日至 18 日，北京师范大学文艺学研究中心与湖南师范大学文学院在长沙联合举办研讨会，就经济全球化背景下的文学民族性问题

---

① 杨义主编：《中国文学年鉴（2003）》，439 页，北京，中国文学年鉴社，2004。
② 庄锡华：《文艺与现代化学术研讨会综述》，载《广东社会科学》，2002(3)。

展开研讨。

2002 年 4 月 15 日至 18 日，北京师范大学文艺学研究中心与湖南师范大学文学院在湖南长沙联合举办学术研讨会，就经济全球化背景下的文学民族性问题展开探讨。胡经之、王向峰、童庆炳等专家学者以及《文艺研究》《文学评论》《文艺报》《文艺争鸣》等学术刊物的代表出席了研讨会。会议主要围绕经济全球化背景下的文化民族性、文学批评理论构建、审美现代性和文化现代性等议题展开。

热烈的交流和争论使会议取得了许多有建设性助益的理论成果。潘桂林、陈艳辉、陈学虎等学者发表的会议综述指出，与会专家就"全球性与民族性的关系"等问题得出了许多一致性结论。例如，民族性问题其实是对经济全球化进行本土理解的"焦虑"，因此既要警惕把民族性实体化，走向民族主义的危险，也要在世界史意识中坚持具体的理解，从而形成自己明确的问题意识；哪里有全球性进程，哪里就有民族性建构，哪里有民族性建构，哪里就可见出全球性压力，全球性与民族性形成一对悖论性共生关系，在现实生活中，真正值得关注的是特定历史情境中的具体变化着的悖论性共生景观；强调民族文化问题，包括文化的冲撞、对话和共享，其实是多极文明在现代化进程中发生抗拒和变迁的常态，就民族文化自身而言，全盘西化和闭关自守都是行不通的，民族文化的创造必须以现实生活和文化传统为本位，激活传统文化，接引外来文化，经过催化、磨合和整理，塑造出本土的具有新质的现代文化等。这些共识是一个多世纪以来中国学者倾力探索所得出的必然结论，也是对民族性文学理论的正确定位和认知。

5 月 22 日，中宣部、文化部、广电总局、中国文联、中国作协、解放军总政治部等单位在北京联合召开座谈会，纪念《在延安文艺座谈会上的讲话》发表 60 周年。

与会文艺工作者重温了《在延安文艺座谈会上的讲话》（以下简称《讲话》）精神，深情回顾了《讲话》发表 60 年来革命文艺发展的光辉历程和辉煌成就。与会者一致认为，60 年前，在中国抗日战争的艰苦岁月里，毛泽东同志发表《在延安文艺座谈会上的讲话》，总结了新文化运动以来的经验，指明了革命文艺的发展方向，要求革命文艺工作者提高认识，统一思想，振奋精神，加强团结，坚持正确的文艺创作思想，为完成民族解放任务作出积极贡献。在《讲话》精神的指引下，我国文艺事业走出历史风雨，紧跟时代步伐，抒发人民心声，成就了一部辉煌灿烂的当代中国文艺发展史，出现了一大批历久弥新、激奋人心的优秀作品。《讲话》发表的 60 年，是党的文艺队伍不断壮大的 60 年，也是当代中国文艺事业不断繁荣发展的 60 年。

丁关根在会议上指出，要继承《讲话》精神，发展面向现代化、面向世界、面向未来的，民族的、科学的、大众的社会主义先进文化，用更多、更好的精神食粮丰富人民群众的文化生活。《讲话》是马克思主义的重要文献，是毛泽东思想的重要组成部分。60 年来，《讲话》精神与时俱进，不断丰富发展。21 世纪将是有中国特色社会主义再创伟业、更加辉煌的世纪，也将是我国社会主义文艺群星灿烂、百花争艳的世纪。我们一定要坚持正确的前进方向，坚持党的文艺方针政策，深入群众、深入生活，尊重文艺规律、尊重艺术家的创造性劳动，重视文艺理论、重视文艺评论，多出优秀作品、多出优秀人才，宣传科学理论，传播先进文化，弘扬社会正气，倡导科学精神，塑造美好心灵，用多姿多彩的笔墨描绘人民奋斗的业绩，用昂扬激越的音符奏响人民奋进的乐章。[①]

5 月 28 日至 29 日，中国世界华文文学学会成立大会暨学科建设报告会在广州召开，成立大会通过了学会顾问、名誉会长名单，选举产生了理事会与监事会，并设立了学术、教学、对外交流、出版策划四个专门委员会及秘书处。与会者还就"世界华文文学的学科建设"进行专题学术报告与研讨。

2002 年 5 月 28 日至 29 日，在暨南大学召开的中国世界华文文学学会成立大会暨学科建设报告会上，曾敏之致开幕词，他说，学会的宗旨是要弘扬中华民族的文化传统，开展对于世界华文文学的学术研究工作，加强中国文学界与海外文学界的合作与交流，目的是增强民族的凝聚力，促进祖国的和平统一，以便促进世界华文文学创作，置身于经济全球化的时代，必须以一种开放的态度来积极地吸收、丰富我们的文

---

① 丁关根：《在纪念毛泽东同志〈在延安文艺座谈会上的讲话〉发表六十周年座谈会上的讲话》，载《人民日报》，2002-05-23。

化，以坚持我们的民族特色和优良传统。世界华文文学经过二十多年的风雨历程，相信在跨进21世纪以后能迈上新的里程，发扬光大我们自己的文学与文化。曾敏之在这里特别强调了"增强民族凝聚力，促进祖国和平统一"的问题。想要迎接经济全球化对中国文化的严峻挑战，想要实现中华民族的伟大复兴，那么民族的团结凝聚和祖国的和平统一正是至关重要的基础和必不可少的前提条件。①

6月22日至28日，中国社会科学院文学研究所《文学评论》编辑部、哈尔滨师范大学人文学院中文系、黑龙江日报社等单位在哈尔滨联合主办"世纪之交文化转型与文学发展研讨会"。

2002年6月22日至28日，由中国社会科学院文学研究所《文学评论》编辑部、哈尔滨师范大学人文学院中文系等单位联合发起主办的"世纪之交文化转型与文学发展研讨会"在哈尔滨召开。全国各地致力于文学理论研究的著名专家学者共同回顾了新时期以来文学理论与创作的发展历程，总结了许多经验教训，同时也对未来的发展态势进行了展望。

与会者在反思、重构与前瞻的主题下重点讨论了以下问题：一、经济全球化语境下中国文论建设。包括如何理解经济全球化的内涵和特点，如何看待经济全球化与本土化的对立与对话，在经济全球化语境中我国文学理论的前景如何。二、文化研究及其对文学研究的影响。从文学研究转向文化研究是20世纪80年代以来文学理论的一次重大转折，学界对这次转折反应不一，有的学者认为这次转折使文学理论获得了前所未有的大发展，也有学者对这次转折深表忧虑。三、关于当下文学理论与创作的困境及应对策略。在世纪之交的特殊文化语境中，文学领域的价值失范问题日趋严峻，如何看待及走出这种困境是每一个文学工作者都不能回避的。

此外，与会者对数字化时代文艺理论的生存和发展状况也进行了分析和研究。有学者认为，计算机和多媒体技术的广泛应用，已经对文学界产生了巨大影响。与会者还探讨了"社会文化转型和文艺发展""转型期间的民间叙事母题"等议题。②

① 陶德宗：《百年中华文学中的台港文学》，395页，成都，巴蜀书社，2003。
② 杨义主编：《中国文学年鉴(2003)》，446页，北京，中国文学年鉴社，2004。

6 月 24 日至 27 日，由《文学评论》编辑部和山东大学文学与新闻传播学院联合举办的"中国文学现代转型与文学史重构学术讨论会"在济南召开。

2002 年 6 月 24 日至 27 日，由《文学评论》编辑部和山东大学文学与新闻传播学院主办、山东大学中国现当代文学学科承办的"中国文学现代转型与文学史重构学术讨论会"在山东大学召开。会议会聚了国内外 30 余所高校及研究机构的学术带头人、资深教授与学术新锐近 70 人。会议围绕"中国文学现代转型""中国文学现代转型的形态分析"和"文学史重构"等问题进行了发言和讨论。王德威、孔范今、李杨、周来祥、郭延礼、朱德发等专家学者从不同角度发表了自己的观点。与会者认为，中国文学现代转型问题的提出是对传统的文学史观的超越，意味着对 20 世纪以来这一文学历史过程的一种新的学术眼光和研究视野，基于此，也即意味着一种更具包容性的新文学史范畴的形成，在当今的学术格局中，这种研究姿态与视角为文学史重构提供了更广阔的空间和更多的可能性。对此，专家们坦陈了各自的看法和研究思路，展现了在新的学术语境中本学科蓬勃的生命力和未来的发展潜力。①

---

① 参见施战军、刘方政：《"中国文学现代转型与文学史重构学术讨论会"综述》，载《文学评论》，2002(5)。

2003 年

8 月，首届《北京文学》奖揭晓。

《北京文学》奖由《北京文学》举办，主要评选发表在《北京文学》上的作品，与读者的互动性较强，设立了"新人新作奖""读者最喜欢的一篇小说""读者最喜欢的一篇报告文学"等奖项，与"北京市文学艺术奖""老舍文学奖"并称北京三大文学奖。

第一届中篇小说一等奖授予阿来的《遥远的温泉》；短篇小说一等奖授予苏童的《人民的鱼》；报告文学一等奖授予曲兰的《从分数重压下救出的少年英才》；散文随笔一等奖授予陆文夫的《姑苏之恋》；诗歌一等奖分别授予牛汉的《牛汉诗歌新作五首》以及蔡其矫的《少女和海》；评论一等奖空缺，雷达的《为什么需要和需要什么》、周政保的《从文学的存在理由说起》分获二等奖。

《北京文学》奖自评选以来已经走过十几年的历程，韩少功、叶广芩、苏童、陆文夫、毕淑敏、铁凝、迟子建等一大批颇有建树的当代中国作家均获过此奖。这些获奖作品的共同特点如下。

一、作家以悲悯的情怀描写民众的生存和精神状态，真挚的情感贯穿作品始终。例如毕淑敏的《女工》以时代的大变迁为背景，描写了女主人公浦小提从"文化大革命"到改革开放这一阶段的人生起伏，精心刻画了时代对主人公的巨大冲击，既有对弱势群体的悲悯情怀，也歌颂了主人公不屈从命运，始终追求美好正直生活的可贵精神。

二、积极关注社会热点和难点问题，并把对这些问题的思考提升到新的高度。例如，一些报告文学奖的获奖作品对近年来的几个社会热点进行了深入观察，如关注空巢家庭中老人生活和情感问题的《老年悲歌》、记录中国加入世贸组织谈判历程的《莱蒙湖作证——中国 15 年入世谈判史解密》、对美国教育作理性分析的《遭遇美国教育》等，都具有很强的社会意义。

三、获奖作品既继承了"京味文学"传统，又扩展了"京味文学"范围。

四、获奖作品越来越注重文学形式的创新，充分显示了北京文学的多元化发展风格。如获得中篇小说奖的《第六代》是一部勇于进行思想和艺术创新尝试、对既定小说观念形成很大冲击的作品，它将各种叙述手法嵌入到小说中，给读者造成一种有意义的阅读变形。①

10 月 20 日，邓贤的长篇纪实文学《中国知青终结》引发"报告文学文体合理性"及"报告文学是否已走到尽头"的争论。

2003 年 10 月 20 日，邓贤的长篇纪实文学《中国知青终结》引发"报告文学文体合理性"及"报告文学是否已走到尽头"的争论。《当代》的编者认为这篇文章中"文学"的因素过多而伤害了"报告"。编者按称："最初是想把真的写得更真，运用了假的手法，才有了报告文学。遇到麻烦，又把真的说成假的，天长日久，就真成假的了。然而，在读者当他是假的时候，站在侵权官司的被告席上，法官总当它是真的。于是，歌功颂德的赞美文学和无法查证的匿名隐私文学，就成为报告文学的必归之路。"李敬泽认同《当代》编者的议论，他认为"有一种文体确实正在衰亡，那就是报告文学或纪实文学，真正的衰亡是寂静的，在遗忘中，它

---

① 刘勇、杨志：《北京市文学奖励机制的现状分析与前景思考》，载《北京师范大学学报（社会科学版）》，2006(6)。

老去、枯竭。……这个文学中的庞然大物曾有过强健的生命，但在急剧变化的社会和文化生态中已无法生存。与小说、诗不同，报告文学没有深广的传统根基，它是中国现代化进程因缘际会的结果：既'报告'又'文学'，这是一种权宜之计，在大众传媒和公共知识分子缺席、稚弱的情况下，文学家以个人勇气充当'真实''思想''正义'的守护者，直接参与确定公众议题。但事到如今，已经水落石出：文学家不是向公众提供事实的记者，也不是向公众提供知识的专家，他们的'报告'不能满足我们，就像他们的'文学'不能满足我们一样"①。对于李敬泽报告文学"恐龙已死"的终结论，李炳银、王晖等人与其意见相左。李炳银回应李敬泽的结论是"在没有深入研究的情况下非常主观的简单推导""轻易地将扎根于真实生活土壤上的报告文学排除到了文学的大门之外"②。王晖等人也认为李敬泽的评论过于主观、有失公允，"李敬泽先生将'报告'等同于'真实'，将'文学'简单等同于'虚构'"，"将作品的批评引申至文体的整体批判是有欠公允的"③。值得一提的是，2003 年 12 月，《中国知青终结》荣获"《当代》文学拉力赛"第五站冠军。

11 月，全国各地举行巴金百年华诞庆祝活动。

2003 年 11 月 25 日是世纪老人、文坛巨匠、全国政协副主席、中国作协主席巴金的百年华诞。中国现代文学馆于 11 月 15 日举办"巴金百岁喜庆艺术大展"，集中了国内外 50 多位著名艺术家精心创作的油画、国画、素描、雕塑、书法、版画等艺术作品。这些作品以巴金本人和他的作品以及思想、生活道路等为创作题材，将一个独特的巴金的世界呈现于人们的眼前。11 月 22 日晚，在中国现代文学馆举行了由中国作协、中国诗歌学会等单位主办的"巴金文学之夜"。在巴金的居住地上海，由中国作协、上海市委宣传部、统战部主办，上海市作协、上海图书馆等承办的"巴金在上海——巴金先生百岁华诞图片文献展"于 25 日开展。23 日至 30 日，根据巴金小说改编的电影《寒夜》《家》等在上海展

---

① 李敬泽：《报告文学的枯竭和文坛的"青春崇拜"》，载《文艺评论》，2003(3)。

② 李炳银：《影子跟着身子走——2003 年报告文学导读》，载《中华读书报》，2004-01-07。

③ 王晖、南平：《报告文学：一篇虚构的"讣闻"》，载《文艺报》，2003-12-09。

演。上海电视台和东方电视台播放《家》等影视戏剧作品。22 日至 28 日，《解放日报》《文汇报》和《新民晚报》分别推出了"巴金一百年""巴金与人民在一起"和"巴金在人民中间"等彩色画刊以及部分作家评论家的笔谈与评论。在巴金出生地四川，由中国作协、四川省委宣传部、成都市委和上海市作协共同主办的第七届巴金国际学术研讨会于 11 月 19 日至 22 日在成都举行。21 日，在成都新建成的巴金文学院举行了一系列的庆祝活动。21 日晚，四川省电视台现场直播"百年巴金"文艺晚会。根据巴金生平或作品改编的电视剧、专题片也相继播出。11 月 21 日至 28 日，四川举行巴金影视作品回顾周，播出巴金的《家》等影片，同时播放 8 集专题片《百年巴金》，成都市电视台也播出了根据巴金《说真话》随笔集拍摄的专题片《黄昏的忏悔》。

2004 年

　　1 月，王朔的中篇小说集《顽主》由云南人民出版社出版，这是王朔较早受到关注与认可的一部小说。

　　2004 年 1 月，王朔的中篇小说集《顽主》由云南人民出版社出版。此书是云南人民出版社出版的丛书《王朔文集》中的一部，收集了《顽主》《一点儿正经没有》《你不是一个俗人》《许爷》《动物凶猛》5 部小说。1987 年《收获》第 6 期发表的王朔的中篇小说《顽主》，被视为王朔"痞子文学"的代表作之一。小说曾被改编为电影，有日、德文译本。小说中的主人公——整日吊儿郎当、嬉皮笑脸的于观、马青、杨重等人也是王朔笔下最有代表性的人物类型，小说用极尽调侃的语言风格，展现了看似胡闹、玩世不恭却处处彰显着生活本质的故事情节，同时揭示了社会的一些弊端，对社会上的一些现象进行了嘲讽。主人公与传统价值观背道而驰的生活方式，恰恰代表了一代人的空虚与无奈。

　　20 世纪 80 年代，随着农村体制改革、城市体制改革的前后相继，民间社会中的现代意识逐渐发展起来。王朔笔下的顽主们就是在这种情况下产生的。王朔小说的人物形象多多少少都带有一种"痞子"的特性，如"大院"里的一些缺少父母管教、在城市里到处游荡的年轻人，他们最为显著的特征就是"自由自在"，有意识地用"失范"的行为挑衅既定的原则。王朔"顽主"系列小说以其独特的艺术风格迅速流行。

4 月 10 日，首都师范大学文学院举办的"身体写作与消费时代的文化症状"研讨会在北京召开，40 多名专家学者进行了热烈讨论。

2004 年 4 月 10 日，由《文学评论》、首都师范大学文学院、《文学前沿》联合主办的"身体写作与消费时代的文化症状"研讨会在北京召开。从私人化写作到"美女作家""宝贝作家"，再到"木子美现象"，"身体写作"愈演愈烈，逐渐引起学术界的强烈关注。钱中文、童庆炳、张颐武、朱大可、孟繁华、陶东风、叶舒宪、王光明等多位学者从各个角度对"身体写作"现象进行了深入分析和讨论。钱中文认为，文学作品中的躯体描写有的确有深刻的文化意味，但存在的并非都是合理的。在消费主义时代，人体本身也变成了消费，这是我们这个时代物质丰富、精神却匮乏的一个象征。张颐武对于某些焦虑的言论持否定的态度，他说，"身体革命"的意义在于，它虽然有各种毛病、各种问题，但却包含了无限的可能性。正是普通人在想象身体满足时，我们的现代性实现了。这个戏剧性的过程才是我们应该认真反思的。一些学者在肯定"身体写作"的同时，也表示了忧虑与怀疑。王光明指出，不管是在现实的层面上，还是在想象的层面上，我们的身体都获得了比原来大得多的自由，但现在的问题是，当作家把身体暴露于众，是否就表明她已真正获得了身体的所有权？[①] 此外，与会学者童庆炳从文学图书的印数谈到了文学的消费与文艺学的对象问题；左东岭追述了"身体写作"的历史与起源；朱大可分析了"身体写作"的"狂欢逻辑"、市场逻辑、反叛逻辑、女权逻辑；陶东风指出写作在一定意义上一定是身体化的，即使是对于身体没有任何描写的文学也是一种文化的症候，是一种有意味的不在场。不少学者还呼吁，人文学者面对"身体写作"现象，不能只是中性地描述，而要分

---

① 参见张爱敬：《由美女作家到木子美现象——学界争议"身体写作"》，http：//www.people.com.cn/GB/wenhua/27296/2541105.html，访问日期：2019-07-31。

析批判，进行价值判断，以显示文学学科的人文关怀。

5月26日，首届"新诗界国际诗歌奖"在北京揭晓，两个奖项共产生6名获奖者。

2004年5月26日，由北京大学新诗研究中心、清华大学文学研究所和中国现代文学馆、文化部华夏文化促进会等联袂发起设立，由《新诗界》编辑委员会等联合主办实施的首届"新诗界国际诗歌奖"在北京揭晓，这是中国内地设立的第一个具有国际性的诗歌奖项。

"新诗界国际诗歌奖"的设立，把中国的现代诗歌推向国际现代诗歌的前沿，对于诗歌的发展和繁荣具有重要意义。牛汉、洛夫（加拿大）、托马斯·特朗斯特罗姆（瑞典）获"北斗星奖"，西川、王小妮、于坚获"启明星奖"，他们都是具有重大影响和知名度的诗人，代表了诗歌的创作水准，对汉语诗歌的发展做出了重要贡献，由几位获奖诗人的作品编写成的诗歌专辑《光芒涌入》出版后在诗歌界产生巨大反响。

6月22日，首届"新诗界国际诗歌奖"颁奖典礼在北京中国现代文学馆隆重举行。选定这一天颁奖，是为了纪念伟大的中国诗人屈原，蕴有诗歌薪火不灭，代代相传之意。

6月23日，由新诗界国际诗歌奖组委会和首都师范大学中国诗歌研究中心共同举办的"首届新诗界国际诗歌奖论坛"在首都师范大学隆重举行。论坛主要围绕汉语新诗在新世纪的发展态势和前景，在市场经济条件下诗人何为、对新诗的看法、新语境下对诗歌和诗人以及评论家的要求等议题热烈而深入地展开。获奖诗人洛夫、王小妮、于坚、瑞典诗人特朗斯特罗姆的代表李笠出席大会。

6月，海南举办首届短信文学大赛。此次大赛由《天涯》杂志社、海南在线天涯社区和海南移动通信有限责任公司三家共同举办。

2004年6月，由海南移动通信公司和《天涯》杂志社、海南在线天涯社区联合发起首届全球通短信文学大赛，向全国短信写手征集小说、散文、诗歌三类短信，旨在摒弃不健康、低格调的短信，发掘具有广泛流传价值的短信文学经典作品。截至8月1日，主办方共收到小说、散文、诗歌三类作品1.5万余条，经过著名作家铁凝、韩少功、苏童、格非、蒋子丹等评委的认真评选，共选出各类获奖作品 37 篇。①

首届短信文学大赛的获奖作品有：诗歌类一等奖——《墙上的马》，作者为四川的布衣；诗歌类二等奖——《楼道的灯坏了》和《扛梯子的人》；诗歌类三等奖——《电影院》《打工者的月亮》和《大自然》。散文类一等奖——《年龄》，作者为深圳的韦俊；散文类二等奖——《山里的母亲》和《巴黎的墓地》；散文类三等奖——《童年》《贩与乞》和《井》。小说类一等奖空缺；小说类二等奖——《竖笛》和《永远的小孙》；小说类三等奖——《爷爷相亲记》《见识》《小藤椅的幸福》和《聪明蝇的误会》。此外，还有多个作者作品获优秀奖和最佳人气奖。赛后，进入复评的三百余篇作品被配上著名漫画家何立伟的漫画，由云南人民出版社出版，名为《扛梯子的人》。

2005 年，天涯社区发起了第二届全球通短信文学大赛，以"让短信成为文学，让文学成为时尚，让时尚成为经典"为口号，征集了来自五湖四海的参赛作品共计五万余条。为了引导短信文学的有序发展，专门性的短信文学网站"拇指文学艺术网"和由文联创办的"手机文联"成立。

2006 年，大赛更名为"第三届 e 拇指手机文学原创争霸赛"。参赛选手来自国内各地以及部分海外国家，作品共计超过九万条。

2008 年，第四届 e 拇指手机阅读大赛在海南开展。②

9 月，"中坤杯·首届艾青诗歌奖"评选揭晓，该奖项由中国诗歌协会和中坤投资集团共同设立。

由中国诗歌学会和中坤投资集团共同设立的"中坤杯·首届艾青诗歌奖"2004 年 9 月 16 日在人民大会堂颁奖。这次诗歌评奖的范围是2001 年至 2002 年用汉字出版的新诗作品。经各省市自治区作家协会、诗歌社团、出版社推荐和诗人自荐，由叶延滨、吉狄马加、匡满、朱先树、吴思敬、张同吾、桑恒昌、谢冕、韩作荣、雷抒雁等著名诗人、文学评论家组成的评委会，从参评的 131 部新诗作品集中初评出 19 部作品，并最终选出 6 部优秀诗集。这 6 部作品分别是：《沉重的睡眠》(苗强)、《郑玲短诗选》(郑玲)、《空隙之地》(冉冉)、《花开的姿势》(郭新

---

① 欧阳文风：《网络文学大事件 100》，160～161 页，北京，中央编译出版社，2014。
② 吴辉：《短信文学的悖论现象研究》，硕士学位论文，中南大学，2012。

民）、《黄之河》（李松涛）和《独享寂寞》（沙白）。

艾青是我国 20 世纪伟大诗人，他以深挚的爱国情怀和优美的旋律，谱写了感人肺腑的时代之歌，他以精湛的语言和绚丽的色彩，描绘了中华民族的历史画卷，从而享誉世界。艾青是中国的骄傲，以他的名字命名的诗歌奖，具有深刻的启示性和感召力。[①]"中坤杯·艾青诗歌奖"旨在弘扬先进文化、推动诗歌创作、繁荣诗歌事业。吉狄马加在颁奖仪式上说，以艾青来命名诗歌奖，是众望所归。中国诗歌学会设立的"艾青诗歌奖"，将会推动中国诗歌创作的发展、创新。设立以中国 20 世纪杰出诗人艾青名字命名的诗歌奖，在中国新诗发展史上具有里程碑的意义。

9 月 19 日，首届北京文学节开幕，组委会还组织了三项大奖的评选活动。

由北京作家协会主办、《北京文学》月刊社等单位协办的首届"北京文学节"于 2004 年 9 月 19 日在北京开幕，这是中国内地举办的第一个文学节，其目的是给热爱文学、献身于文学、在文学领域里常年耕耘的人提供一个展示、交流、庆贺的平台。

这次北京文学节共有四个部分：第一，举办全城文学讲坛，刘恒、毕淑敏、刘震云、梁晓声、海岩、周国平、曹文轩、陈晓明等作家和文学批评家在北京大学、清华大学、鲁迅博物馆等大中院校及各区县文化场所开设文学讲座，从不同角度深入解读文学与社会人生的紧密关系。第二，举办全城影展，《雷雨》《阿 Q 正传》《边城》《茶馆》等经典电影在各区影院放映。第三，设立"终身成就奖""文学创新奖"和"北京作家最喜爱的海外华语作家奖"三项文学大奖，最终，王蒙获"终身成就奖"，刘恒获"文学创新奖"，白先勇获"北京作家最喜爱的海外华语作家奖"。第四，举办首届儿童文学网络大赛，以作家协会主办的华文儿童文学网站为平台，进行了为期两个月的华文儿童文学网络征文大赛。首届"北京文学节"闭幕式暨颁奖典礼于 9 月 25 日（即鲁迅诞辰 123 周年纪念日）

---

① 《"中坤杯·首届艾青诗歌奖"启动》，载《牡丹》，2004(2)。

在首都剧场举行，典礼仪式由著名作家赵大年、毕淑敏主持。①

2006 年 9 月 19 日至 25 日，北京作家协会举办第二届北京文学节。

2008 年 9 月 15 日至 25 日，第三届北京文学节在北京召开。经北京作协会员三轮票选，林斤澜、史铁生分获"终身成就奖"和"杰出贡献奖"。②

举办文学节是北京作协的一个创举，是繁荣发展首都文学事业的有力举措。通过举办文学节的形式，展示了北京作家的文学成就，为作家们进行文学交流、学术探讨、切磋技艺和加深友谊提供了极好的机会。文学节的举办，对发展繁荣北京的文学事业和社会主义精神文明建设起到了积极的促进作用。③

---

① 《北京文化艺术年鉴》编辑部：《北京文化艺术年鉴 2005》，33 页，北京，方志出版社，2006。

② 《北京文化艺术年鉴》编辑部：《北京文化艺术年鉴 2008》，45 页，北京，方志出版社，2009。

③ 白烨：《2004 年中国文坛纪事》，19 页，武汉，长江文艺出版社，2005。

2005 年

2月22日，《文艺报》开设专版刊登众多评论家对"80后"作者的看法。

2005年2月22日，《文艺报》开设专版刊登了众多评论家对"80后"作者的看法。"80后"作者指20世纪80年代出生的一批作者。有人认为"80后"作者及其作品虽然进入了市场，但尚未进入文坛，即使一些"明星作者"也很少在文学杂志亮相；从文学的角度来看，"80后"写作从整体上说还不是文学写作，充其量只能算是文学的"票友"写作。他们实际上不能被看作真正的作家，而主要是文学创作的爱好者。也有人认为，只要是有形象、有情感、有内涵、有文采的文本，都应该划归到文学的范畴之内。文学应该允许有不同的种类、不同的体裁、不同的规模和不同的层次，而不能认为只有大师、大家、名家等的创作才是文学作品，否则会把文学的范围狭隘化，不利于文学事业的发展和繁荣。从这种"大文学"的理念出发，应该视"80后"的写作为文学创作。评论家认为，要认真而清醒地面对"80后"现象。可以说，"80后"作者与学生读者构成了一种相对独立又相对稳定的供需关系和活动空间，"80 后"写作主要是学生作者以学生读者为对象的写作，它的"冷"与"热"，都对成人文学影响不大，最多是较多地赢得了学生读者而使成人文学少了一部分读者。雷达认为，"80 后"作品有些也是不错的，写出了切身的生存体验，也有出众的语言才能，但不应当被夸大。

7 月 30 日至 8 月 5 日，上海市作家协会、《萌芽》杂志社举办"首届文学代际沟通论坛"。

由上海市作家协会和《萌芽》杂志社共同主办的首届文学代际沟通论坛于 7 月 30 日至 8 月 5 日在上海、浙江千岛湖两地举行。参加论坛的有余华、格非、吴俊、张悦然、马中才、郭敬明等中、青年作家和评论家。论坛旨在在两代作家间建立起对话平台，通过文本细读与探讨增进相互间的了解。与会者就"'80 后'与市场、文坛的关系""青春文学的定义及现状""'80 后'作家与城市文学""两代作家创作视角转变""中年作家的处女作和成名作"等问题展开了深入探讨。两代作家在或针锋相对、或其乐融融的对话后得出结论：文学本身就是沟通的手段，"这些孩子""那些前辈"和我们想象的不一样。

在这次论坛中，生于 20 世纪 60 年代的著名作家和生于 20 世纪 80 年代的"80 后"作家首次正式相聚，打破了当代主流文坛与"80 后"之间的沉默，成为一次真正意义上的文坛两代"面对面"。这是中国文学界自有"80 后"这一概念以来的第一次大规模聚会，著名作家叶兆言先生称这次论坛"有标志性意义"。

2006 年

8 月，《文艺报》刊载《文学经典需要通俗化吗？》。

2006 年 7 月，上海文艺出版社出版了易中天著作《品三国（上）》，基本囊括了易中天在《百家讲坛》讲三国的 24 集内容。几天时间，这本书就迅速攀升至畅销书排行榜榜首，北京图书大厦的易中天签售现场更是场面火爆。同时，针对这一现象的赞誉和批评接踵而至，一些媒体和网络上出现了激烈的争论。有读者认为像这样对经典名著的诠释太过于通俗化而显庸俗，认为所谓的"品"其实是混淆视听；也有一些读者认为，采用轻松调侃的方式阐释经典吸引了大家对经典名著的注意，有助于经典文化的传播和传承。

针对经典名著再阐释的现象，评论家也发表了看法。马相武认为，从市场化语境来看，出现这样解读古典小说的读物其实很正常；从大众文化发展的角度看，它推动了文学经典的普及和社会化，这在一定意义上推动了文学文化的发展；从文化消费的角度看，只要它有益于大众的身心健康，它就是合理的、应该存在的、应该发展的。但是解读应该根据不同的文学经典和不同的具体情况，以及不同的读者而有所区别，像一些"解构"经典、肆意拼接、"无厘头搞笑""大话""歪说""水煮"类的让人啼笑皆非的做法还是应该杜绝的。谢有顺认为文学的世界是多义的、模糊的，如果只是从文学作品层面来看，可以从不同的角度进入文学的世界，发表各自的看法；但从文化层面来讲，就不要对这类书的价值有过高期待，因为其重点不在于对典籍本身的交流和对典籍写作意图的领会。葛红兵认为经典文学再阐释的标准有三点，首先要怀有对民族、对国家、对经典负责任的态度，其次要对经典的接受史有一定的尊重和把握，最后就是要确有独到的学术研究和新发现，不要为求新而求新。

9 月 11 日，首届张天翼儿童文学奖揭晓，该奖的前身是"张天翼童话寓言奖"。

"张天翼儿童文学奖"是为了纪念文学家张天翼先生，奖励优秀儿童文学作品，促进儿童文学发展与繁荣设立的一项重要文学奖，评奖范围为童话、小说、散文、诗歌、评论等各类儿童文学作品。9 月 24 日，纪念张天翼先生诞辰 100 周年暨首届张天翼儿童文学奖颁奖大会在长沙举行。贺晓彤、谢乐军主编的"小虎娃儿童文学精品丛书"获"特别荣誉奖"，王树槐的小说集《划过心空的痕迹》、汤素兰的长篇童话《小巫婆真美丽》、李少白的童话集《开向快乐城堡的故事列车》、唐樱的长篇小说《男生跳跳》、谢乐军的评论集《童话创作散论》获"优秀作品奖"。[①]

第二届张天翼儿童文学奖在 2011 年揭晓，特别荣誉奖为汤素兰的长篇童话《奇迹花园》；优秀作品奖为牧铃的动物小说《艰难的归程》、陶永喜的儿童小说《不知名的鸟》、毛云尔的儿童小说散文集《会飞的石头》、流火的童话集《木马快递》、周静的短篇童话集《跟着音符回家》。

第三届张天翼儿童文学奖于 2017 年揭晓，获奖作品为：汤素兰、谭群的理论作品《湖南儿童文学史》，周静的长篇童话《一千朵跳跃的花蕾》，谢宗玉的散文集《涂满阳光的村事》，陶永灿的短篇小说《洞子塘》，宋庆莲的童话《有个女孩名叫小板凳》。

---

① 湖南年鉴编辑部：《湖南年鉴（2007）》，299 页，长沙，湖南年鉴社，2007。

  "张天翼儿童文学奖"的前身是"张天翼童话寓言奖","张天翼童话寓言奖"分别于1999年、2001年举办了两次评奖,2006年8月正式更名为"张天翼儿童文学奖"。

  9月24日,纪念赵树理诞辰100周年座谈会举行,以缅怀这位"人民作家"。

  2006年9月24日是人民作家赵树理诞辰100周年纪念日。为了缅怀这位深受广大群众喜爱的人民作家,弘扬他心系百姓、深入农村、为民疾书的崇高品格和文艺创作精神,由中国文联、中国作协、中共山西省委、山西省人民政府共同主办的"纪念人民作家赵树理诞辰100周年座谈会"在山西省太原市隆重举行。部分作家、艺术家、评论家和新闻记者参加了座谈会。

  赵树理(1906—1970),原名赵树礼,山西省晋城市沁水县尉迟村人,现代小说家、人民艺术家,"山药蛋派"创始人。曾任《曲艺》《人民文学》编委。代表作有《小二黑结婚》《灵泉洞》《三里湾》《李有才板话》等。他的小说多以华北农村为背景,反映农村社会的变迁和存在于其间的矛盾斗争,塑造农村各式人物的形象,他开创的"山药蛋派"是新中国文学史上最重要、最有影响的文学流派之一。周扬曾这样评价他:"赵树理……是一个在创作、生活、思想各方面都有准备的作者,一位在成名之前就相当成熟了的作家,一位具有新颖独创的大众风格的人民艺术家。"①

---

  ① 钱理群、温儒敏、吴福辉:《中国现代文学三十年》(修订本),366页,北京,北京大学出版社,1998。

2007 年

4月6日至24日，"纪念中国话剧诞辰100周年暨第五届全国话剧优秀剧目展演"在北京举行。

2007年4月开始，中宣部、文化部、国家广电总局、中国文联、北京市人民政府等有关部门共同举办中国话剧诞辰100周年系列纪念活动，包括中国话剧诞辰100周年纪念大会、"纪念中国话剧诞辰100周年暨第五届全国话剧优秀剧目展演"、"纪念中国话剧诞辰百年经典剧目展演"、中国话剧诞辰百年学术研讨会、表彰话剧界有突出贡献艺术家与优秀话剧艺术工作者和中国话剧诞辰100周年纪念邮票出版发行活动等。

此外，中国话剧艺术研究会编辑的《中国话剧百年剧作选》由中国对外翻译出版公司正式出版。书中剧目选自不同历史年代、具有鲜明的时代特征，并且是经过一代代话剧人在演出实践中不断完善的经典之作。

另有"打造'首都话剧中心'"系列活动，成为百年纪念活动中的一道风景线。具体包括围绕"话剧伴我成长"主题，开展话剧进校园活动；弘扬"话剧回归民间"传统，开展话剧进社区活动；以"精品话剧赞军魂"为内容，开展话剧进军营活动。

8月11日，中国科普作家协会科学文艺委员会举办的"科幻文学与民族自主创新能力研讨会"在北京召开。

自晚清到当代，科幻文学逐渐发展壮大，进入一个繁荣时期。"救国"是科幻文学自在中国诞生时就关注的重要主题，也就是说，科幻启蒙始终与民族复兴紧紧相连。在百年的发展历程中，科幻文学始终在思考并展望着民族、国家的未来。因此，中国科幻文学不是科普读物，而是充满文化内涵和时代反思的深刻作品。这次研讨会主要聚焦"科幻文学的本土性何在""科幻文学如何实现超越性思考""科幻文学能为民族自主创新提供什么启发"等问题，与会学者普遍认为，一方面科幻文学应该也能够为民族的自主创新、超越性思考等命题提供积极支持，另一方面我们也不能忽视经济全球化浪潮中文化侵略等现实困难。

金涛强调科幻文学与创新思维之间的密切关系，并号召大家从当下的现实出发，从民族与社会发展的角度出发来审视科幻文学的价值。王逢振提出科幻文学创作需要革新观念，科幻作家应该进一步丰富自己的知识结构，提升自己的作品的哲学深度和对现实社会的积极作用。韩松指出，如何将科幻文学创作与国家的创新体系进行对接并在其中实现自身的繁荣是一个重要课题。同时他也强调，要正确看待科幻文学的作用，不要过分夸大。

12月19日至20日，"文学史写作的理论与实践"国际学术研讨会在北京召开，中外百余名学者参加会议。

2007年12月19日，由中国社会科学院文学研究所主办的"文学史写作的理论与实践"国际学术研讨会在北京隆重举行。

此次会议规模宏大，代表众多，提交会议的许多论文充满新意。杨义研究员的开幕词从文学史的研究与中华民族精神谱系的关系，论述了中国文学史写作的意义。与会的专家学者们主要围绕文学史写作的唯物史观、文学史的多样性、汉民族文学史与汉字文化圈中的文学史以及文学的编年史、文学的转型等问题进行深入讨论。①

　　12 月，首届中国网络文学发展研讨峰会在中国现代文学馆召开。

　　为推动传统文学与网络文学互通互动、促进网络文学规范健康发展，为网络文学搭建交流合作平台、创造发展空间，2007 年 12 月 1 日，由中国作家协会、中国国际经济科技法律人才学会等全国性行业社团和相关机构联合主办的"首届中国网络文学发展研讨峰会"在中国现代文学馆举行，全国人大教科文卫委员会、政府主管部门、社会团体、科研机构、出版界、文学界、网站、网络作者等出席，发言人就网络文学行业现状以及发展趋势、专业化文学网站商业化运作模式、行业自律、有序管理、权益维护、与传统文学互动、行业征信和行业整体稳定发展等问题展开了研讨。② 此次峰会也重点讨论了网络文学发展过程中的问题，认为其问题主要表现为文学性不足。大会宣布成立了"中国网络文学促进委员会"，拟在以下 5 个方面开展工作：出版发行《中国网络文学年鉴》；推动网络文学批评；组织网络文学评选；整合网络文学资源，加强网站与传统文学期刊的合作；保护网络文学工作者权益。③

　　首届中国网络文学发展研讨峰会的召开，使文学界能够正视与总结网络文学发展的现状，从而有效地推进与规范网络文学创作、增强网络文学发展的活力，切实维护网站、作者、读者的合法权益，共同打击侵犯版权等违法行为，为网络文学发展的新高潮奠定了坚实的基础，是一次真正的富有成效的网络文学促进会议。

---

　　① 《"文学史写作的理论与实践"国际学术研讨会在京隆重举行》，载《徐州师范大学学报（哲学社会科学版）》，2008(1)。

　　② 《北京文化艺术年鉴》编辑部：《北京文化艺术年鉴(2008)》，59 页，北京，方志出版社，2009。

　　③ 欧阳文风：《网络文学大事件 100》，245 页，北京，中央编译出版社，2014。

2008 年

7月19日，首届"汉语诗歌双年十佳"评出并颁奖，该活动由《芳草》文学杂志社举办。

2008年7月19日，由《芳草》文学杂志社举办的第一届"汉语诗歌双年十佳"颁奖典礼在武汉举行。这是《芳草》继"汉语文学女评委大奖"之后的又一重要文学活动。林雪、臧棣、鲁若迪基、杨克、寒烟、车延高、杨晓民、小海、姜涛、郑小琼获奖。该届汉语诗歌双年十佳评奖的最大特色为推荐者来自文学领域各层面，包括文学批评家、诗评家、诗人、文学期刊主编、高校教授、资深媒体文学工作者等，而不仅仅是诗坛从业者，多维、多向度专业的推荐眼光使得获奖者极具典型性、代表性。颁奖典礼前，湖北省领导、评论家、诗人、教授等与会者就"好诗的标准"进行了研讨。①

汉语诗歌双年十佳评选每两年评选一次，由10位文艺评论家组成评委会，通过推荐、评选、复议三个程序，评选出一批创作活跃、艺术水平

---

① 中国文学年鉴社：《中国文学年鉴2009》，590页，北京，中国文学年鉴出版社，2009。

较高、具有较大影响的当代诗人，旨在发掘诗坛新人，推介优秀诗人，推动中国当代诗歌艺术发展与繁荣。评选活动开展以来，其影响力不断提升，已成为湖北武汉的一大文化品牌。

汉语诗歌双年十佳自 2008 年至今，已经成功评选五届。第二届获奖者有张好好、哨兵、黄礼孩等人，第三届获奖者为刘涛等人，第四届评比中，桑克的《哈尔滨》、马铃薯兄弟的《热爱》、刘年的《沉默》、叶丽隽的《颤栗》等诗作获此荣誉，第五届获奖作品有庞余亮的《晦暗书》、谷禾的《春风十八贴》、剑男的《写信的母亲》、王单单的《自画像》等。

10 月 9 日至 11 日，由清华大学外语系和比较文学与文化研究中心联合主办的"超越梭罗：文学对自然的反应"国际研讨会在北京举行。

研讨会由清华大学外语系和比较文学与文化研究中心联合主办、美—中富布赖特项目、清华大学亚洲研究中心以及北京一月当代画廊等机构协办。来自欧洲、北美、亚洲、大洋洲的多位代表出席研讨会，就梭罗的全球性影响、梭罗与其他文化背景中作家的比较、梭罗与当代环境问题的关系等议题进行了讨论。

此次国际研讨会搭建了中外学者交流对话的重要平台，在国内外都产生了较大影响。研讨会聚焦"人与自然的关系"这一文学母题，从历史性、当下性等角度审视了中西方的文学创作以及中国古典哲学和文学中的自然观、生态观构建的体系，令众多西方学者对中国文化和历史有了更为清晰的认知。

10 月 16 日至 18 日，由北京师范大学文学院与美国学术杂志《当代世界文学》共同主办的"当代世界文学与中国"国际学术研讨会在北京召开。

2008 年 10 月 16 日至 18 日，由北京师范大学文学院与美国《当代世界文学》杂志联合主办的"当代世界文学与中国"国际学术研讨会在北京师范大学召开。来自中、美、德等国的专家学者、作家、诗人受邀与会，共同探讨经济全球化语境下当代世界文学与中国当代文学发展。

"当代世界文学与中国"国际学术研讨会的举办，是北京师范大学与俄克拉荷马大学深化合作的一个重要步骤，也是北京师范大学文学院着眼于促进中外文学交流、从整体上提升学院学术研究国际化水平的一项重大举措。

研讨会规模空前，是国内同类学术会议中规格高、影响大的一次学术盛会。国内外学者齐聚北京，就经济全球化语境下当代世界文学的发展状况畅所欲言，开放性的交流与互动，多元化的争鸣与碰撞，为中国文学与世界文学的互动和发展打开了一个新的视界。①

---

① 北京师范大学文学院：《"当代世界文学与中国"国际学术研讨会在我校召开》，载《北京师范大学学报(社会科学版)》，2008(6)。

2009 年

　　1 月，香港中文大学斥资建立的"中国现代文学研究网"正式启用，该网站旨在整合各类中国现代文学资源，为用户提供一站式的信息服务。

　　2009 年 1 月，香港中文大学公布"中国现代文学研究网"建成。"中国现代文学研究网"是一个综合型的资料库，整合多元化的书刊资料，为读者提供一站式的检索平台。该网站收录的资料包括中、英、日语的单行本、期刊论文、报刊文章、学位论文等，以期达到整合不同类别、不同语言资料的目标。该网站收录内容全部由专家学者整理编排，包括中国现代文学史上 103 位作家的生平简介、著作、翻译书目、媒体报道、相关研究，甚至其作品被改编的电影等。

　　网站设计的目的在于整合分散各地的中国现代文学资源，透过互联网提供一站式的平台重构中国现代文学的整体面貌，以期有助于中国现代文学的保存、传播、教学、研究及发展。

　　2009 年 6 月 13 日至 15 日，由上海大学中文系、纽约大学东亚系、纽约大学中国研究中心共同主办的"中国当代文学六十年国际学术研讨会"在上海大学新校区举行。

来自海内外的多位学者参加会议并提交了论文。大会不仅全面展示了中国当代文学 60 年学术风貌，也着力于从中寻找出一条能够积极回应当下中国现实，具有明确未来指向的文学研究方向。与会者就重建文学与社会的关系、再解读与重返历史瞬间、重估先锋文学及开启当代文学研究的生产性等话题，展开热烈讨论。

针对重新激活文学与社会的关系这一话题，纽约大学东亚系张旭东教授通过对莫言小说《酒国》的细读，阐发社会主义市场经济下的叙事可能性。复旦大学陈思和教授以土改政策为背景，重新阐发作为文学因素的土改。加拿大麦吉尔大学巴顿教授认为，社会主义文学对形象和典型的兴趣并非仅仅是中国现代美学理论的特殊兴趣的产物，而是一种特定的文学决断，它昭示着中国现代文学体制创造性地与一种伴随现代资本主义兴起的全球文学现代性进行搏斗。中国社会科学院董之林研究员、北京大学陈晓明教授、上海大学王光东教授、北京大学邵燕君教授等都对这一主题发表了看法，会议形成了重启文学与历史、政治、社会的联系这一共识。

针对再解读与重返历史这一主题，北京大学吴晓东教授认为，历史主体性的确立有赖于最终的文化皈依感，如果脱离"文化中国"，单凭语言问题最终解决不了认同的主体性问题。华东师范大学罗岗教授认为，必须将"阅读史"和"书籍史"引入文学史研究，以开启一种更开放、辩证的历史视野。不同于"影响研究"，阅读史研究更看重阅读者的能动性——创造性阅读乃至误读，而这实际上深刻影响了写作。在这种视野的观照下，各种"断裂""延续""对立""共享""相似""矛盾"关系将会被重新定位，并转化为重绘文学史地图的内在动力。中国人民大学姚丹教授利用留有秦兆阳等编辑修改手迹的《林海雪原》手稿材料，参照初版，发现"无产阶级作者"在写作之初实际在努力模仿"洋腔调"，并"笨拙"地构造"生活世界"，但是处于不同文化场域的编辑与批评家却能发现这种粗糙的"真实"违犯成规之处，而予以删削、贬抑，并张扬作者并不十分在意的"土语"世界。沈阳师范大学季红真教授、南京师范大学何言宏教授等也对这一主题发表了看法。可以说，重返历史现场进行知识考古，以今日问题意识回望经典作品已经成为众多研究者的选择。

针对重估先锋文学价值这一主题，海南大学刘复生教授认为先锋文学史观的建立乃是一种多方合谋的结果，早期先锋文学的反抗性在这个过程中迅速被新的意识形态收编。他认为先锋小说最大的遗产不是技术层面的东西，而是立足于时代的当下性和政治性，打开了一个未来向度。陈晓明教授则认为反思是必要的，但是不能缺少对历史的同情式理解。先锋文学留下的叙事、语言遗产，特别是对个人化经验的发掘影响深远。同济大学王鸿生教授则认为，对于先锋文学的解读除了运用现代主义哲学利器，也不该放弃以经典马克思主义哲学切入研究。①

7 月 25 日，《人民文学》推出"80 后"作者专号，李敬泽说，这是文坛新鲜力量的集体亮相。

2009 年，《人民文学》收录了以郭敬明为代表的一批"80 后"作家的作品，引发文学圈关注和争论。作品主要包括：长篇小说，郭敬明的《小时代 2.0 之虚铜时代》（节选）；中篇小说，吕魁的《莫塔》、王甜的《集训》和马小淘的《春夕》；短篇小说，吕伟的《狼烟》、赵松的《邻居·象》和朱岳的《敬香哀势守·迷宫制造大师》；散文和诗歌的作者则包括蒋方舟、苏瓷瓷、顾湘、三米深、春树等。

时任《人民文学》杂志主编的李敬泽表示，《人民文学》曾经和"60后""70 后"的作家共同成长，因为他们是那个时代的年轻人，他们曾写出当时年轻人的想法和观点。如今《人民文学》已经成长了 60 个年头，是时候补充新鲜血液了，"日渐成熟的'80 后'的作品是最能代表当下年轻人新看法的文字，年轻人的世界应该让年轻人自己去写……虽然'80后'作家的身上有不少弱点，但是我最看重的、也是他们最大的价值所在，是年轻作家对人生、世界的独到看法。"李敬泽认为，大家没必要纠结于"80"这个数字，因为日后还会有"90 后""00 后"的专号。②

---

① 参见余亮：《文学·社会·历史——"中国当代文学六十年国际学术研讨会"综述》，载《探索与争鸣》，2009(8)。

② 参见《〈人民文学〉主编解释"80 后"专号：没有炒作》，book. people. com. cn/GB/69360/9701671. html，访问日期：2019-08-31。

9 月 15 日，中国少数民族文学馆在内蒙古自治区建成开馆，这是我国首个专门研究少数民族文学的基地。

2009 年 9 月 15 日，中国少数民族文学馆开馆庆典在内蒙古自治区呼和浩特市隆重举行。中国少数民族文学馆于 2005 年开始筹备，2007 年 5 月 30 日举行奠基仪式，建筑面积 5500 平方米，代表 55 个少数民族。这是我国首个专门研究少数民族文学的基地，资料丰富，设备先进，具有收藏、展示、研究、交流及教学等多项功能。该馆目前已收集到来自全国各地包括台湾、香港、澳门等地区 55 个少数民族作家的著作、手稿、书信、照片、实物及有关资料。

10 月 11 日，庐山国际作家写作营开营。

2009 年 10 月 11 日，由中国作协主办，江西省庐山风景名胜区管理局、中国现代文学馆和中国作协对外联络部承办的"中国庐山国际作家写作营开营仪式"在江西庐山举行。庐山国际作家写作营借鉴美国"爱荷华国际写作计划"经验，每年邀请国内外知名作家在庐山小住、采风、创作，以此加强海内外作家交流，促进中华文化传播，对繁荣人类文化和推动世界文明进步做出贡献。

10 月 15 日，"中国文学之夜"大型主题活动在德国法兰克福举行，200 多人参加了该活动。

2009 年 10 月 15 日晚，名为"中国文学之夜"的大型主题活动在德国法兰克福文学馆拉开帷幕。"中国文学之夜"活动中，中国作家协会主席铁凝与德国翻译家高利希，中国评论家李敬泽与德国作家甘特尔，中国作家莫言与德国作家、汉学家史迪夫，从文学创作、翻译、评论及文学影响等多个角度，为现场听众奉献了三场精彩对话。苏童、余华、阿来、刘震云等作家以接受采访的方式与现场读者进行了互动。

铁凝与高利希的对话围绕女性作家话题展开。铁凝强调，中国改革开放 30 年来，女性作家迅速地、大面积崛起，创作势头仍未衰退，这表明中国女性作家在写作和话语权方面与男性作家是完全平等的。女性作家的写作与男性作家的写作确有不同，但读者首先关注的还是文学作品本身的好坏。

李敬泽和甘特尔的对话围绕评论家与作家的关系展开。甘特尔提出，有德国评论家称自己是给一些作家颁发"死亡证"的人。对此甘特尔认为，文学批评家与作家的关系是交织在一起的，好的批评家可以给作家带来激励。李敬泽结合自己从事文学刊物编辑的经历，认为文学评论家不仅给作家颁发"死亡证"，同时也颁发"出生证"。在中国，每年都不断涌现出新的有才华的作家，希望德国和世界其他地方的读者认识并了解这些作家。

莫言与史迪夫的对话围绕经典作家作品展开。莫言列举了自己喜爱的德国作家如歌德、君特·格拉斯、伦茨、伯尔、托马斯·曼等，称这些作家的影响在他的作品中就有体现，如《檀香刑》在人物形象塑造方面与《铁皮鼓》就有相似之处。莫言还特别提到德国作家马丁·瓦尔泽，称瓦尔泽笔下的歌德具有普通人的特点甚至弱点，但无损其伟大作家的形象，瓦尔泽的文学表现力令人称道。史迪夫表示，无论歌德还是瓦尔泽，作为作家都有不朽的价值。

作家苏童、余华、阿来、刘震云共同接受主持人的采访，讲述了外国文学作品对自身创作的不同影响及中外文学乃至生活、思维方式的差异。苏童谈到自己的阅读就像冒险；余华表示"影响我的作家可以组成一支军队"；阿来表示自己更关注少数族裔作家通过何种方式来表述自己和自己所属的独特文化；刘震云则用幽默风趣的话语讲述了自己在德国生活的经历，从而谈到中德两国人民在性格、行为方式和文化等方面的差异。

10 月 17 日至 19 日，"2009 中国散文年会"在北京召开，会上揭晓了"2009 年度中国百篇散文奖"和"2009 年度最佳作品奖"。

"2009 中国散文年会"由中国散文年会组委会、《散文选刊·下半月》《安徽文学》等单位主办。林非、王宗仁、雷达、蒋建伟、葛一敏、甘以雯、石一宁、陈长吟、小山、徐大隆、黄艳秋、张荣等作家、评论家出席了开幕式。年会上先后揭晓了"2009 年度中国百篇散文奖"和"2009 年度最佳作品奖"，余光中的《铜山崩裂》、陈奕纯的《泼墨绵山》、孟悟的《差一点皇后》、吴克敬的《泪湿神州望故乡》、张少中的《佛门里的姐》、宁明的《超负荷》等百余篇散文作品榜上有名。其中，余光中的

《铜山崩裂》借写友情来抒人生之怀，好友吴望尧与"我"选择了从商和从文两条不同的道路，"我"在文学圈蜚声中外，好友却经历了坎坷曲折。作为有画家身份的散文家，陈奕纯将绘画的审美性完美地融入散文的创作中，《泼墨绵山》就将想绵山、游绵山、画绵山及忆绵山的丰富经历娓娓道来，诗意的氛围，悠远的笔调，将一篇游记变成了一幅文字描述的"泼墨"画。

11月25日，首届中法文学论坛在巴黎举行，中法两国作家就文学的作用、作家的社会责任、经济全球化与文学、互联网对文学创作的影响等进行了深入探讨。

2009年11月25日，首届"中法文学论坛"在巴黎开幕。在为期两天的论坛中，中法作家、文学研究者围绕着文学的作用、作家的社会责任、经济全球化与文学、互联网对文学创作的影响等主题展开研讨。在开幕式上，铁凝作了题为《文学：窗口与桥梁》的重要演讲，后该文以《桥的翅膀》为题发表于《人民文学》2010年第4期。

2011年1月21日至22日，第二届中法文学论坛在中国现代文学馆举行，铁凝出席开幕式并作"花盆也喧嚣"的主题演讲，后该文以《关于"文学花盆"》为题发表于1月26日的《中华读书报》。[①] 中、法作家、汉学家围绕着女性主义在前卫创作中的地位、数字图书的地位以及更广泛意义上文学在中法两国的地位等问题展开了讨论。

2014年10月17日，第三届中法文学论坛在巴黎法国文人协会举行。刘恒、张炜等4位中国当代作家与5位法国当代作家进行了面对面对话。[②]

中法文学论坛为中国与法国之间文学交流提供了崭新的平台，让中国以文学的方式参与世界对话，具有深远的文化和沟通意义。

11月，李建彤的《刘志丹》由江西教育出版社正式出版。
《刘志丹》是李建彤撰写的长篇历史传记小说，于1956年开始创作，

---

① 张光芒、王冬梅：《铁凝文学年谱》，145页，上海，复旦大学出版社，2014。
② 中国现代文学馆、中国当代文学年鉴中心：《2014年中国当代文学年鉴》，598页，南昌，百花洲文艺出版社，2015。

1962 年出版。

2009 年 11 月江西教育出版社正式出版了《刘志丹》，有大量评论家对此进行了评论。白烨认为："《刘志丹》不仅是一根导火索，也是一面反光镜……其中涉及的写作与批评，文学与政治等诸多问题，也很值得总结经验和汲取教训。"①詹玲认为："在当代文学史中，小说《刘志丹》是一个特殊的存在。作为革命历史传记，它似乎早已超出了文学创作的意义之外……使艺术真实与历史真实的界限变得模糊难辨。"②

12 月 6 日，首届傅雷翻译出版奖揭晓并颁奖，该奖由法国驻华大使馆设立。

2009 年 12 月 6 日，法国驻华大使馆以译介了诸多法文经典的中国翻译家傅雷命名的"傅雷翻译出版奖"首次颁发，以奖励中国年度翻译和出版的最优秀的法语图书。每年由中法翻译家、作家和大学教授组成的评委会将根据中译本图书的翻译和出版质量进行评选，评出文学类与人文社科类作品各一部，2013 年增设"新人奖"用于鼓励新生代译者。2018 年 11 月 24 日，第十届傅雷翻译出版奖在北京隆重揭晓，诺贝尔文学奖获得者让-马里·古斯塔夫·勒克莱齐奥先生出席了颁奖仪式。

历届获奖情况如下：2009 年，马振聘译《蒙田随笔全集》（文学类），张组建译《面具之道》（人文社科类）；2010 年，李玉民译《上学的烦恼》（文学类），胡小跃译《加斯东·伽利玛：半个世纪的法国出版史》（人文社科类）；2011 年，金龙格译《青春咖啡馆》（文学类），杨亚平、赵静和尹伟译《启蒙运动中的法国》（人文社科类）；2012 年，郭宏安译《加缪文集》（文学类），郑克鲁译《第二性》（人文社科类）；2013 年，刘方译《布罗岱克的报告》（文学类），沈坚、朱晓罕译《儿童的世纪——旧制度下的儿童和家庭生活》（人文社科类），曹冬雪译《论美国的民主》（新人奖）；2014 年，安宁译《一座桥的诞生》（文学类），蔡鸿滨译《来日方长》（人文社科类），俞佳乐译《读书时代》（新人奖）；2015 年，周小珊译《6 点 27 分的朗读者》（文学类），许明龙译《请中国作证》（人文社科类），王名南

① 白烨：《一部小说的噩运及其他——〈刘志丹〉从小说到大案的相关谜题》，载《文学评论》，2014(5)。
② 詹玲：《论〈刘志丹〉——一部命运坎坷的小说》，载《文学评论》，2007(1)。

译《当代艺术之争》(新人奖)；2016 年，金桔芳译《刺槐树》(文学类)，周佩琼译《在西伯利亚森林中》(新人奖)；2017 年，林苑译《重返基利贝格斯》(文学类)，张祖建译《世界的苦难：布尔迪厄的社会调查》(人文社科类)，马洁宁译《托克维尔：自由的贵族源泉》(新人奖)；2018 年，袁筱一译《温柔之歌》(文学类)，梁爽、田梦译《布汶的星期天》(人文社科类)，周立红、焦静姝译《小说鉴史：旧制度与大革命的百年战争》(新人奖)。

2010 年

　　2月2日，首届手机小说原创大奖在北京揭晓，共评选出4位获奖者。

　　2010年2月2日，由盛大文学主办的"一字千金——首届全球华语手机小说原创大展"奖项在北京揭晓。据了解，参加此次活动的作者多为"80后"年轻男女，以从事IT业、编剧、传媒、自由撰稿人等活跃在都市里的年青一代居多。经过激烈的角逐，4部作品脱颖而出。其中，韦多情的《广院3号出名方案》凭借另类情节拿下"最具人气奖"；丸子格格的《寻找脑腓肽》作为一部体育题材的励志小说，笔法诙谐，具有呼应全民运动的励志意义，获得"故事创意奖"；吴小雾的《馥馥解语》情节轻松另类，文字活泼生动，形象地描绘出一对欢喜冤家的爱情轻喜剧，获得"最佳文笔奖"；仲熙凭借《纸上荼蘼》获得"金牌写手奖"（该奖为本次"一字千金"活动的最大奖项），这部小说以第一人称的视角叙写，是一部关于背叛和阴谋的悬疑情感剧，电影视角的画面感十足。据盛大文学透露，此次获奖的三部作品和一位"金牌写手"以及进入30强的优秀作品将实行

"全版权运营"。所谓全版权运营是指，通过在整个产业链中的某一环开始贯穿整个产业链，将小说的电子版权、无线发布权、传统文学版权及动漫影视改编权等统一由公司进行运营和包装，以充分挖掘原创文学的产业价值，打破了以往简单售卖、转让版权来实现所谓全版权的做法。另外，中国的无线阅读刚刚兴起，有更多的企业能投身到这个产业中来，让有潜质的、有水平的作者能够在社会上、在文学的行业里边成为"明星"，成为社会关注的焦点，这个产业才能够兴旺发达，也才会更好地满足广大消费者的需求。

5月22日，首届中国小说节在江西南昌举行。

2010年5月22日至26日，首届中国小说节暨"南昌银行杯、中国国航杯"中国小说学会第三届学会大奖颁奖活动在南昌举行。数十位国内作家、评论家以及来自海外的华人作家齐聚南昌参加小说节活动。首届小说节由中国小说学会主办、南昌大学承办，南昌银行、中国国际航空股份有限公司、江西省文学艺术界联合会、江西省当代文学学会等单位联合协办。此次小说节的主题为"在红色文化和绿色生态中张扬人性的光辉"。中国小说学会相关负责人表示，举办首届小说节旨在进一步促进当代中国文学的健康发展，推动中国小说在海内外华人世界的交流与发展繁荣，为读者提供更多更好的精神食粮。

作为核心活动，"南昌银行杯、中国国航杯"中国小说学会第三届学会大奖于22日晚揭晓。短篇小说奖由范小青获得。范小青著有中长篇小说《裤裆巷风流记》《个体部落纪事》《采莲浜苦情录》《锦帆桥人家》《天砚》等，散文随笔集《花开花落的季节》《怎么做女人》《贪看无边月》等，其作品最大的特点就是富有人情味。长篇小说奖由严歌苓获得。严歌苓是海外华人作家中最具影响力的作家之一，以中、英双语创作小说，代表作有《小姨多鹤》《第九个寡妇》《赴宴者》《扶桑》《穗子物语》《天浴》《寄居者》《金陵十三钗》等。此次学会大奖还增设了海外小说特别奖，由张翎获得。张翎于20世纪90年代中后期开始在海外写作并携其系列长篇小说、中篇小说一举成为引人瞩目的实力派小说家，其作品文字清丽且极具震撼力。张翎的主要作品有长篇小说《邮购新娘》《交错的彼岸》《望月》（海外版名《上海小姐》），中短篇小说集《雁过藻溪》《盲约》《尘世》等。

8 月 10 日，汉学家文学翻译国际研讨会在北京召开，来自十几个国家的汉学家围绕"中国文学翻译经验与建议"展开深入探讨。

此次研讨会由中国作家协会主办，来自美国、英国、法国、德国、西班牙、日本、俄罗斯、意大利、荷兰、乌克兰、韩国、埃及等国家的汉学家相聚北京。各国汉学家和中国作家、翻译家们一起，就当代中国文学翻译的现状与经验、翻译与汉学、中国当代文学在世界的传播、文学翻译在跨文化交流中的作用等话题展开讨论。中国作家协会主席铁凝在开幕式上发表了题为《心与心的彩虹》的致辞，认为文学是人类始终需要的一种重要的精神力量，作家是人类精神家园的建造者和守护者，而文学翻译家则是这种精神力量不可缺少的传递者和沟通者，是连接人与人心灵和友谊的彩虹。铁凝代表中国作家向各国汉学家、翻译家表达由衷的敬意和感谢。

汉学家文学翻译国际研讨会每两年举办一次，2010 年由中国作家协会首次承办。汉学家文学翻译国际研讨会是中国作家协会为推动中国优秀文学作品对外翻译、促进中国文学走出去采取的重要举措。举办研讨会的目的在于增进中国作家与外国翻译家之间的了解，为各国翻译家提供了解中国当代文学发展趋势的机会，推动作家、译者间的对话交流，提高中国当代文学作品和作家在世界文坛中的认知度和影响力。

12 月 7 日，首届郁达夫小说奖颁奖典礼在富阳举行。该奖两年一届，只对中短篇小说进行评选。

郁达夫小说奖是以浙江籍现代杰出作家郁达夫命名的小说类文学奖项，以弘扬郁达夫文学精神为主旨，鼓励浪漫诗意的性情写作，注重汉语叙事传统的继承和创新。此奖由浙江省作家协会《江南》杂志社主办，富阳市人民政府协办，郁达夫故乡富阳为永久颁奖地。郁达夫小说奖两年一届，评选范围为中短篇小说，其评选侧重郁达夫式的创作追求和审美风格，力推浪漫放达、感性丰盈、感时忧国、富有鲜明个性的优秀之作，是目前国内颇具影响的针对海内外华语中短篇小说创作的小说类文学奖项。

首届郁达夫小说奖颁奖典礼于 2010 年 12 月 7 日举行，此次评选范围为 2008—2009 年海内外用汉语公开发表的中短篇小说。荣获中篇小说奖的是陈河的《黑白电影里的城市》；中篇小说提名奖有叶广芩的《豆汁记》、乔叶的《最慢的是活着》和陈谦的《特蕾莎的流氓犯》。荣获短篇小说奖的是铁凝的《伊琳娜的礼帽》；短篇小说提名奖有毕飞宇的《睡觉》、韩少功的《第四十三页》和朱山坡的《陪夜的女人》。第二届郁达夫小说奖中篇小说奖花落山西作家蒋韵，浙江青年作家东君则问鼎短篇小说奖，鲁敏、张翎等夺得中篇小说提名奖，苏童、盛可以、甫跃辉则获得短篇小说提名奖。旅居加拿大的女作家张翎成为该届唯一获奖的海外华语小说家，甫跃辉则是第一位获得该奖的"80后"作家。邓一光的《你可以让百合生长》和毕飞宇的《大雨如注》分获第三届郁达夫小说奖的中篇小说奖和短篇小说奖。马金莲、迟子建和弋舟获得中篇小说提名奖，艾伟、须一瓜和叶弥获得短篇小说提名奖。第四届郁达夫小说奖的中篇小说奖和短篇小说奖花落阿来的《蘑菇圈》和张楚的《野象小姐》。弋舟、石一枫和祁媛获得中篇小说提名奖，黄锦树、蔡骏和田耳获得短篇小说提名奖。2018年10月13日，由浙江省作协《江南》杂志社主办、杭州市富阳区人民政府协办的第五届郁达夫小说奖在杭州萧山举行终评委会议。王安忆的《向西，向西，向南》、白先勇的《Silent Night》分获中篇小说奖和短篇小说奖，计文君的《化城》、王手的《第三把手》、孙频的《松林夜宴图》获得中篇小说提名奖，蔡东的《朋霍费尔从五楼纵身一跃》、邱华栋的《云柜》、哲贵的《柯巴芽上山放羊去了》则获得短篇小说提名奖。

2011 年

　　3 月 15 日，中国作家联名发表讨百度书并成立反侵权联盟。

　　贾平凹、韩寒、沈浩波等 50 名作家和出版人联名发表《"3·15"中国作家讨百度书》，称百度文库在没有支付版权费的情况下，免费提供文档作品下载服务，对中国原创文学造成了伤害，引发社会各界对此强烈关注。共同声讨网络侵权的作家联盟不仅有当代小说作家，还包括一些出版界人士。

　　3 月 24 日，百度文库与出版界代表为解决侵权纠纷进行的谈判破裂，侵权纠纷走向法律程序。11 月 4 日，韩寒、慕容雪村等 4 位知名作家联手起诉百度侵权一案被北京市海淀区人民法院正式受理。2012 年 9 月 17 日，作家维权联盟状告百度文库侵权案在北京市海淀区人民法院进行一审宣判。法院判令百度公司侵权成立，需赔偿包括韩寒在内的 3 名作家经济损失共计 14.5万元，但原告关闭百度文库的请求被驳回。

　　3 月 28 日，人民文学出版社成立 60 周年庆祝大会在北京举行。

3月28日，人民文学出版社成立60周年庆祝大会在人民大会堂举行。中宣部、新闻出版总署、财政部、文化部、中国文联、中国作协、北京市委、北京市出版局的负责人，在京作家、评论家、翻译家、学者及郭沫若、沈从文等已故作家亲属代表，出版界、新闻界代表，部分国家驻华使节，以及人民文学出版社职工代表等参加大会。

庆祝大会之前，人民文学出版社还举办了名为"人民文学出版社：一起走过60年"的出版成就展，并编辑出版了《人民文学出版社60年图书总目》和《怀念集》等图书。

人民文学出版社于1951年3月成立于北京，是国家级专业文学出版机构，是中华人民共和国文学出版事业的重要基地，现为中国出版集团公司成员单位。其除用人民文学出版社之名出版图书外，还先后使用过作家出版社、艺术出版社、文学古籍刊行社、中国戏剧出版社、外国文学出版社等副牌出版各类文艺图书，并拥有以出版少儿读物为主旨的全资子公司天天出版社，此外还出版《当代》《新文学史料》《中华文学选刊》《学语文之友》《帅作文》5种报刊。人民文学出版社60年来出版中国古代、现当代、世界各国的优秀作品以及文学理论、高校文科教材、人文科学著作等各种图书，形成了高品位、高质量、包容古今、囊括中外的文学图书体系，先后荣获"全国优秀出版社""全国百佳出版单位"等一系列荣誉，在海内外读者中享有良好口碑。

4月2日，《文学报》创刊30周年纪念座谈会在北京举行。

2011年4月2日，《文学报》创刊30周年纪念座谈会在北京举行。会上，评论家谢有顺说："一份报纸，深入介入当代文学进程达三十年之久，而且一直坚守如实、公正、开放的立场，让作家发声，伴文学前行，也为不同的观点提供激辩、争鸣的平台，这本身就构成了一个文化事件，也由此写下了一段属于这份报纸自身的小小的文学史。在一个越来越推崇独白、私语的写作年代，《文学报》的存在，重申了共享和交流之于文学不可或缺的意义，同时也扩大了当代文学的交流边界——而我认为，可以共享和交流的文学，才是有声的文学。"

1981年4月2日，《文学报》在陈沂的支持下，由峻青、杜宣、姜彬、哈华、刘金、栾保俊六位沪上文艺界和新闻界老同志发起创刊。受到文坛前辈茅盾、夏衍、巴金、曹禺、冰心等持续关心。茅盾为《文学报》题写了报名并撰写了《创刊词》，巴金晚年四次为《文学报》题词。

5 月 19 日，"世界濒危语言与口头传统跨学科研究"国际学术研讨会在北京举行。

此次会议由中国社会科学院主办，民族文学研究所承办，中欧研究协调（CO-REACH-SSR）合作机构莱顿大学莱顿地区研究所、芬兰文学学会民俗档案馆协办。除应邀参加此次论坛的国内外相关领域的知名学者外，北京大学、北京师范大学、中央民族大学的研究生，以及民族文学研究所、外国文学研究所和文学研究所的研究人员也参加了此次会议。

论坛强调不同文化背景和多学科之间的对话，关注经济全球化时代人类在保持文化多样性与坚持可持续发展过程中所面临的许多重要问题。论坛的议题包括口头文学的创编、记忆和传递，口头传统的采录、归档、整理和数字化濒危语言抢救及民俗学档案馆建设等。

6 月 3 日，首届萧红文学奖颁奖典礼在哈尔滨举行。

萧红文学奖是黑龙江省以中国现代著名女作家萧红命名的文学奖项。该奖由中共黑龙江省委宣传部、人民日报出版社和黑龙江省作家协会主办，面向海内外汉语文学作品进行评选，设立时间是 2009 年 7 月初，每四年评选一次，设置了三大奖项：萧红长篇小说奖、萧红女性文学奖、萧红研究奖。萧红长篇小说奖面向全国评奖，每届评选 3 部；萧红女性文学奖面向海内外用汉语写作的女作家评奖，每届评选长篇小说 3 部、中短篇小说 3 部（篇）；萧红研究奖，包括萧红和她的作品的学术研究、影视和戏剧创作以及其他与萧红有关的创作，每届评选 3 部（篇）。设立萧红文学奖是为了充分发挥黑龙江历史文化资源在文化建设中的作用，推动文学创作不断繁荣。

萧红文学奖在 2011 年（萧红百年诞辰纪念）举办了第一届评选，参评作品的年限为 2001 年 1 月 1 日至 2010 年 12 月 31 日。最终获得首届萧红小说奖的是：史铁生的《我的丁一之旅》、韩少功的《赶马的老三》、阿成的《白狼镇》；获得萧红女性文学奖的是：王安忆的《启蒙时代》、叶广芩的《逍遥津》、叶弥的《消失在布达拉宫的一头鹰》；获得萧红研究奖的是：葛浩文的《萧红传》、季红真的《对着人类的愚昧》、叶君的《从异乡到异乡》。

9月1日，首届中澳文学论坛举行。

作为澳大利亚"中国文化年"活动项目之一的首届中澳文学论坛在澳大利亚悉尼举行。莫言、张炜、赵玫、胡平、徐小斌、商震、李洱、盛可以等中国文学界人士参加了论坛。参加论坛的澳大利亚文学界人士包括拜弗瑞基、梅健青、布莱利、戈顿、琼斯、周思、茱莉亚·雷、麦隆尼、马提尔、威尔汀、欧阳昱以及莱特等。中澳作家围绕跨国界写作、当代文学趋势、作家与传统、作家的角色以及文学作品中的地方感等话题进行讨论，具体内容包括"跨文化沟通技巧、文学市场的国际化程度""网络写作、博客写作和文学创作所需的新形式""当代作家与传统的关系、作家在文化传承中的角色""地方文学及国际化环境、女性写作、原住民的故事写作"等方面。与会人员还探讨了今后如何在资源及创意上进行合作交流等问题。莫言在首届中澳文学论坛上作了主题为"作家与传统"的发言。

9月15日，《鲁迅大全集》在北京大学举行首发仪式。

《鲁迅大全集》由李新宇、周海婴主编，收录了鲁迅的文学创作、翻译、古籍整理、绘画、书法、画册编纂等全部作品，共33卷。与以往的版本相比，全集新增文本近百个以及鲁迅未发表文章200余篇，此外，还增加了过去全集未收入的演讲记录20余篇及同代人回忆文章中的鲁迅语录。鲁迅之子周海婴也参与了编写，并捐出了鲁迅与许广平的许多手迹。

《鲁迅大全集》注释、整理、挖掘和点校获中宣部"2009年国家社会科学研究基金特别委托项目"，编委和顾问多是鲁迅研究界的专家和学者。对于《鲁迅大全集》，严家炎肯定了它的价值："从深的来说，对于鲁迅研究者有价值，从浅的来说，对于青少年也有帮助，看看里面的插图也很有意思。"即便如此，他还是指出该书仍有遗漏之处，"在《鲁迅全集》里面遗漏的，1936 年鲁迅对《救亡情报》记者的谈话，在《鲁迅大全集》里面也没有"。

11 月 11 日至 13 日，由广州大学中文系和江西省社会科学院文学研究所联合主办的"中国首届文学地理学暨宋代文学地理学术研讨会"在南昌召开。

与会专家一致联名倡议建立"中国文学地理学会"，广州大学曾大兴任会长。来自中国社会科学院、复旦大学、武汉大学、南京师范大学、广州大学等全国高校及科研院所的专家学者参加了此次会议。

会议涉及文学地理学的理论体系建设、文学地理学的研究方法、文学地理学的实证研究、文学地理学的应用研究等多项议题。首次明确界定了文学地理学作为一门学科，其研究对象、研究任务及研究意义所在。

与会专家一致认为，文学地理学是中国文学研究的新的学术增长点，具有广阔的发展空间。为了进一步推进文学地理学研究及文学地理学学科的建立，大会就组建"中国文学地理学会"提出了动议，并成立了筹备委员会。这标志着文学地理学这个新兴学科得到学术界的正式认可。广州大学曾大兴教授指出，文学地理学在中国诞生，是地理的必然、历史的必然，更是文学的必然。

2012 年

1 月 11 日，首届全国报告文学理论奖颁奖。

2012 年 1 月 11 日，中国报告文学学会隆重举行"首届全国报告文学理论奖"颁奖大会，此次评奖是对 30 多年来的报告文学理论研究成果一次较为全面的归纳总结，既显示了中国报告文学理论研究已经打下一定基础并走向成长，同时也标示着中国报告文学理论已经开始跨进一个新的时期。此奖项的设立是为了鼓励报告文学理论研究的尽快活跃与繁荣。

首届全国报告文学理论奖对 1978—2010 年的报告文学理论研究对象进行检阅，从中评选出"全国报告文学理论奖"和"全国报告文学理论奖·优秀奖"。首届评奖于 2010 年 12 月启动，先后收到一百多部（篇）理论研究专著和论文，经过初评小组成员全面审读，并征求报告文学界各方人士的意见，评定出 20 部（篇）入围作品。最终，获大奖的 4 部著作分别是朱子南的《中国报告文学史》、丁晓原的《文化生态视镜中的中国报告文学》、李炳银的《中国报告文学的凝思》、王晖的《时代文体和文体时代》。其中朱子南的《中国报告文学史》逐次介绍了上起 19 世纪中叶，下迄 20 世纪末报告文学萌生、成长、发展、兴盛、变型、繁荣的历史过程。该著作以追踪中国报告文学的基本轨迹为经，以具体的作家作品评判为纬，提供了庞大的信息量与全面的作品观，被评委会评为"是一部具有开创性和奠基性的大著作"。丁晓原的《文化生态视镜中的中国报告文学》阐述了文化生态演化与百年中国报告文学流变，并对新世纪报告文学进行深入观察与分析，被评为"开创了理论专著的学术新高度，为报告文学理论研究注入了新鲜血液"。还有 4 部著作获得优秀奖，分别为章罗生的《中国报告文学发展史》、尹均生的《国际报告文学的源起与发展》、张瑗的《20 世纪纪实文学导论》、龚举善的《转型期报告文学论纲》。

2 月 9 日，首届全国教师文学表彰奖揭晓，评选出了"十佳教师作家"及 10 部获奖专著。

为了倡导、鼓励教师文学创作，繁荣校园文化，展现当今教师的文采、情采与风采，推举富有文学魅力的素质教育新型教师，把教师文学作品推向社会，中国当代文学研究会校园文学委员会、中国教育学会中学语文教学专业委员会联袂举办"教师文学表彰奖"。2012 年 2 月 9 日，首届全国教师文学表彰奖在北京揭晓，分别评选出了"十佳教师作家"及 10 部获奖专著。

经过评委会认真阅读与讨论，投票产生了"全国十佳教师作家"，分别为李玉伦(江苏)、张丽钧(河北)、温新阶(湖北)、代士晓(山东)、王勇(四川)、吕成玉(内蒙古)、陈友中(浙江)、夏吟(云南)、谢家雄(云南)、唐映凡(四川)。评委会投票评选出的 10 部获奖专著为长篇小说《种梦的人》(李玉伦)、《贵族街的孩子》(代士晓)，散文集《乡村影像》(温新阶)、《我要回报以歌》(张丽钧)、《触摸岁月》(吕成玉)、《花吹雪》(王勇)、《桃花鱼》(黄莉萍)，诗集《一滴血的温度》(夏吟)，散文诗集《湛蓝时空》(谢家雄)，文学评论集《听那强弓响箭》(吴平安)。另外，为了树立富有文学魅力的教师形象，激励、倡导教师文学创作，提高教师文学素养和文化品位，首届评选活动特设立了"教师作家特别荣誉奖""终身成就奖"。经组委会初评推荐，评委会通过，梁晓声、曹文轩获"特别荣誉奖"，金波、毛志成获"终身成就奖"。2014 年 8 月，第二届全国教师文学表彰奖评审工作会议在天津召开，获奖者为李林芳、李桂芳、陈雄、仇媛媛、张明(笔名毓新)、蒋林、吉布鹰升、陈振林、薛暮冬、杨飞(笔名八零)。

5月18日至21日，"美学与艺术：传统与当代"国际学术研讨会在徐州举行。

会议由中国社会科学院文学研究所与江苏师范大学主办，中国社会科学院文学研究所文学理论研究室、《外国美学》辑刊编委会、江苏师范大学文学院、江苏师范大学汉文化研究院承办。

此次会议的议题为：当代语境中对美学与艺术传统的新审视；面向当代世界的中国美学与艺术；美学对促进艺术与文化繁荣和发展的意义。这是继2010年8月在北京大学召开的第十八届世界美学大会之后的又一次世界美学盛会，为美学与艺术的发展提供了可借鉴的思路。

10月11日，瑞典文学院宣布中国作家莫言获得2012年诺贝尔文学奖。

瑞典文学院常任秘书彼得·恩隆德在瑞典文学院会议厅宣布了获奖者姓名。他说，中国作家莫言的"魔幻现实主义融合了民间故事、历史与当代社会"。

莫言在获奖致辞中说："文学和科学相比较确实没有什么用处。但是文学的最大的用处，也许就是它没有什么用处。"莫言自20世纪80年代以一系列乡土作品崛起，充满着"怀乡"以及"怨乡"的复杂情感，被归类为"寻根文学"作家。著有《蛙》《红高粱家族》《酒国》《丰乳肥臀》《檀香刑》《生死疲劳》等长篇小说十二部，《透明的红萝卜》《司令的女人》等中短篇小说百余部，并有剧作、散文多部；许多作品被翻译成英、法、德、意、日、西、俄等语言，在国内外文坛上具有广泛影响。莫言及其作品获得过"联合报文学奖"(台湾)，"华语文学传媒大奖·年度杰出成就奖"，法国"儒尔·巴泰庸外国文学奖"，"法兰西文学艺术骑士勋章"，意大利"诺尼诺国际文学奖"，日本"福冈亚洲文化大奖"，香港浸会大学"世界华文长篇小说奖"(红楼梦奖)及美国"纽曼华语文学奖"等国内外奖项。

中国社科院外文所所长陈众议称赞道："即使把莫言摆在整个诺贝尔文学奖得主的群体中，他都是很突出的，比起前些年一些获得诺贝尔文学奖的外国作家毫不逊色。"邱华栋认为："莫言是世界文学流转在地理学意义上转换的一个重要成果。他也是中国当代文学 30 年发展的代表。我觉得诺贝尔文学奖看到了世界文学在大陆之间的转换、延续和发展。"

10 月 13 日至 14 日，"文化自觉与中国想象力"学术论坛在北京举行，由高建平、白烨共同主持。

来自文化部、全国多所高校和研究机构的专家学者及文学所"创新工程"执行研究员陈福民、刘方喜等出席了会议。

论坛主题"文化自觉与中国想象力"的构思着眼于社会转型的既成事实及其对于学术研究构成的挑战与机遇，期望对此既相互区别又内在关联的两个论域进行深入探讨，使学术研究与文化现实密切联系，既保持严谨的学术研究传统，又能促进它们与文化现实的密切相关性。会议分别就"文化自觉"与"中国想象力"进行了分组讨论，与会成员从自己的研究领域出发，从不同角度进行了阐发和评述。会议还讨论了文化战略和文化产业发展现状及问题。

10 月 19 日至 21 日，"新媒介与当代文论转向"研讨会在河南开封召开，此次会议由中国中外文艺理论学会和河南大学主办。

2012 年 10 月 19 日至 21 日，"新媒介与当代文论转向"研讨会即暨中国中外文艺理论学会新媒介文论分会成立大会在河南开封召开。此次会议探讨的是媒介革命与其所隐含的时代文艺背景之间形成的文化"图—底"关系，媒介的引入促使了文艺学走向了历史性的转向。这次转向蕴含了三个理论端口：其一，数字媒体让文艺理论从"大写"走向"小写"、从"整一"发展为"多样"，文艺与文化研究的边界模糊、视域叠加，以及媒介意识形态的理论建构，引发了文艺学科的扩容、越界与版图勘定；其二，新媒体规制的时代文学场的转换改写了理论的构型机制，如文学存在场的转换调整了文艺学研究对象的语境规则，文学生产场的转换改变了文艺学研究的理论秩序，而文学知识场的转换则修正了文艺理论研究的学术语法；其三，此次转向孕育的学理内涵转型加速了文艺学逻辑原点的位移，具体表现如从"本质主义"走向"艺术平权"是媒介革命置换文艺理论原点的技术策略，从"主体性"走向"主体间性"是新的传媒语境对文艺主体身份的重新设定，而新媒体对文艺功能指向的价值重建，则限定了这次理论内涵转型的意义选择。

会议还探讨了数据媒介的迅猛发展对于艺术的影响。穿越、玄幻等，可以说是数字媒介时代艺术的重要表征之一。张跣认为，以数字媒介为主要传播方式的当代艺术在历史观上表现出"架空化""碎片化""他者化"三个基本特点，就其文化逻辑而言，则表现出"身体逻辑""民粹逻辑"和"消费逻辑"三种基本倾向。这与社会历史发展的特定阶段有关，也与电子书写带来的深度模式的终结有关。①

11月10日，"百年文学理论学术路径的反思"学术研讨会在北京召开。

2012年11月10日，北京师范大学文艺学研究中心主办的"百年文学理论学术路径的反思"学术研讨会在北京召开。会议围绕理论与历史的关系、理论的发展路径和走向、外来理论的本土化等议题进行讨论。

与会学者针对不同问题纷纷提出见解。童庆炳认为文学理论的研究不能一味地依赖哲学认识论二元对峙的概念来解决文学的本质、文学的真实和文学的典型等问题。文学理论的研究要与文学创作时间、文学现象和文学思潮保持紧密的联系，更重要的是要将文学创作和文学研究放到历史文化语境之中去考量。尤西林梳理了中国文学理论元理论的百年嬗变，认为元理论对人文学科是至关重要的，其规定了相关学科的基本结构、理论对象及研究方法等内容，具有极为重要的意义。毛宣国和黄卓越认为不仅要在旧有理论的基础上进行新的诠释，还需要开发新的理论。李春青提出了中国学界进行"积极的本土化"的三个关键点：为尊重研究对象的独特性，具体的研究方法则做相应的调整；为选择它的神韵保留理论的外在；在借鉴、接受西方学术理论与研究方法的时候，要保持一种"对话"的立场。代迅则认为中国文论在话语方式上面临着危机，

---

① 张跣：《历史与数字媒界时代的艺术》，《"新媒介与当代文论转向"研讨会暨中外文艺理论学会新媒介文论分会成立大会论文》，开封，2012。

需要学习西方文论的逻辑方法和推理方式，通过中国目前的文论来理解文学现象和社会上的热点问题，推动中国目前已经展开并且尚未完成的中国文论话语方式的现代转型。会议讨论十分热烈，不同观念的碰撞触及了中国文艺理论的核心问题，对于探讨理论的走向和理论的关注要点具有非常重要的意义。

12 月 1 日，"诺贝尔文学奖与当代文学价值重估"学术研讨会在上海举行，此次会议由《文学报》与《文汇报》文艺部联合主办。

2012 年 12 月 1 日，由《文学报》与《文汇报》文艺部联合主办的"诺贝尔文学奖与当代文学价值重估"大型学术研讨会在上海举行。会上，针对莫言获奖之后莫言作品内涵的讨论、作品中道德感的质疑、当代文学价值重估转向当代文学奖项的重估，以及莫言作品翻译的现象的阐释，不同学者纷纷提出了自己的见解。肖鹰认为，在评价莫言作品的时候，我们还需要对文学本身的社会文化价值有所反思。"文学的真正价值，体现在其厚度上。就像在中国文学史上占据重要地位的《金瓶梅》和《红楼梦》，前者价值要低于后者，并不在于其不犀利，不鞭挞现实，而在于其缺少作为文学应有之义的对人性理想的观照，这恰恰是文学厚度的一个重要体现。这个厚度一定要带来人性关怀，带来人性的理想，同时带来一种对生命的敬畏和对人性的爱和美的深刻呈现。以此来观照莫言前后两个时期的创作……缺少对人性矛盾的解析和多层面的展现。"重新评估当代文学，自然也隐含了该怎样理性看待当代文学在整个中国文学史上的位置的问题。事实上，这也是文学界争论不休，却注定短时期内难有共识的问题。这些年来，对当代文学进行质疑和否定的声音，恰如对其肯定和激赏的声音一样高亢，也因此才会出现当下文学处于"最好时期"及"处于低谷"的两极判断。而究其实，无论其判断是否合理，其指向的潜在参照系实际上就是与当代文学最为接近的现代文学。在奖项设置的问题上，由此汪政表示当下作家要端正写作心态，在他看来即使是在很多作家平常说出的日常话里，都能反映对奖项的暧昧情态。郜元宝认为，评论家应针对批评界的现状，积极进行反思，反对滞后的和不当的批评。[①]

---

① 傅小平：《诺贝尔文学奖与当代文学价值重估》，载《文学报》，2012-12-10。

　　12月7日至9日，"现当代中国文学史书写的反思与重构"国际高端学术论坛在武汉举行，中外50多名学者提交了会议论文。

　　2012年12月7日至9日，武大·哈佛"现当代中国文学史书写的反思与重构"国际高端学术论坛在武汉大学开幕，来自美、法、德、韩和中国大陆、香港、台湾等地的学者提交了论文，除了大会主题发言、小组学术报告外，还进行了分组专题研讨。在分组研讨中，与会者围绕"时间与空间""体例与方法""现代性与价值观念"三大主题自由对话与交流，既充分显现出不同学者的差异性立场，又明确表达了研究者们对建构"中国现当代文学史"的新课题、新挑战的共同关切。议题集中在"五四"以来现当代中国文学史书写的成就与问题、民国文学史与中华人民共和国文学史、哈佛版国别文学史、中国现当代文学编年史等方面。观念整理为几个方面：一、现当代中国文学史书写可以更加开放包容；二、坚持中国现代文学史书写的现代性标准；三、坚持现代文学史教材的读本化，注重文学文本研究；四、坚持现当代中国文学书写的历史语境原则；五、海外华文文学、台港文学、少数民族文学进入中国现当代文学史的策略。①

---

　　① 《"现当代中国文学史书写的反思与重构"——武大·哈佛国际高端论坛综述》，载《长江学术》，2012(4)。

2013 年

1月20日，首届"希望杯"中国文学创作新人奖在北京颁发。

2013年1月20日，由《时代报告·中国报告文学》杂志社与湖北希望实业集团有限公司共同设立的首届"'希望杯'中国文学创作新人奖"在北京举行颁奖仪式。该奖项采取专家推荐和本人申报的方式，旨在每年度选取10名年龄在18～45岁的从事诗歌、小说、散文、报告文学等体裁写作、已经显露出文学才华潜质，且未获得过其他较大文学奖项的中国中文写作青年作者给予奖励，以鼓励其在不久的将来真正成为中国文学创作的希望之星。首届"希望杯"中国文学创作新人奖的获奖情况如下：郑小驴、叶扬、秦锦屏获小说类新人奖，杨芳侠、徐源、孙立本获诗歌类新人奖，石彦伟、纳兰妙殊获散文类新人奖，纪红建、卢戎获报告文学类新人奖。

2月，《科幻研究》首次刊载中国作家文章，向西方全面介绍中国科幻文学的发展。

世界著名科幻理论杂志《科幻研究》推出中国

专辑。在 2013 年第 1 期中，《科幻研究》集中刊发吴岩、刘慈欣、韩松等十位作者的文章，向西方全面介绍中国科幻文学的发展。刊发的中国专辑共有 10 篇。其中包括吴岩撰写的序言 1 篇，研究文章 7 篇和作家专题 2 篇。7 篇研究文章分 4 个方面介绍中国科幻文学的发展，包括从历史的角度梳理不同时期中国科幻文学的发展情况、中国科幻在外国的译介情况研究、中国当代科幻作家研究和中国科幻电影研究等。2 篇作家专题由刘慈欣和韩松撰写。刘慈欣在《科幻研究》中国专辑上发表文章《超越自恋——科幻给文学的机会》，主要介绍了他的创作历程、阅读世界科幻经典的心得，以及他对文学、人生的感悟。吴岩撰写的序言谈到，中国科幻文学发展的一个重要课题就是从传统文学幻想的束缚中寻求自由。"什么使中国科幻独一无二？……另一个重要的元素是中国作家们追求独立的过程中对西方的科学和文化的反应。这就提出了另一个关键问题：究竟什么是科学？科学是只属于西方文化的还是全人类共同的追求？作者们如何才能将科学与本国文化合二为一并赋予其生气勃勃的新模式？"也就是说，中国科幻发展的另一个重要问题是如何从西方语境中求得独立。

6 月 17 日，首届汉语"非虚构写作"高峰论坛举行，此次会议由北方妇女儿童出版社和《青年作家》杂志社联合主办。

2013 年 6 月 17 日，由北方妇女儿童出版社和《青年作家》杂志社联合主办的首届汉语"非虚构写作"高峰论坛在吉林长春举行。蒋蓝、高维生、黑陶、吴佳骏、尉克冰、于德北、袁炳发等与会作家围绕"非虚构写作"的源流、范式、特点、创作方法等内容进行了深入探讨和交流。

"非虚构写作"是近年来新兴的一种写作方法，它着眼于日益丰富的现实生活细节，以田野考察为观察手段，以跨文体写作为表现手法，还原呈现生活与文学的真相。此次论坛旨在加强"非虚构写作"作者间的交流，推动汉语"非虚构写作"的创作，促进这一新兴写法的成熟和发展。

2014 年

7月2日，大型文学内容数字平台——华语文学网上线。

2014年7月2日，大型文学内容数字平台——华语文学网在上海上线。华语文学网与首批授权入驻的作家代表，以及刊物、文化机构和企业的代表进行了签约。王安忆、叶辛、孙颙、赵丽宏、孙甘露等向华语文学网授权了自己的作品。香港的吴正、陶然，台湾的施叔青，旅居和侨居海外的作家聂华苓、卢新华、虹影等也都把自己的作品授权给华语文学网。一些文学刊物如《收获(增刊)》《上海文学》《江南》《雨花》《红豆》《西部》《江南诗》等授权网站从事刊物内容的传播工作。与此同时，上海人民出版社、三联书店(上海)有限公司、巴金文学研究会等一批文化机构和企业也与华语文学网初步达成入驻意向或签订了战略合作协议。

上线仪式之后，上海市作协举行了"传统文学网络化生存"主题论坛。论坛结合金宇澄《繁花》由线上到线下的写作出版历程、余华《第七天》电子书与纸质书同步发行等案例的分析，探讨了传统作家和传统文学作品如何顺应互联网时代的大趋势，拓展文学生存、传播空间等话题。

8月2日，许渊冲获得"北极光"杰出文学翻译奖。

8月2日，在柏林举行的第20届世界翻译大会会员代表大会上，中国文学翻译家许渊冲荣获国际翻译界最高奖项之一——国际翻译家联盟（国际译联）2014"北极光"杰出文学翻译奖，成为该奖项1999年设立以来首位获此殊荣的亚洲翻译家。

"北极光"杰出文学翻译奖由国际译联设立，为国际翻译界最高奖项之一，旨在推动文学翻译发展，改善译文质量，突出翻译家在促进世界人民紧密团结中发挥的重要作用。该奖项每3年评选一次，每次评选一人。评委会在颁奖词中说，"我们所处的国际化环境需要富有成效的交流，许渊冲教授一直致力于为使用汉语、英语和法语的人们建立起沟通的桥梁。他将大量中国文学作品翻译成英文和法文，并将一些重要著作从英、法文翻译成中文"。评委会表示，许渊冲的英、法文译著以及他的英译中、法译中著作"有可能影响到的潜在读者数量给评委留下了深刻的印象"。

8月，"90后"作家集体亮相上海书展。

"90后"作家亮相上海书展并非首次，在2013年书展上，5位"90后"作家就举行了他们第一次签售会，但以群体方式亮相尚属首次。由上海作家协会和世纪文睿共同打造的"90后·零姿态"项目目前已经出版13部作品，涉及传奇、科幻、校园、都市、边缘人群、黑色童话等多种类型。作为网络时代成长起来的一代，"90后"视野更开阔，知识结构更多元，生活环境更开放，个性发展也更加自由，这就使得他们的写作也更多元化。

关于"90后"过早进入自由写作状态，目前仍然具有较大争议，而当地的相关部门已对"90后"作家进行的鼓励和扶持值得关注。

10月15日，习近平总书记在北京主持召开文艺工作座谈会并发表重要讲话。

2014 年 10 月 15 日，中共中央总书记、国家主席、中央军委主席习近平在北京主持召开文艺工作座谈会并发表重要讲话。这是继毛泽东《在延安文艺座谈会上的讲话》后，党和国家领导人又一次对文艺领域的基本问题和重大问题所作的具有政策指导性意义的重要讲话。

在讲话中，习近平深刻阐述了文艺和文艺工作的地位作用和重大使命，创造性地回答了事关文艺繁荣发展的一系列带有根本性、方向性的重大问题，对在新的历史条件下做好文艺工作作出了全面部署。[①]

习近平强调，文艺是时代前进的号角，最能代表一个时代的风貌，最能引领一个时代的风气。实现"两个一百年"奋斗目标、实现中华民族伟大复兴的中国梦，文艺的作用不可替代，文艺工作者大有可为。广大文艺工作者要从这样的高度认识文艺的地位和作用，认识自己所担负的历史使命和责任，坚持以人民为中心的创作导向，努力创作更多无愧于时代的优秀作品，弘扬中国精神、凝聚中国力量，鼓舞全国各族人民朝气蓬勃迈向未来。

习近平还特别强调，追求真善美是文艺的永恒价值，艺术的最高境界就是让人动心，让人们的灵魂经受洗礼，让人们发现自然的美、生活的美、心灵的美。

10 月 18 日，中国毛泽东诗词研究会和中华诗词学会在北京联合举办了"毛泽东诗词与中华古典诗词的文化历史渊源及深远影响"学术研讨会暨中国毛诗会第十四届年会。

中国毛泽东诗词研究会和中华诗词学会在北京联合举办"毛泽东诗词与中华古典诗词的文化历史渊源及深远影响"学术研讨会暨中国毛诗会第十四届年会。中央文献研究室主任、中国中共文献研究会会长冷溶、求是杂志社社长、中国毛泽东诗词研究会会长李捷，中央文献研究室副主任、中国毛泽东诗词研究会常务副会长陈晋，中华诗词学会会长郑欣淼，以及逄先知、郑伯农、董学文、吴欢章等近百位专家学者和毛泽东的亲属毛新宇等参加研讨。

与会专家认为，毛泽东的诗词极具魅力，散发着郁勃的生机和活

[①] 参见《习近平总书记在文艺工作座谈会上的重要讲话公开发表》，载《人民日报》，2015-10-15。

力，深刻地影响着当代中国人的精神世界，代表着中国共产党人的理想信念和全国各族人民寻求民族伟大复兴的执着追求，是凝聚和代表时代精神的文学精华。①

10 月 21 日，全媒体时代的文艺传播座谈会在北京举办。

2014 年 10 月 21 日下午，中国文联理论研究室、人民网文化频道联合主办的"全媒体时代的文艺传播座谈会"在人民网举办。与会专家学者结合习近平总书记重要讲话精神与自己的理论思考和工作实践，深入分析了新形势下文艺传播面临的机遇与挑战，提出了全媒体时代文艺传播的对策建议，分别谈到"全媒体时代文艺传播的社会责任""全媒体时代创作与传播的关系""主旋律文艺作品如何吸引新生代""我们正迎来新的'黄金时代'""文艺传播如何融合'新技术'与'深内容'""网络艺术与文艺传播"等主题。

10 月 24 日，莫言与中国当代文学国际学术研讨会举行。

2014 年 10 月 24 日至 25 日，"讲述中国与对话世界：莫言与中国当代文学国际学术研讨会"在北京师范大学举行。研讨会由北师大国际写作中心和文学院共同主办，杨耕、莫言、童庆炳、张江、贾平凹、毕飞宇、杜特莱、马苏菲、陈晓明、陆建德、刘勇、张清华、张柠等与会。

贾平凹称莫言给了当下文坛四点启示：一、莫言的批判精神强烈，但他并不是时政的，而是社会的、人性的；二、莫言具有传统性、民间性、现代性；三、莫言的文取决于他的格，他的文学背后是有声音和灵魂；四、他成功前是不可辅导性，成功后是不可模仿性。回顾自己的创作与当代中国的关系，莫言说："每一个人都有自己一套讲故事的方法，讲故事有技巧，讲故事有立场，讲故事的人当然有自己思想。我们这一代人面对的还是现在的中国，当下的中国，或者 30 年来改革开放当中的中国。……讲述中国是我们当代作家不容推卸的责任，讲述的方法因人而异，但有一些立场必须要坚持。"莫言分析，无论这个社会如何的纷繁复杂，无论取得多大的成绩或是存在多大的问题，身为作家应该尽量

① 参见《专家学者研讨毛泽东诗词与中华古典诗词的文化历史渊源》，《光明日报》，2014-11-19。

客观公正、不违背自己良心来看待，"如果对社会生活当中存在的很多的不令人满意的现象不敢披露、批评，不敢用形象化的文学的方式来揭露呈现，那不是实事求是的态度；但如果对最近中国社会巨大的、全方位的进步视而不见，依然把中国的社会描述得一团漆黑，毫无光亮，这也不是一个有良知的作家应该抱的态度。有时候批评一个社会需要胆量，赞美一个社会也需要胆量，这个胆量的背后就是良知，就是你的良心"。

　　11 月 22 日，全国大学生文学社团联盟成立。

　　2014 年 11 月 22 日，首届全国大学生文学社团联盟在江苏省正式成立。全国大学生文学社团联盟是经团中央和全国学联批准，在全国学联秘书处和中国作家出版集团共同指导下建立的大学生文学社团交流平台，旨在加强全国各高校文学社团的横向联系，以中国作家协会和中国作家出版集团为支撑与媒介，运用其所提供的文学资源，支持大学生文学社团创作活动，弘扬中国传统文化，发掘文学人才。"目前，中国作协 40 岁以下的会员还不到总数的 4％。"中国作家协会副主席何建明表示，中国文坛需要源源不断的新鲜血液，而大学生群体是其中的主力军，是一股不可忽视的重要力量，"成立大学生文学社团联盟，有利于改变大学文学爱好者各自为战的局面，中国作家协会和中国作家出版集团也会为他们提供大量的文学资源"。

　　11 月 23 日，全国大学生文学社团联盟发起的"青春中国——深入生活，扎根人民"全国大学生写作营在常熟古里正式启动。何建明表示，此次写作营活动实际上是专门针对大学生推出的一项公益性写作教育培训计划，以期利用中国作家出版集团的文学与社会资源，对高校内的大学生文学爱好者、创作者进行短期集中培训，通过带领大家不断深入群众、深入生活，丰富大学生群体的人生阅历与生命体验，以促进文学审美和创作水平的不断提升，从而发掘和培养更有潜质的文学新人。此次写作营活动为大学生圆"文学梦"提供了有力的支持和切实的帮助。在启动仪式上，全国大学生"青春中国"写作营华东分部正式挂牌。同时，主办方举办了以"弘扬传统文化，书写青春梦想"为主题的大学生体验创作活动，同学们借此机会登台朗诵了自己即兴创作的诗歌，抒发了对青春中国的由衷赞美与热爱。

2015 年

8月22日，刘慈欣的《三体》获雨果奖。

2015年8月22日，在美国华盛顿州斯波坎市举行的第73届世界科幻小说大会上，中国作家刘慈欣凭借科幻小说《三体》获得了雨果奖，这是中国人首次获得这一奖项。雨果奖由世界科幻协会颁发，是为了纪念20世纪世界著名科幻作家雨果·根斯巴克而设立的。此次获长篇小说类雨果奖的是英文版《三体》系列中的第一部，小说译者刘宇昆代表作者刘慈欣参加了世界科幻小说大会并上台领奖。

刘慈欣的科幻小说《三体》系列，又名"地球往事"三部曲，由《三体》《三体Ⅱ·黑暗森林》《三体Ⅲ·死神永生》组成。作品主要讲述了地球人类文明和三体文明的信息交流、生死搏杀及两个文明在宇宙中的兴衰历程。刘慈欣赋予了《三体》硬派的科幻风格，作品中融入了大量的前沿物理学理论，并在此基础上做出了合理且极富创造性的延伸。刘慈欣在小说中将笔下的星球一遍遍地摧毁又重塑，让地球、三体星系甚至更高文明层次的星球在科学与奇幻的世界里相互碰撞、相互激荡，由此产生了对人类乃至宇宙终极命运的深刻思索。《三体》里不存在粉饰太平、维持温馨梦幻的基调，在科技与文明的对抗中，逻辑与常识已然扭曲甚至失效，在未知的深渊中，刘慈欣构筑着人类终结与末日景象，从中找到了力与美的平衡，完成了对人类悲剧的探索。刘慈欣从技术、科学、宇宙的视角入手，根植于现实主义传统，并在此基础上贯穿了超越技术层面的深刻思考。精神、道德、人性、信仰，这些伦理层面的论题，正日益成为科学家关注的焦点。因此，《三体》的可贵之处也正在于刘慈欣以人文的眼光审视科学，以科学的眼光诠释人文，从而使整部作品具有深切的社会意识。这种人文色彩的灌注，与刘慈欣擅长的丰富的技术细节描写相结合，形成了一种大尺度、大视野的宏大视阈。作者在他所偏爱的巨大物体、英雄群像与激荡情节中，构筑了复杂的结构与全息的层次。在华丽的细节与繁复的铺陈中，刘慈欣以其独具的精准、冷静与超然的叙述姿态，将科学与人文相叠加，形成了丰厚的复调之声。《三体》所具有的文学意义与社会意义，正如严锋所言："我毫不怀疑，这个人单枪匹马，把中国科幻文学提升到了世界级的水平。"

9 月 24 日至 25 日，首届中国网络文学论坛在上海举行。

为进一步明确网络文学的现实意义和社会担当，深入探讨网络文学的艺术特质和发展方向，推进网络文学健康发展，2015 年 9 月 24 日至 25 日，由中国作协及上海、广东、浙江、江苏四地作协联合主办的"首届中国网络文学论坛"在上海举行。创设中国网络文学论坛，是中国作协采取的推进网络文学繁荣发展的重大举措，旨在搭建网络作家交流的平台、开设展示网络文学实绩的窗口、形成研讨网络文学评价体系的场所、筑起科学前瞻网络文学的瞭望台。

首次论坛分设各地网络作协经验交流、理论研讨和作品点评三大板块活动。与会者从"网络文学组织与业态""网络文学的使命与担当"等角度，围绕网络作协如何与网站一起推动网络文学健康发展、网络文学如何坚持以人民为中心的创作导向等问题进行了深入探讨和交流。

第二届论坛于 2016 年 9 月 25 日至 26 日在广东佛山举行，共设立网络文学引导管理、网络文学业界动态和网络文学理论评论三个板块进行研讨。

第三届中国网络文学论坛于 2017 年 4 月 11 日在江苏南京举行。以"深入学习贯彻习近平总书记重要讲话，坚定文化自信，推动网络文学健康发展"为主题，就网络文学与文化自信，怎样打造网络文学的高原与高峰等问题展开讨论，组织了各省市作协网络文学工作经验交流会、网络文学行业管理与创作经验分享沙龙等活动。论坛还发布了"深入学习贯彻习近平总书记重要讲话，坚定文化自信，推动网络文学健康发展"倡议书。

11 月 8 日，首届"孙犁文学奖"揭晓。

"孙犁文学奖"是河北省委省政府、省委宣传部为鼓励文学精品创作和优秀创作人才成长，促进文学冀军新的崛起，推动全省文学事业大繁荣大发展决定设立的文学奖项。"孙犁文学奖"的设立，旨在引导河北作家深入生活、扎根人民，鼓励文学探索和创新，以及引领河北文学实现百花齐放、百家争鸣。"孙犁文学奖"每两年评选一次，主要评选对象为河北户籍或长期在河北工作和生活的作家公开发表和出版的小说、诗歌、散文、报告文学、文学评论等作品。

2015 年 11 月，首届"孙犁文学奖"揭晓，共有 20 部（篇）作品获奖。其中小说 7 部（篇）、诗歌 4 部、评论 3 部（篇）、散文 2 部、报告文学 4 部（篇）。获奖名单如下：小说类有《葵花》（何玉茹）、《中和人家》（申跃中、张小鑫）、《镜子里的父亲》（李浩）、《紫花翎》（陈冲）、《风止步》（胡学文）、《野象小姐》（张楚）、《浮屠》（刘荣书）；诗歌类有《时间松开了手》（李南）、《朴素》（简明）、《分身术》（北野）、《岁月帖》（殷常青）；文学评论类有《新时期小说文体形态研究》（郭宝亮、李建周、周雪花、王丽杰）、《〈第七天〉：盛名之下的无效文本》（金赫楠）、《五四传统与左翼戏剧观念内核的建构》（李致）；散文类有《她日月》（刘萌萌）、《丝绸之路上的佛光塔影》（李树泽）；报告文学类有《上访》（傅剑仁）、《朋友——习近平与贾大山交往纪事》（李春雷）、《为了润泽北方大地》（梅洁）、《裴艳玲传》（雪小禅）。

2016 年

4 月 4 日，曹文轩获得 2016 年国际安徒生奖。

2016 年 4 月 4 日下午，第 53 届博洛尼亚书展新闻发布会现场，国际安徒生奖评委会主席帕齐·亚当娜隆重宣布 2016 年国际安徒生奖由曹文轩获得，这是中国作家第一次获得此项殊荣。国际安徒生奖由国际儿童读物联盟（IBBY）于 1956 年创设，是世界儿童文学的最高奖项，有"小诺贝尔奖"之称。曹文轩荣获此奖，说明中国儿童文学已经获得国际公认。

曹文轩说："之所以会评上我，可能是我的作品和他们的不一样。"曹文轩所说的"不一样"，是因为他笔下人物的童年生活是极具中国特色的，充满浓郁的中国味道，是其他各国儿童所不曾经历的生活体验。曹文轩在成长小说的创作中表达着对少年儿童生存状态和心灵世界的关怀，在扶助儿童生命成长的过程中，写出了超越儿童世界的人性、人情、尊严与理想。曹文轩书写了人生的困苦与悲怆，但绝不沉溺于哀伤低沉的情绪氛围里，他让读者看到即便在生命的低谷或

"绝境"当中,生命依然保有其不屈与坚韧的一面,人性依然有它光辉灿烂的美质。

IBBY中国分会主席、中国少年儿童新闻出版总社社长李学谦表示,当前,中国儿童文学发展得十分繁荣,题材种类丰富多彩。在始终坚持现实主义创作道路,坚持写实风格的作家中,曹文轩无疑是十分突出的一位。他的作品不仅打动了无数中国小读者,而且感染了国外读者,这些令人动容的故事成为世界了解中国儿童文学的重要窗口与媒介。上一任国际安徒生奖评委会主席玛丽亚·耶稣·基尔曾评价曹文轩作品具有很强的艺术性和文学性,深刻地展示了生活的真实,并且能以充沛的情感打动孩子,帮助孩子永远满怀希望地直面生活。曹文轩的合作者、德国著名插画家索尼娅·达诺夫斯基在谈到她为曹文轩的《草房子》创作插画时的感受说,她不止一次地为《草房子》中的人物和情节所感动,甚至产生了为《草房子》的每一页内容创作插画的冲动。

无论是在《草房子》还是在《青铜葵花》等一系列令人久久不能忘怀的作品中,曹文轩始终以他真诚、细腻的慧眼与情思去发现、体悟儿童世界的诗意之美,在诗化散文的节奏感与韵律感中,为读者营造了一种从容、舒展的阅读体验。同时在沉稳的叙述口吻中,形成了一唱三叹、余音绕梁的回忆气氛,使其笔下的儿童世界增添了别样的朦胧与深邃的意蕴。北京师范大学的王泉根教授认为,"曹文轩一直坚守着'追随永恒'的美学承诺,反对咀嚼庸常的创作现实,通过自己的作品体证着人性智慧的高贵永恒。他的小说以其优美的诗化语言、优雅的写作姿态、忧郁悲悯的人文关怀,执着于古典主义的审美情趣。他追求艺术感染的震撼效果,追求文学的永恒魅力,同时也汲取了西方古典儿童文学以安徒生童话为代表的悲剧精神,因而使作品超越儿童生活题材,进入人的本质生活领域,闪耀着生命人格的灼人光焰"①。曹文轩获得国际安徒生奖,是中国儿童文学和少儿出版"走出去"的一个重要的标志性成果。因此,中国要积极发挥少儿出版在中国出版"走出去"中的排头兵作用,早日实现中国少儿出版在国际舞台上由看客到主宾的地位跃升。

---

① 王泉根:《现代中国儿童文学主潮》,227页,重庆,重庆出版社,2000。

8 月 13 日，首届全国传记文学创作会在北京举行，此次会议由中国作家出版集团、中国报告文学学会主办。

2016 年 8 月 13 日，首届全国传记文学创作会在北京成功举办，由中国作家出版集团、中国报告文学学会联合主办，《作家文摘》报社承办。此次会议成立了全国传记文学创作与研究专家指导委员会和中国报告文学学会与传记文学创作委员会。

会议由张陵、董保存主持，在"为民立传、为党立传、为国立传、为时代立传"的主题统领下，展示了鲜明的创作立场和高度的家国情怀。何建明在讲话中表示，中国作为传记文学的发源地，作为传记文学传播和影响最早、最大的国度，我们的传记文学有着得天独厚的发展潜力与发展景观，这种发展不应仅限于文学界，而应该更多地向党史、军史、社会历史、学界以及广大业余写作者等领域进军、开拓。传记文学作为纪实类文体的一个重要分支，将这种独特文体研究透彻、挖掘深入、整合明晰，是传记文学创作者与研究者的首要任务与重要使命，从而促进其健康发展。与此同时，何建明在会议上深刻分析了当今中国传记文学领域内存在的诸多问题，主要包括文学创作、研究界定、艺术水准、理论探究等方面，并综合上述情况提出了六个关键性任务：一是要肩负起组织、统领和担当传记文学事业的重任；二是要经常性地定期组织专项会议来研究、探讨传记文学的学术问题，提高研究水准与研究深度；三是要承担起传记文学书写中国精神、中国水平、中国气派的使命；四是要求传记作家在创作中注意记录历史篇章、改革开放进程中的优秀人物、先进个体，为我们的人民、党、国家和时代立传；五是要下大力气促进传记文学的广泛传播，让其在符合人民群众的审美之余，发挥感召人心的应有之义；六是要努力培养新一代传记文学作家与研究者，做好中国传记文学文脉的传承与接续。何建明表示，当代传记文学作家需要以饱满且持久的热情、严谨而又包容的态度、规范而不刻板的文本、精致且大气的行文，为人民、政党、家国与时代立传，为响彻"中国声音"，讲好"中国故事"贡献才情。在主题发言中，部分专家学者特别谈到习近平总书记在"七一"的重要讲话，讲话指出"文化自信，是更基础、更广泛、更深厚的自信"，这明确了文化发展对于提升民族整体自信心的基础性作用，从而坚定了传记文学从业者的信念，因为，优秀的传记文学作品不仅是承载民族精神，坚挺民族脊梁的重要平台与重要力量，更发挥着引领人民群众精神走向、弘扬社会主义核心价值观、实现中华民族伟大复兴的重要使命。

我国传记文学创作成果颇丰，在呈现出不少全新的文本类型和表现方式的同时，也随之产生许多值得注意与思考的新问题。从管理层面来讲，相关文化部门要加强对创作题材的把控，不断完善政策机制，确保传记文学的健康发展。从创作层面来看，广大作家要不断提高自身文学和史学素养，切实遵循传记文学创作的基本特点和规律，广泛吸收名家创作的优长。在兼顾作品的思想性和可读性的同时，尤其要注意把握作品表现的真实性与文学性，在叙述人物经历，表现人物性格的过程中，加深对细节的刻画，并选取最能引发读者共鸣的片段。当前传记文学普遍存在人物形象泛化、同质化、雷同化，这就要求作家在创作过程中需要深入挖掘人物特点，凸显每一位传主的与众不同。以党史为题材的传记文学要努力发挥好对红色经典形象的普及，从而切实有效地发挥感动读者、教育大众的现实功用。

8月21日，郝景芳凭借科幻小说《北京折叠》获雨果奖。

2016年雨果奖于8月21日在美国公布。中国科幻作家郝景芳凭借《北京折叠》获得最佳中短篇小说奖。郝景芳是继《三体》作者刘慈欣之后，又一位获得雨果奖的中国科幻作家。《北京折叠》首次发表于2012年12月，后收入郝景芳的小说集《孤独深处》。小说讲述北京在未来按照社会阶层被分成三个空间，生活在第三空间的垃圾工老刀，为了让自己的养女接受教育，冒着生命危险穿梭在三个空间之中为人送信。在此过程中，他看到了上层嫁入豪门的年轻女性对中层依靠读书改变命运的年轻大学生的玩弄，也被从第三空间奋斗到第一空间的好心人出手相救，在历经艰险之后终于回到第三空间。[①]《北京折叠》源于郝景芳的日常观察，她把自己的工作、生活和所思所想放在一起，构建出多重世界层层叠加的感觉。相对于《三体》作者刘慈欣的宏大叙事，郝景芳自认其作品更关注个体、人心，这也让她的作品带上了"软科幻"（指情节和题

---

① 张泓：《论〈北京折叠〉的悲剧性》，载《美与时代（下）》，2017(3)。

材集中于哲学、心理学、政治学或社会学等倾向的科幻小说）的标签。

《未来属于谁——评郝景芳的〈北京折叠〉》一文指出，《北京折叠》设定了三个互相折叠的世界，整个城市尺度的空间和时间双重折叠意象恢弘，映射出当代社会中人们对于阶层割裂趋势的深切焦虑，形成了对中国城市化进程中阶层区隔固化和贫富悬殊的严肃思考。① 在艺术特色上，郝景芳以其踏实淡定的叙述口吻与笔触，描写了上层压榨下层，下层由隐忍直至酝酿反抗的基本情节。高度现实的叙事视角与语言，使得《北京折叠》具有强烈的生活实感。值得注意的是《北京折叠》中对人的描写，小说中没有设置任何一个所谓的"反派"，"第三空间"的老刀在"第一空间"和"第二空间"之间穿梭，遇到的人对他都比较友好，跟情节的平淡相匹配，故事里个体的人并不邪恶或残酷，但整个折叠北京的设定——连空间和时间都是不平等的——其实又异常残酷。这样一种反差，也是《北京折叠》令人玩味之处。②

2017 年 12 月，《北京折叠》获第十七届百花文学奖开放叙事奖。

---

① 杜丽花：《城市化进程中的社会阶层区隔思考——基于〈北京折叠〉哲学反思》，载《改革与开放》，2016(22)。

② 任冬梅：《从科幻现实主义角度解读〈北京折叠〉》，载《南方文坛》，2016(6)。

2017 年

3 月 23 日，网络文学"重写—再造神话"研讨会在北京举行。

2017 年 3 与 23 日，由鲁迅文学院和中国作协网络文学委员会联合举办的网络文学"重写—再造神话"研讨会在北京举行。鲁迅文学院研究员王祥说道："在人类文明的发展进程中，世界各地的神话创造与传播具有十分重要的影响，20 世纪以来，人类世界一直涌动着用文艺重写神话的潮流，以丰富人类文明、启迪人类智慧。而在中国，网络文学印证了这一'重新创造世界'的萌动。"鲁迅文学院常务副院长邱华栋认为，神话一直是文学创作可以不断再生的资源。神话史诗中的原型，在创作实践中不断演变，形成了史诗传统和史传传统。对于中国网络作家而言，最大、最厚实的文化土壤，就是悠久的中华传统文化。鲁迅文学院培训部主任王冰说，重写与再造神话在世界文化格局中具有重大的意义，中国作家应该努力寻找华夏神话传统中的精神源头，"中国传统文化崇德不崇利，女娲补天、精卫填海、夸父逐日、大禹治水等强调的都是奉献天下的精神诉求，这是华夏文明的长处和特点所在，也是华夏文明的根系命脉所在"。据媒体报道，来自哥伦比亚的卡洛斯·霍华德表示，中国网络小说最吸引自己的地方在于中国文化渗透到这些小说里，让它们读起来趣味盎然，"这些小说把民间传说、历史故事和想象图景交织在一起，开创了一种全新的小说类型"。

然而需要注意的是，神话资源也是一把"双刃剑"，用好了是加分项，用不好则两败俱伤。网络作家阿菩说，作为网络小说主流，玄幻等类型小说可以视为当代神话的再造与运用。但在这个过程中，也存在乱取乱用的现象，没有充分理解神话资源背后的内涵，使得原本零散的神话资料更加碎片化，小说本身的真实感也被削弱，容易立不住，同时对传统文化的传播也有所损害。"在创作实践中，作家应该对自己掌握的神话资源进行取舍、统合，系统化地建立起体系严密的世界架构，这样才能支撑起一个灵动的神话故事。"

以整个世界神话谱系为坐标，部分优秀网络小说作家谱写了自己的"创世神话"，发展出奇幻、玄幻、仙侠、修真等各种小说类型。这些优秀作品不光广受中国读者的欢迎，同时也走出国门，受到了一些国外读者的追捧，如中国网络作家"我吃西红柿"的《盘龙》。王祥认为，这类玄幻小说之所以广受国内外读者的青睐，其原因在于作品具有神话的"可理解性"：神话形态的网络小说能够让人体会到一种力量感、成长感和生命的鲜活感，神话的核心关切就是神通和力量，无论是东方孙悟空的金箍棒，还是西方哈利·波特的魔法，都很容易被读者看懂并接受，这是此类小说受到欢迎的生命情感基础。中国作协创研部研究员肖惊鸿说："网络文学担负了中华传统文化的传承与创新使命，网络文学'走出去'是中国文化'走出去'的重要支撑，应该站在国家文化战略的高度来看待问题，让中国网络文学代表国家文化形象、传达中国精神。"尽管目前中国网络小说还未形成如日本动漫、美国电影、韩国电视剧那样的海外影响力，但随着良好有序的行业规范与行业竞争环境的逐步形成，中国网络文学将在新时代承接新的历史使命。

8 月，首届中国"网络文学＋"大会在北京举办。

2017 年 8 月 11 日至 13 日，由国家新闻出版广电总局、北京市人民政府指导，中共北京市委宣传部、北京市互联网信息办公室、北京市新闻出版广电局（北京市版权局）等单位主办的首届中国"网络文学＋"大会在北京亦创国际会展中心举办。大会围绕"网络正能量、文学新高峰"主题，采取政府指导、市场化运作的模式，以网络文学为核心，致力于打造中国网络文学行业交流合作平台、网络文学及相关行业优秀项目孵化推介平台、文化创意行业新产品展示平台、网络文化新技术发布平台和网络文化优秀人才交流平台。为期三天的"网络文学＋"大会举办了中国网络文学高峰论坛、平行主题论坛、中国网络文学IP交易大会、读者体验活动、网络文学线上活动、成果发布六大板块数百场的活动。

国家新闻出版广电总局副局长张宏森在开幕式上表示，网络文学丰富了文学本身及网络文艺的形式，丰富了网络生态环境，推动了相关产业的协同发展，较好地满足了民众多样化、多层次、多方面的精神文化需求，在推动网络文学发展过程中，网络文学从业者要坚守中华文化立场，传承中华文化基因，坚定建设中华优秀文化的立场，不断从中国优秀传统文化宝库中萃取精华、汲取能量、获取灵感，与此同时，张宏森强调网络文学从业者应自觉抵制片面追求点击率的浮躁心理与功利倾向，摒弃趋利媚俗之风，积极提升网络文学的文化品格。北京市委常委、宣传部部长杜飞进表示，对于推进网络文学繁荣发展，北京有先行先导的责任；北京作为全国的文化中心，要尤为注重对网络文学建设的把控，引导这股有生力量发挥好它的应有之义。北京在打造网络文学产业集群，构建网络文化发展生态圈，促进网络文学精品化、高端化发展方面做了诸多努力。

在开幕式后的中国网络文学高峰论坛上，国家新闻出版广电总局数字出版司司长张毅君指出，中国网络文学"繁荣"景象是传统文学形成千百年来前所未有的，然而就其目前的发展状态来看，尚存在较为突出的问题，需对当前形势作出冷静客观的判断和分析。他认为，从网络文学当前的题材和内容看，还相当程度存在"量大质低"之疾；从整个行业走向来看，相当程度存在"急功近利"之忧；从市场角度看，相当程度存在"失序失范"之困。张毅君表示，中国已经和正在采取针对性举措，2017年内拟发布《关于规范网络文学出版服务秩序的通知》，对网站签约作者实名注册、责任编辑署名、作品编发机制等关键环节作出具体规定，以进一步规范企业运营行为，改善产业发展环境。中国作家协会网络文学委员会主任陈崎嵘也指出：中国网络文学已进入"升级换代"的关键期，对其宜放长远之眼、抱宽容之心、施对症之策。"打造网络文学精品，重在引导网络作家树立文学理想、提升思想境界、关注现实题材，增强精品意识和创新能力。"在打造精品的过程中，业内也希望网络文学能渐趋主流化、经典化。企业代表也进行了发言，吴文辉表示，希望中国式超级 IP 能够扛起中国文化海外输出的大旗，并具备可持续挖掘的正能量价值。宇乾认为"网络文学是文娱产业的风向标"，网络文学正在经历新一轮的产业升级，有必要通过用户触达、商业化、人才三大新基础设施建设，来发挥正能量、实现新高峰。王晓晖对近些年来由网络文学改编的影视剧"大火"这一现象深有体会，他期待网络文学在步入影视领域后，可以催化全产业链的合作共赢，从而共建一个和谐、开放、共荣的 IP 生态。漆峻泓认为，网络文学在产业融合过程中发挥着先锋、向导、活水、源泉作用。而网络历史小说作家月关也希望通过内外力共作用，引导网络文学健康发展，为网络文学获得主流认可树立方向、开辟道路。

2018 年

1 月，麦家的《解密》被英国报纸《每日电讯报》列入"史上最杰出的 20 部间谍小说"之一。

2018 年 1 月，英国报纸《每日电讯报》将麦家的小说《解密》列入"史上最杰出的 20 部间谍小说"。中国当代著名作家、茅盾文学奖得主麦家的小说《解密》讲述了数学天才容金珍被招募至国家秘密单位 701，倾尽全力破解了极其尖端的敌国密码"紫密"和"黑密"的故事。《每日电讯报》这样评价《解密》：这是一个关于孤僻天才成长为杰出破译家的故事，延续了中国古典小说的叙事传统，整个故事扑朔迷离、如梦似幻又枝节繁生，但最终读者会迫不及待去破解书中的奥秘，就像小说主人公对待他的密码一样。

麦家在谈到他对《解密》这部作品的感情时曾说："在创作《解密》的过程中，我性情中的所有优点和缺点都被最大地显现。所以，我几乎固执地认定，这不是一次写作，而是我命运中的一次历险，一次登攀，一次宿命。正因此，我对《解密》情有独钟，它几乎是我青春的全部，我命运的一部分；是我本真本色的苦和乐，也是我不灭的记忆。也正因此，我对《解密》有今天的善终，有一种特别的感动和感慨。"正是这种在幽暗深处恒久地坚持，才最终成就了《解密》的传奇。《解密》在通俗文学的外在形式下，却呈现着严肃文学的精神内核与深度思索。麦家塑造了容金珍这样一个奇人，将之放置于破译敌国军事密码的特殊历史任务与历史环境下，从而展开一系列奇事。但传奇性并没有成为《解密》的唯一看点，正如王家卫所言："有人说，稀奇古怪的故事和经典文学的直线距离只差三步。但走不完的也正是这三步。麦家的了不起在于他走完了这三步，且步伐坚定，缓慢有力，留下的脚印竟成了一幅精巧诡秘的地图。"在对生命、人性、家国使命的思考下，传奇色彩从未喧宾夺主，而是在惊险刺激的丛林迷障中，探索着个体与国家的尊严与荣光。

2013年，《解密》入选英国"企鹅经典"文库，是中国第一部被收进该文库的当代小说。2014年12月，《解密》被英国《经济学人》杂志评为年度图书。这表明，麦家的《解密》已走出国门，征服了众多海外读者。一部文学作品，要征服海外读者并非易事，首先要解决文化接受度的问题。过多强调地方风土人情，需要跨文化读者有相应的背景，容易造成隔阂。而悬疑、破译密码题材和强调故事性，使麦家的书具备了很强的跨地域性。正如"企鹅当代经典"书系的编辑总监基施鲍姆所说："麦家先生颠覆了我们对中国作家的传统印象……他写作的题材是世界性的。"

10月26日至27日，由中国现代文学研究会主办，福建师范大学文学院承办的中国现代文学研究会第12届年会在福建召开。

2018年10月26日至27日，由中国现代文学研究会主办，福建师范大学文学院承办的中国现代文学研究会第12届年会在福建召开。会议围绕"改革开放40年中国现代文学的进展与反思"这一主题展开讨论，是学会成立以来规模最大的一次年会。刘勇教授主持年会开幕式，并对福建师范大学为年会所做的积极奉献和辛勤努力表示由衷感谢。

开幕式上，福建师范大学副校长郑家建教授致辞，对年会的成功举办表示热烈祝贺，向各位代表表示诚挚欢迎和衷心感谢，并介绍了福建师范大学的概况和文学院的学科特色。中国现代文学研究会会长丁帆教授作《中国现代文学学术与思想观念的再思考》主题报告，在回顾了中国现代文学史的学术历程，肯定改革开放 40 年来学科取得的显著进步的同时，以启蒙与革命为主题，对学科发展进行了深刻反思，提出要积极探索现代文学发展的前沿方向、完善学科理论体系。中国现代文学研究会秘书长萨支山研究员作学会工作报告，简要总结学会在学科建设、组织发展、会议组织及平台建设等方面的工作成绩。

大会开幕式结束后，由吉林大学张富贵教授主持大会发言，福建师范大学副校长郑家建教授评议。大会发言的题目分别包括，四川大学李怡教授的《文史对话中的"文学"——以〈狂人日记〉为例》、武汉大学方长安教授的《1920 年代国语文学史的发生与退场》、山东师范大学魏建教授的《十年来走向世界的郭沫若研究》、福建师范大学黄科安教授的《情与智：郁达夫关于现代散文本质属性的辨析》、复旦大学栾梅健教授的《重论〈啼笑因缘〉的文学史意义》、北京大学姜涛教授的《动态的"画框"与历史的光影——以卞之琳的"战地报告"为中心》等。

与会专家学者围绕会议主题分别就文学史研究、各体文学研究、重要作家研究、现代文学教育研究、学术史研究五个分议题展开热烈讨论，分享彼此的真知灼见，共同推动了我国现代文学研究的发展与繁荣。年会还选举产生了新一届理事会，丁帆教授连任中国现代文学研究会会长。①

11 月 24 日，朱自清先生诞辰 120 周年纪念大会在北京举行。

2018 年是中国现代著名作家、学者、教育家，伟大的爱国知识分子和民主战士朱自清先生诞辰 120 周年。为了继承和发扬朱自清先生爱国、奉献、专于学术、清高为人的精神，清华大学于 11 月 24 日隆重召开"朱自清先生诞辰 120 周年纪念大会"。来自清华大学、北京大学、北京师范大学、中国人民大学、上海交通大学、南京大学、中国社会科学院、中国现代文学馆等高校和研究机构的专家、学者以及朱自清先生家属代表、西南联大校友家属代表、清华大学同学代表等参加了纪念大会。会上，彭刚教授代表清华大学致辞。他回顾和总结了朱自清先生为清华大学人文学科建设所做的杰出贡献，赞扬了朱自清先生爱国、民

---

① 张雨楠：《中国现代文学研究会第 12 届年会在福州召开》，www.cssn.cn/wx/wx_bwyc/201810/t20181028_4764324.shtml，访问日期：2019-08-31。

主，胸怀天下，为人、为文认真求实的精神，特别强调了朱先生的人格精神和清华精神的紧密联系。孙明君教授在致辞中回顾了朱自清先生在清华大学人文学科建设中的重要地位，他说，朱先生的人格魅力和治学之道将与清华共存。清华大学中文系王中忱教授在发言中阐述了朱自清先生作为中文学科的构建者对清华乃至中国人文学科所做的贡献。北京大学中文系教授温儒敏回顾了从朱自清到王瑶再到他本人的师承关系及其中的学术传承脉络，强调了朱自清先生对中国现代文学学科的开创性贡献及其启示。北京大学中文系教授陈平原在发言中论述了朱自清先生秋水长天的人生、学问境界。会上，南开大学退休教授朱思俞代表朱自清先生家属发言，北京大学西语系吴达元教授之女吴庆宝代表西南联大家属发言。

与此同时，清华大学还举办了"纪念朱自清先生诞辰 120 周年纪念大会暨主题展览"，展览由清华大学人文学院、校史馆、档案馆、图书馆联合承办，是清华大学为纪念朱自清先生诞辰举办的系列活动之一。其中，"纪念朱自清先生诞辰 120 周年"系列学术讲座先后邀请清华大学教授汪晖，清华大学教授黄德宽，法国东方语言文化学院教授柯理思，中国社会科学院研究员高建平，台湾清华大学教授于治中，北京大学教授、清华大学特聘教授蒋绍愚，清华大学教授谢思炜和北京大学教授葛晓音八位学者主讲。讲座主题广泛、见解精湛，深受清华园师生好评，也引起海内外学界广泛关注。清华大学隆重纪念朱自清这位成就卓著、影响深远的中文系教授，凸显了老清华深厚的人文底蕴，也是清华大学近年提出"更创新，更国际，更人文"发展理念的一次落地行动。

12 月，改革开放四十年四十部重要长篇小说评选结果揭晓。

由进步文化网举办的"改革开放四十年四十部重要长篇小说"于 2018 年 12 月揭晓了评选结果。入选的四十部长篇小说有：阿来的《尘埃落定》、毕飞宇的《推拿》、陈忠实的《白鹿原》、迟子建的《额尔古纳河右岸》、曹文轩的《草房子》、曹征路的《问苍茫》、邓一光的《我是太阳》、二月河的《雍正皇帝》、范稳的《水乳大地》、格非的《春尽江南》、霍达的《穆斯林的葬礼》、浩然的《苍生》、韩东的《扎根》、韩少功的《马桥词典》、贾平凹的《浮躁》、金宇澄的《繁花》、林白的《一个人的战争》、刘慈欣的《三体》(Ⅱ《黑暗森林》和Ⅲ《死神永生》)、刘斯奋的《白门柳》、刘继明的《人境》、路遥的《平凡的世界》、李佩甫的《羊的门》、莫言的《蛙》、麦家的《暗算》、史铁生的《务虚笔记》、王蒙的《活动变人形》、王朔的《玩的就是心跳》、魏巍的《东方》、王安忆的《长恨歌》、肖克凡的《机器》、余华的《许三观卖血记》、阎真的《沧浪之水》、姚雪垠的《李自成》(第二卷)、张炜的《古船》、张洁的《沉重的翅膀》、张平的《抉择》、张承志的《心灵史》、周克芹的《许茂和他的女儿们》、周梅森的《人民的名义》、宗璞的《东藏记》。参与此次评选的评委有：北京大学新闻与传播学院教授、博士生导师张慧瑜，海南大学人文与传播学院院长、教授、海南省文艺评论家协会主席刘复生，中国艺术研究院马克思主义文艺理论研究所副所长、研究员鲁太光，哈尔滨师范大学人文学院教授、博士生导师徐志伟，作家出版社原总编辑张陵，山东德州学院副教授、文学博士张永峰，中国社会科学院郭沫若研究会秘书长、郭沫若纪念馆副研究员李斌，安徽大学中文系教授疏延祥，广东金融学院财经与新媒体学院院长、教授黄灯，华东师范大学人文与社会科学学院在读博士张高领，贵州大学文学与传媒学院副教授、贵州省文艺评论家协会理事朱永富，上海市作家协会理论研究室、《思南文学选刊》副主编项静。

2019 年

　　3 月 20 日，《新文学史料》创刊 40 周年纪念会在北京召开。

　　2019 年 3 月 20 日下午，《新文学史料》创刊 40 周年纪念会在北京召开。自 1978 年创刊至今，《新文学史料》已不间断地出版了 40 年。作为全国唯一一份反映中国新文学发展历程和现状，集学术性、研究性、资料性为一体的史料性刊物，《新文学史料》当之无愧地成为中国新文学的"回忆录"与"史料库"。

　　《新文学史料》的发刊词《致读者》中写道："我们编辑出版《新文学史料》丛刊。这个丛刊以发表五四以来我国作家的回忆录、传记为主，也刊登这个时期有关文学论争、文艺思潮、文艺团体、流派、刊物、作家、作品等专题资料，刊登有关的调查、访问、研究、考证，还选登一些过去发表过的比较重要但现在不易看到的材料和文物图片，以及当前有关文学史工作的动态、报道和对已出版的中国现代文学史的介绍、意见等。为了更好地了解五四以来的新文学是怎样在斗争中发展起来的，本丛刊也将适当刊登一些有关的反面材料。"

《新文学史料》对刊文持开放的态度，作者可以按照自己认为正确的观点去回顾、分析、总结某一时期的任何文艺现象，主张自由开放、独抒己见。此外，该刊物也肩负了"抢救资料"的重要使命。

在当天的纪念会上，与会学者、作家们分享了自己与《新文学史料》的故事。朱正回忆道，他接到创刊号后立即读了一个通宵，并判断这份刊物必将是传世的。事实证明，在其后几代办刊人矢志不渝地努力下，《新文学史料》于商业大潮中始终坚守着国家级学术期刊应有的学术品质，受到了作家、学者及读者的高度赞扬。

40年来，《新文学史料》不仅刊发了众多知名作家的回忆录、自传、日记、书信，也刊登了文艺研究者所撰写的作家小传、评传及偏重资料性的专题访问、调查、考证、研究、年谱等。例如茅盾的《我走过的道路》《鲁迅同斯诺谈话整理稿》《文坛师友录》《民国时期文人出国回国日期考》等。其中不但囊括了亲历者的个人回忆，还涵盖了研究者经多方考证所得出的"一家之言""史家拍案"。因此，阅读《新文学史料》，不但有助于走进新文学发生、发展的历史现场，探寻新文学的真实面貌，感受厚重的历史氛围与精彩的思想交锋，更能深刻地感受到老一辈编辑家身上郑重的历史责任感以及挖掘历史真相的勇气。正如《新文学史料》的主编郭娟所言："我们站在巨人的肩上，受着前辈的荫蔽。所以感恩，致敬。致敬前辈，就是致敬传统，并努力承续他们留下的事业。"

5月18日至19日，首届"中国诗影响"诗歌大赛在济南颁奖。

2019年5月18日至19日，由《中国诗影响》杂志社主办、中国诗歌学会指导的《中国诗影响》创刊3周年暨全国诗歌大赛颁奖典礼在济南举行。来自安徽的诗人风清扬和来自陕西的诗人李海明获得金奖。著名诗人桑恒昌，著名诗人、学者叶匡政，以及来自全国各地的诗人参加了颁奖典礼。

大赛颁奖结束后，于19日下午召开了中国诗影响高峰论坛以及诗人文启彦新书发布会。此次活动的开展促进了当代诗歌的繁荣、激发了现代汉语诗人的诗歌创作能力，鼓励广大诗人以干净写作和真诚创作的时代精神，展示当下汉语诗人的艺术风采。

9 月 29 日，王蒙获得"人民艺术家"国家荣誉称号。

中华人民共和国国家勋章和国家荣誉称号颁授仪式于 9 月 29 日在人民大会堂隆重举行。中共中央总书记、国家主席、中央军委主席习近平向国家勋章和国家荣誉称号获得者分别授予"共和国勋章""友谊勋章"和国家荣誉称号奖章并发表重要讲话。这是我国首次开展国家勋章和国家荣誉称号集中评选颁授。其中王蒙被授予"人民艺术家"国家荣誉称号，该称号是国家给予作家的最高荣誉。王蒙作为与中华人民共和国共同成长的文学创作者，见证了中国当代文学的发展之路。其代表作品《青春万岁》《组织部新来的青年人》《活动变人形》《这边风景》等具有代表性和开拓性意义，被译成 20 多种文字在各国出版。他还发掘培养了一大批优秀青年作家，为中国当代文学繁荣发展做出了突出贡献。

9 月，"新中国 70 年 70 部长篇小说典藏"丛书由学习出版社、人民文学出版社等出版机构联合出版发行。

为庆祝中华人民共和国成立 70 周年，全面展现中华民族的文化创造力和新中国文学发展水平，学习出版社联合人民文学出版社等出版机构，联合推出"新中国 70 年 70 部长篇小说典藏"丛书。这 70 部长篇小说，是由李敬泽、丁帆、朱向前、吴义勤等组成的专家委员会评审的。他们从历史评价、专家意见和读者喜好等方面对新中国成立 70 年来众多优秀长篇小说进行综合评定。这 70 部入选小说做到了政治性、思想性和艺术性的高度统一，代表了中国文坛 70 年间长篇小说创作发展的最高成就。它们是：孙犁的《风云初记》、刘知侠的《铁道游击队》、杜鹏程的《保卫延安》、赵树理的《三里湾》、吴强的《红日》、梁斌的《红旗谱》、徐怀中的《我们播种爱情》、周立波的《山乡巨变》、曲波的《林海雪原》、杨沫的《青春之歌》、冯德英的《苦菜花》、李英儒的《野火春风斗古城》、周而复的《上海的早晨》、欧阳山的《三家巷》、柳青的《创业史》、罗广斌和杨益言的《红岩》、浩然的《艳阳天》、郭澄清的《大刀记》、黎汝清的《万山红遍》、魏巍的《东方》、王蒙的《青春万岁》、周克芹的《许茂和他的女儿们》、李国文的《冬天里的春天》、张洁的《沉重的翅膀》、李准的《黄河东流去》、叶辛的《蹉跎岁月》、柯云路的《新星》、刘心武的《钟鼓楼》、路遥的《平凡的世界》、刘白羽的《第二个太阳》、莫言的《红高粱家族》、梁晓声的《雪城》、萧克的《浴血罗霄》、霍达的《穆斯林的葬礼》、张炜的《九月寓言》、陈忠实的《白鹿原》、王安忆的《长恨歌》、韩少功的《马桥词典》、张平的《抉择》、曹文轩的《草房子》、周梅森的《中国制造》、阿来的《尘埃落定》、柳建伟的《突出重围》、姚雪垠的《李自成》、徐贵祥的《历史的天空》、都梁的《亮剑》、王旭烽的《茶人三部曲》、宗璞的《东藏记》、二月河的《雍正皇帝》、黄亚洲的《日出东方》、陆天明的《省委书记》、范稳的《水乳大地》、姜戎的《狼图腾》、贾平凹的《秦腔》、迟子建的《额尔古纳河右岸》、杨志军的《藏獒》、麦家的《暗算》、铁凝的《笨花》、史铁生的《我的丁一之旅》、邓一光的《我是我的神》、刘慈欣的《三体》、毕飞宇的《推拿》、周大新的《湖光山色》、阿耐的《大江东去》、刘醒龙的《天行者》、何香久的《焦裕禄》、李佩甫的《生命册》、金宇澄的《繁花》、苏童的《黄雀记》、陈彦的《装台》。

12月，《中国军旅文学经典大系》由长江文艺出版社出版。

《中国军旅文学经典大系》共计70卷，收录作品总量多达700余部，由北京长江新世纪出品、长江文艺出版社出版，徐怀中担任名誉主编、朱向前担任执行主编。该丛书收录了刘白羽、魏巍、胡可、李瑛、朱苏进、朱秀海、乔良、徐贵祥、柳建伟、孙犁、邓友梅、莫言、严歌苓、刘恒、麦家、邓一光、周梅森等多位作家的经典之作，有长篇小说34卷，中篇小说13卷，短篇小说3卷，诗歌卷5卷，散文3卷，报告文学3卷，理论批评3卷，话剧3卷，影视文学3卷。

《中国军旅文学经典大系》集中展示了我国军旅文学经典作品和创作成就，是新中国成立以来规模最大的首部中国军事文学作品集，它以原生态的方式，展示了中国军事文学的创作成绩和发展道路，是自中国人民解放军建军以来最全面、最具权威性、代表性的军旅文学大系。

后　记

　　本书从正式开始撰写，几经修改，终于准备出版了。在过去的 70 年里，新中国文学一路成长起来。本书以时间为线索，记录了新中国文学 70 年的发展历程。在这里，可以看到 70 年里新中国文学发展的重要脚印，这些脚印犹如璀璨的明珠，一颗一颗串联起新中国文学的发展脉络。我们满怀激情，肩负着记录历史的重大使命，在这重要的历史节点，将新中国 70 年文学历程定格于此。本书虽然字数不多，但分量很重，对我们传承历史、开拓未来有重要的参考与纪念意义，也是对文学编年的一种新的尝试。

　　本书是在大家的共同努力下完成的，他们是：李春雨、蒙娜、张悦、陶梦真、谭望、万书言、梁诗、马鹏程、蔡佳、戴佩琪、苏怡欣、乔宇、马行空、韩静、汤晶、袁园、解楚冰、王运泽、郝蕊、廖珊珊。本书经过李春雨教授统稿、审读和多次修订，最终顺利定稿。

另外，特别感谢北京师范大学出版社，以及该社的赵月华老师，他们的胆识和眼光使本书得以顺利地推进与完成。

本书尚有不足之处，真诚期待各位读者的建议和批评。

谨以此书向新中国 70 年献礼！

李春雨　蒙娜

图书在版编目（CIP）数据

新中国 70 年文学编年 / 李春雨等著 . — 北京：北京师范大学出版社，2021.1
ISBN 978-7-303-26415-5

Ⅰ . ①新⋯　Ⅱ . ①李⋯　Ⅲ . ①中国文学－当代文学－文学史　Ⅳ . ① I209.7

中国版本图书馆 CIP 数据核字（2020）第 200178 号

新中国 70 年文学编年

XINZHONGGUO 70NIAN WENXUE BIANNIAN

李春雨等　著

策划编辑：禹明超　　责任编辑：王　强　吴纯燕
美术编辑：王齐云　　装帧设计：王齐云
责任校对：段立超　　责任印制：陈　涛

出版发行：北京师范大学出版社	开本：710mm × 1000mm　1/16	版次：2021 年 1 月第 1 版
印刷：鸿博昊天科技有限公司	印张：17.5	印次：2021 年 1 月第 1 次印刷
经销：全国新华书店	字数：270 千字	定价：82.00 元

北京师范大学出版社　　　　　　　**版权所有·侵权必究**

http://www.bnup.com　　　　　　　　反盗版、侵权举报电话：010-58800697
北京市西城区新街口外大街 12-3 号　　北京读者服务部电话：010-58808104
邮政编码：100088　　　　　　　　　　外埠邮购电话：010-58808083
营销中心电话：010-58805602　　　　　本书如有印装质量问题，请与印制管理部联系调换。
主题出版与重大项目策划部：010-58805385　印制管理部电话：010-58808284